공포의 계곡

THE VALLEY OF FEAR

아서 코난 도일 지음
인트랜스 번역원 옮김
승영조 감수

현대문학

| 차례 |

머리말

『공포의 계곡』은 제1차 세계대전이 발발하던 시점에 발표되어 홈즈와 왓슨 장편소설의 대미를 장식하는 작품이 되었다. 이 소설은 모든 고전적인 요소가 담긴 흥미진진한 '잠긴 방'의 수수께끼(모리아티 교수에게 반감을 가진 그의 수하가 보낸 암호문에서 비롯된 한판 두뇌 싸움)와 20년 전 사건의 희생자에 초점을 맞춘 하드보일드 탐정 이야기를 완벽하게 결합시켰다는 점에서 주목할 만하다. 물론 현대 독자들은 이 수수께끼 자체를 재빨리 간파할 수 있을지 모른다. 당시에는 대단히 기발하다고 여겨졌던 작품 속 장치들이 요즘은 너무 자주 도용되어 진부하기까지 하니 말이다. 그렇지만 《스트랜드 매거진》에 연재된 이 작품은 에드워드 7세 시대를 살았던 독자들의 마음을 송두리째 빼앗기에 충분했다. 1880년대 펜실베이니아 탄광 지대의 노동자 분규에 연루된 비밀 조직—몰리 머과이어스의 격렬한 역사가 이 작품의 배경이 되었다는 사실 역시 흥미롭다. 『공포의 계곡』

제2부는 앨런 핑커턴이 소설화한 작품 『몰리 머과이어스와 탐정』 (1877)에서 착안하여 구성되었다. 그리고 아일랜드 광부와 그들이 의도적으로 관여한 노동자 폭동을 비판적인 시각으로 바라보고 있다. 현대의 역사학자들은 몰리 조직이 압제자의 악랄함에 비하면 아무것도 아니라고 말한다. 또 핑커턴의 역할이 왜곡되었으며, 영웅의 인물상도 완벽하지 않다고 주장한다. 하지만 왓슨이 말하는 『공포의 계곡』의 높은 기개는 독자들이 한시도 눈을 뗄 수 없게 만든다.

제1부 — 벌스턴의 비극

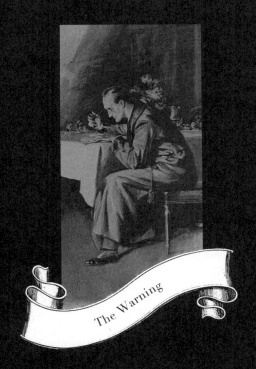

The Warning

제1장 경고

"생각해봤는데 말이야……."

내가 말을 꺼냈다.

"왓슨, 생각해야 할 사람은 바로 나야."

셜록 홈즈가 다짜고짜 내 말을 잘랐다.

내가 아무리 인내심이 많은 사람이라 해도 남의 말허리를 자르며 상대방을 무시하는 태도는 더 이상 참을 수가 없었다.

"너무하는군, 홈즈! 자네는 정말이지 가끔 화를 돋울 때가 있어!"

내가 매섭게 몰아댔다.

그러나 홈즈는 자기만의 생각에 무척이나 깊이 빠져 있던 터라 내 불평은 들리지도 않는 듯, 한 마디 대꾸도 하지 않았다. 식탁에 준비된 아침 식사에 손도 대지 않은 채 그는 봉투에서 방금 꺼내 든 편지한 장을 뚫어지게 쳐다보았다. 그러더니 봉투를 들고 불빛에 이리저리 비춰가며 겉면과 접착부를 주의 깊게 살펴보기 시작했다.

"폴록이 쓴 편지야."

홈즈가 조심스럽게 말했다.

"지금까지 폴록의 필체를 두 번밖에 보지 못했지만 이건 누가 뭐라 해도 그의 글씨체가 분명해. 그리스어 é 상단에 독특한 장식을 한 두드러진 특징이 그 증거라고 할 수 있지. 그런데 말이야, 이 편지가 폴록의 것이라면 틀림없이 안에 뭔가 중요한 내용이 담겨 있을 거야."

홈즈는 내게 말하기보다는 혼자 중얼거리고 있는 듯했다. 나는 홈즈의 이야기에 호기심이 생겼고, 방금 전에 느꼈던 불쾌한 감정은 어느새 말끔히 사라지고 없었다.

"그런데 폴록이 누구지?"

"왓슨, 폴록은 필명이야. 단지 자신을 대신하는 필명에 불과한 거지. 하지만 그 필명 뒤에 숨은 폴록의 정체는 실로 음흉하고 교활하기 그지없다고 할 수 있어. 예전에 그가 보낸 편지에서 폴록이라는 이름이 실은 자기 본명이 아니라고 솔직하게 인정하더군. 그러고는 몇백만 명이 북적거리는 이 거대한 런던에서 자기를 한번 찾아볼 테면 찾아보라고 했어. 사실 폴록은 무시할 수 없는 인물이야. 폴록이라는 인간 자체가 중요하다는 뜻은 아니야. 그가 관계를 맺고 있는 거물들 때문에 폴록이 중요하다는 거지. 이렇게 한번 생각해보라고. 상어를 따라다니며 몸에 붙은 기생충을 먹고 사는 동갈방어나, 사자의 곁을 맴돌며 먹다 남은 고기를 노리는 자칼은 모두 어마어마한 세력에 빌붙어 살아가는 별 볼일 없는 존재들이지. 그런데 왓슨, 이렇게 하찮은 존재들이 따라다니는 거물들은 단순히 무시무시할 뿐만 아니라 그 사악함이 이루 말할 수 없어. 내가 폴록

에게 관심을 가지기 시작한 것도 다 그런 이유 때문이야. 왓슨, 언젠
가 내가 모리아티 교수에 대해 이야기한 것 생각나?"

"과학적인 두뇌를 가졌다는 그 유명한 범죄자? 사기꾼들 사이에
널리 알려져 있다는……."

"지나치게 치켜세워주는 것 같군. 그만해, 왓슨!" 홈즈는 비난하
는 투로 중얼거렸다.

"왜 그래 홈즈, 나는 그저 그자가 일반인들에게는 잘 알려지지 않
은 인물이라는 걸 말하려고 한 것뿐이야."

"한 방 먹었군! 확실히 한 방 먹었어! 왓슨 자네 정말이지 뜻밖에
능청맞은 유머 기질이 있군그래. 하하하! 앞으로 자네한테 당하지
않으려면 정신 바짝 차리는 수밖에 없겠어. 그런데 왓슨, 모리아티
교수를 범죄자라고 말하면 그것은 법적으로 볼 때 명예훼손이나 다
름없어. 아, 자네에게 영광과 기적이 있기를! 고금을 막론하고 가장
뛰어난 음모가, 극악무도한 소행의 배후, 암흑가의 지배자, 그리고
한 나라의 운명을 좌우할 명석한 두뇌를 소유한 자, 그자가 바로 모
리아티 박사야. 하지만 그런 그를 두고 세상 누구도 의심의 눈초리
를 던지거나 비판의 말을 하지 않아. 자기 관리에 천부적인 소질이
있어서 자신의 정체를 절대로 드러내지 않거든. 그러니 그가 만약
자네가 방금 한 말을 가지고 소송을 건다면, 거기에 대한 위자료로
자네의 1년 치 연금을 송두리째 빼앗길지도 모를 일이야. 모리아티
교수가 바로 그 유명한 『소행성 역학』을 쓴 저자가 아니겠어? 순수
수학에서 너무나 높은 경지에 올라서 과학계에서도 그를 비판할 사

람이 없을 정도야. 그러니 이런 사람을 어떻게 함부로 비방할 수 있
겠어? 사람들은 아마 모리아티 교수를 명예훼손당한 억울한 과학자
로, 자네를 독설가 의사쯤으로 여기게 될 거야. 정말 기가 막힐 노릇
이지! 하지만 언젠가 내가 이 시시한 놈들의 문제를 해결하고 나면
반드시 그자를 상대할 날이 오고 말 거야."

"정말 기대되는군!" 나는 간절하게 소리쳤다. "홈즈, 이제 폴록에
대해 얘기해봐."

"아, 그렇지. 자칭 폴록이란 자는 연결 고리의 하나라고 할 수 있
어. 중요한 곳과 약간 떨어져 있지만 말이야. 우리끼리 얘기지만 폴
록은 그다지 중요하거나 튼튼한 연결 고리는 아니야. 지금까지 내가
알아본 바에 따르면, 그는 거물과 연결된 견고한 고리들 가운데 치명
적으로 약한 고리에 해당하지."

"하지만 아무리 약한 연결 고리라 해도, 그것이 끊어지고 나면 튼
튼한 쇠사슬 역시 끝장이야."

"바로 그거야, 왓슨. 그래서 폴록이 절대적으로 중요하다는 거지.
그에게 아직까지 일말의 양심이나 정의감 같은 게 살아 있어서 다행
이야. 게다가 그동안 내가 몰래 보내준 10파운드짜리 지폐가 효력을
발휘하기도 했어. 한두 차례 중요한 정보를 제공받을 수 있었거든.
그 정보들은 이미 발생한 범죄에 대한 보복이 아니라 범죄 발생을
예방하는 데 더 큰 가치가 있었지. 만약 여기 적힌 암호를 푸는 열쇠
만 있다면 틀림없이 이 편지도 그만한 가치를 지녔다는 게 드러날
거야."

홈즈는 다시 편지를 꺼내 빈 접시 위에 활짝 펼쳐놓았다. 나는 일어서서 그의 어깨 너머로 의문의 편지를 내려다보았다.

> 534 C2 13 127 36 31 4 17 21 41
>
> 더글러스 109 293 5 37 벌스턴
>
> 26 벌스턴 9 127 171

"어떻게 생각해, 홈즈?"

"비밀 정보를 전하려는 것이 틀림없어."

"하지만 암호를 풀어낼 열쇠가 없는데 암호문만 있으면 무슨 소용이야?"

"이 경우에는 아무 소용도 없지."

"'이 경우' 라니 도대체 무슨 소리지?"

"신문 지면의 '사람을 찾습니다' 난을 읽어 내려가듯 내가 쉽게 해독할 수 있는 암호문들은 사방에 널려 있어. 그렇게 어설픈 암호는 지적인 즐거움은 있을지언정 머리를 아프게 하지는 않지. 하지만 이 암호문은 달라. 이 숫자들은 어느 책의 몇 쪽엔가 나와 있는 단어들을 가리키고 있는 게 분명해. 그게 어떤 책이고 몇 쪽인지 알아낼 때까지는 나도 속수무책일 수밖에."

"홈즈, 그렇다면 '더글러스' 와 '벌스턴' 이라는 글자는 또 뭐지?"

"그야 문제의 책에서 찾을 수 없는 단어들이라 그대로 써놓은 거지."

"그렇다면 책의 제목은 왜 밝히지 않았을까?"

"이봐, 왓슨. 조금이라도 생각이 있는 사람이라면 암호와 그걸 풀수 있는 열쇠를 한 봉투에 넣어서 보내는 일은 하지 않을 거야. 만에하나 누군가의 손에 잘못 들어가기라도 한다면 끝장일 테니까 말이야. 하지만 암호와 암호의 열쇠를 각각 다른 봉투에 담아 보내면 혹시 잘못 전달되더라도 일을 그르치게 되지는 않지. 그나저나 두 번째 편지가 좀 늦어지는군. 이번에는 암호해독에 필요한 설명이 들어있거나 어쩌면 첫 번째 편지에 나온 숫자들이 가리키는 책을 알려줄지도 모르지."

홈즈의 예상은 바로 적중했다. 불과 몇 분 후 급사 빌리가 기다리던 편지를 가지고 왔다.

"똑같은 필체로군." 봉투를 뜯으며 홈즈가 말했다. "게다가 이번엔 직접 서명까지 했어!" 홈즈는 편지를 펼치며 환호하는 목소리로 덧붙였다. "왓슨, 이제 일이 슬슬 풀리는 것 같은데."

하지만 편지를 훑어 내려가던 홈즈의 표정은 점점 어두워지기 시작했다.

"이런, 말도 안 돼. 왓슨, 아무래도 우리의 기대가 전부 물거품이 된 것 같아. 그렇지만 폴록이란 자에게 나쁜 일이 생기지는 않을 거야."

친애하는 홈즈 씨에게

저는 이제 이 일에서 손을 떼고 싶습니다. 그가 저를 의심하기 시작했으니 위험천만입니다. 저를 의심한다는 게 느껴집니다. 제가 암호의 열쇠를 보내려고 봉투를 쓰고 있는데 갑자기 그가 제 앞에 나타났습니다. 재빨리 봉투를 감춘 덕분에 들키지 않아서 다행입니다. 하마터면 저는 지금 죽은 목숨이 될 뻔했습니다. 어쨌든 여전히 그에게서는 저를 의심하는 눈빛이 역력합니다. 지난번 암호문은 제발 태워버리십시오. 어차피 당신에게 아무 소용도 없을 테니까요.

— 프레드 폴록

홈즈는 편지를 구겨버리더니 잠시 난롯불만 물끄러미 바라보며 앉아 있었다.

"아무래도 별다른 뜻이 있는 것 같지는 않은데." 마침내 홈즈가 입을 열었다. "그저 죄책감에 양심이 찔렸다고나 할까. 폴록은 스스로 배신자라는 사실을 지나치게 의식한 나머지 상대방이 자기를 의심하고 있다고 느끼고 있는 것 같아."

"상대방이라면, 혹시 모리아티 교수를 말하는 거야?"

"당연하지. 그 일당들 사이에서 '그'라고 할 만한 사람이 모리아티 교수 말고 또 누가 있겠어? 그자들 중에서 누구보다 막강한 힘을 과시할 수 있는 '그'는 오직 한 사람밖에 없어."

"도대체 그가 뭘 어떻게 할 수 있다는 말이야?"

"흠, 중요한 질문이야. 생각해봐. 상대는 바로 유럽에서 최고의 두뇌를 가진 자야. 게다가 검은 세력을 배후에 두고 있으니 그런 그가 못할 일이 뭐가 있겠어. 어쨌든 우리의 친구 폴록이 잔뜩 겁에 질려 판단력을 잃은 게 분명해. 편지지의 필체와 봉투의 필체를 잘 비교해봐. 폴록이 말한 대로라면 편지 봉투를 다 쓴 후에 그가 나타난 거지.

그래서 봉투의 글씨는 또박또박 정확히 쓴 데 비해 편지지의 글씨는 알아보기 힘들 정도야."

"그런데 홈즈, 폴록은 도대체 왜 굳이 편지를 쓴 걸까? 봉투는 그냥 버리면 될 텐데 말이야."

"그건 말이지, 그렇게 되면 내가 자기 뒷조사를 할까 봐 두려웠던 거지. 결국 자기가 곤경에 빠지게 될 거라는 생각이 든 거야."

"그렇겠군." 나는 암호문이 담긴 편지를 집어 들고 눈살을 찌푸리며 말했다.

"중요한 비밀이 이 편지 한 장에 들어 있을지도 모르는데, 인간의 능력으로는 꿰뚫어 볼 수가 없다는 걸 생각하니 꽤 화가 나는군."

셜록 홈즈는 아직 손도 대지 않은 아침 식사를 한쪽으로 밀어놓았다. 그러고는 깊은 생각이 필요할 때면 찾는 맛없는 파이프 담배에 불을 붙였다.

"과연 그럴까?" 홈즈는 상체를 뒤로 젖힌 채 천장을 바라보았다. "임기응변이 뛰어난 자네의 지성으로도 포착하지 못한 점이 아마 있을 거야. 우리 한번 순수한 추리력으로 문제에 접근해보자고. 이 친구의 암호문은 책과 관련이 있는 게 분명해. 거기서부터 출발해보면 될 것 같아."

"어쩐지 좀 막연한 출발인걸."

"그렇다면 추리의 폭을 좀 좁힐 수 있나 한번 볼까. 정신을 집중하면 그렇게 어렵지만도 않을 거야. 우선 이 책에 대해 우리가 가지고 있는 단서가 뭘까?"

"아무것도 없어."

"자, 자, 그렇게 비관만 하고 있을 정도로 상황이 나쁘지만은 않아. 봐, 암호문은 534라는 숫자로 시작하잖아. 534는 꽤 큰 숫자야. 가령 534라는 숫자가 암호문이 가리키는 책의 특정 쪽수라고 생각해 보자고. 이제 우리가 찾는 책은 제법 두꺼운 책일 거라는 결론이 나오지. 이것만으로도 큰 수확인 셈이야. 자, 이제 이 책이 어떤 종류의 책인지 알아낼 만한 단서로 뭐가 있을까? 이번에는 C2라는 암호를 한번 살펴볼까. 뭐 떠오르는 거 없어, 왓슨?"

"보나 마나 제2장Chapter the second이라는 뜻이겠지."

"그게 아니야, 왓슨. 분명 자네도 내 생각과 다르지 않을 거야. 쪽수를 알려줬는데 몇 장인가 하는 것이 뭐가 중요하겠어? 그리고 534쪽이 겨우 2장에 있다면 1장은 도대체 얼마나 길다는 말이겠어?"

"단Column이야!"

내가 소리쳤다.

"훌륭해, 왓슨. 오늘 아침 자네 머리가 꽤나 잘 돌아가는군. 내가 완전히 속아 넘어간 것이 아니라면 단을 의미하는 게 확실해. 자, 이제 이 두툼한 책을 머리에 떠올려보면 돼. 2단으로 인쇄되었는데 짐작건대 각각의 단 길이가 상당히 길 것 같아. 암호 가운데 293번째 글자라고 되어 있는 걸 보면 알 수 있어. 자, 우리의 추리력을 이용해 풀어낼 수 있는 내용은 이게 전부일까?"

"아쉽지만 그런 것 같아."

"자네 스스로를 너무 과소평가하고 있군그래. 한번 번뜩이는 기지를 발휘해보라고, 왓슨. 다시 한 번 영감을 떠올려보는 거야! 만일 그 책이 손에 넣기 힘든 책이었다면 폴록은 그걸 내게 보내주었을 거야. 그런데 폴록은 계획이 탄로 나기 전에 암호의 열쇠를 이 봉투에 넣어 보내려고 했지. 편지에도 그렇게 쓰여 있잖아. 그것만 봐도 폴록은 그 책이 내가 아주 쉽게 찾을 수 있는 책이라고 판단했던 거야. 왓슨, 문제의 책은 한마디로 어디서나 쉽게 구할 수 있는 아주 흔한 책이라는 결론이 나오지."

"자네 말이 앞뒤가 척척 들어맞는걸."

"따라서 우리가 찾는 책은 2단으로 인쇄된 두툼한 데다 아주 흔하게 구할 수 있는 책으로 범위를 좁힐 수 있을 거야."

"성경!"

나는 의기양양하게 소리쳤다.

"좋아, 왓슨. 아주 좋아! 하지만 아직 충분하지 않아. 이런 말을 하면 꼭 나만 잘났다고 하는 꼴이 되겠지만 모리아티 일당에게 성경만큼 안 어울리는 책도 없을 거야. 게다가 성경에는 여러 가지 판본이 있어서 폴록이 가지고 있는 성경과 내 성경의 쪽수가 서로 일치할 거라고는 생각지 않았을 거야. 그렇다면 이 문제의 책은 표준화된 책이 분명해. 자기 책의 534쪽이 내 책의 534쪽과 일치한다고 확신했던 걸 보면 말이지."

"하지만 그런 조건을 다 만족시키는 책이 어디 흔할까?"

"바로 그거야. 거기에 우리를 살릴 단서가 있는 거야. 우리가 찾는 책의 범위가 표준화되고, 누구나 가지고 있는 규격화된 책으로 좁혀졌군."

"브래드쇼 철도 시각표!"

"그것 역시 문제가 많아, 왓슨. 브래드쇼에 사용된 어휘는 간결하지만 몇 가지밖에 없거든. 거기서 필요한 말을 골라 편지를 쓰기란 어려운 일일 거야. 그러니 브래드쇼는 제외하기로 해. 사전도 같은 이유로 제외시켜야 할 거야. 자, 이제 남은 게 뭐가 있을까?"

"연감이야!"

"훌륭해, 왓슨! 자네가 아직 감을 못 잡은 줄 알았는데, 내가 아주 단단히 착각했군. 그래, 바로 연감이야! 『휘터커 연감』(영국에서 발행되는 세계적으로 유명한 연감. 1868년 J. 휘터커 앤드 선스 출판사에서 처음 나왔다—옮긴이)의 특징을 한번 생각해봐. 흔하게 사용되고, 분량도 충분하고, 게다가 2단으로 인쇄되어 있지. 앞부분에서는 어휘를 별로 많이 사용하지 않았지만 내 기억이 틀리지 않는다면 뒤로 갈수록 점점 많아질 거야."

홈즈는 책장에서 연감을 꺼내 들었다.

"여기 534쪽을 한번 봐. 두 번째 단에 영국령인 인도의 자원과 무역에 대해서 정말 방대하게 다루고 있어. 왓슨, 단어들 좀 받아 적어보겠어. 13번째 단어는 '마라타(인도 중서부의 마라타족, 또는 마하라슈트라 지역에서 온 힌두인들을 가리키는 말—옮긴이)'야. 흠, 왠지 시작부터 예감이 좋지 않은걸. 127번째 단어는 '정부'야. 이 단어야 문맥상 어울리긴 하지만 우리나 모리아티 교수와는 별다른 관계가 없을 것 같은데. 어쨌든 계속 생각해보자. 마라타 정부가 뭘 어떻게 한다는 걸까? 이런! 그다음에 올 단어가 '돼지 털'이라니, 이거 도저히 안 되겠는데. 왓슨! 다 틀린 것 같아."

홈즈는 농담처럼 중얼거렸지만 짙은 눈썹을 실룩거리는 것으로 보아 여간 실망스럽고 짜증 난 눈치가 아니었다. 별로 도움을 주지 못한 까닭에 의기소침해진 나는 속수무책으로 그저 벽난로만 바라볼 뿐이었다. 얼마나 긴 침묵이 흘렀을까. 홈즈가 불쑥 탄성을 지르더니 황급히 책장으로 달려가 노란색 표지의 책을 꺼내 들었다.

"우리가 지나치게 최신 자료만 찾느라 급급했어. 시간을 너무 앞서 갔기 때문에 그 대가를 치른 거야. 오늘이 1월 7일이지. 그러니 당연하게 신년 연감을 펼쳐본 거고. 그런데 문제는 말이야, 폴록은 작년도 연감을 사용해서 암호문을 작성했을 가능성이 높다는 거야. 만약 암호문을 푸는 열쇠가 담긴 편지를 써서 보냈다면 분명히 작년 연감을 사용하라고 일러줬을 거야. 자, 534쪽에 뭐가 있나 함께 보자고. 13번째 단어가 '대단히'인 걸 보니 이제 좀 실마리가 풀리려나 보군. 127번째 단어는 '위험'이야. 둘을 합치면 '대단히 위험'이 되지." 잔뜩 흥분한 홈즈의 눈은 반짝반짝 빛나고 단어 위를 차례로 훑어가는 손가락은 경련을 일으키고 있었다.

"다음 글자는 '하다'야. 하! 하! 끝내주는군! 자 한번 받아 적어봐, 왓슨. '대단히, 위험하다. 곧, 위험, 닥쳐, 올, 것이다.' 이제 '더글러스'라는 이름을 사용할 차례야. '시골, 벌스턴, 벌스턴 저택, 거주, 부유한, 더글러스, 장담, 긴급함.' 자, 어때! 순수한 추리력과 그 결실을 어떻게 생각해? 식료품점에서 월계관을 팔기라도 한다면 빌리더러 당장이라도 사 오라고 하고 싶은 기분이군."

나는 홈즈에게서 아무렇게나 받아 적은 암호해독이 적힌 종이를 무릎 위에 놓고 물끄러미 보며 말했다.

"참 나, 메시지 한번 무척 어지럽고 복잡하군!"

"아니, 정반대지. 폴록은 정말 기막히게 잘한 거야."

홈즈가 반박했다.

"단 한 개의 단 안에서 자기 뜻을 전할 말을 다 찾기는 힘들었을 거야. 나머지는 상대방이 알아서 이해할 만한 능력이 있기를 기도하

는 수밖에 없지. 어쨌든 편지의 요점은 분명히 드러나 있어. 바로 더글러스라는 사람에게 뭔가 나쁜 일이 벌어질 거라는 사실이지. 더글러스가 누구인지는 몰라도 편지에 쓰인 것처럼 벌스턴이라는 곳에 살고 있는 돈 많은 시골 신사겠지. 폴록은 그 신사에게 곧 위험이 닥칠 절박한 상황이라고 확신하는 거야. 그래서 '확신'이라는 의미와 가장 가까운 '장담'이라는 단어를 사용해서라도 자기 의사를 전하고 싶었던 거지. 여기까지가 우리가 알아낸 결과야. 제법 그럴듯한 분석 아냐?"

홈즈는 자기가 원하는 결과를 얻지 못하면 남몰래 괴로워하지만, 반대로 일을 성공적으로 끝내면 진정한 예술가처럼 순수한 기쁨에 빠지곤 한다. 홈즈가 여전히 행복에 겨워 껄껄거리고 있을 때였다. 빌리가 문을 활짝 젖히더니 런던 경찰국의 맥도널드 경위를 안으로 안내했다.

알렉 맥도널드 경위는 1880년대 말 무렵만 하더라도 막 일을 시작한 터라 지금같이 전국적으로 주목받는 형사는 아니었다. 젊은 나이로 동료 형사들의 신뢰를 한 몸에 받고 있던 중에 몇몇 사건을 맡아 해결하면서 크게 두각을 나타냈다. 그는 기골이 장대한 체격 덕분에 늘 힘이 솟구치듯 보였고, 짙은 눈썹 아래에 깊이 자리 잡은 반짝이는 눈빛과 커다란 두개골만으로도 예리한 통찰력의 소유자임을 짐작할 수 있었다. 말수가 적고 매사에 꼼꼼한 맥도널드 경위는 다소 완강한 기질에 스코틀랜드 애버딘 억양이 심한 남자였다.

맥도널드 경위는 벌써 두 차례나 홈즈의 도움으로 사건을 해결한 경험이 있었다. 그때마다 홈즈가 받은 유일한 보상은 문제 해결 과정에서 얻는 지적인 유희를 실컷 만끽하는 것이었다. 이런 까닭에 맥도널드 경위는 이 아마추어 동업자에게 자신의 깊은 애정과 존경심을 아낌없이 드러냈다. 그 후로도 맥도널드 경위는 어려운 문제에 부딪힐 때마다 홈즈를 찾아와 도움을 청했다. 평범한 사람은 자기보다 나은 사람을 알아보지 못한다. 그러나 재능이 있는 사람은 천재를 즉각 알아본다. 자기 직업에 풍부한 재능을 보인 맥도널드 경위는 유럽에서 타고난 재능이나 경험 면에서 독보적인 위치에 있는 홈즈에게 어려울 때 도움을 청하는 것이 전혀 수치스러운 일이 아니라고 믿었다. 홈즈는 친구를 쉽게 사귀는 편은 아니지만 이 덩치 큰 스코틀랜드 남자에게만큼은 꽤나 관대한 태도를 보였다. 그는 경위의 모습을 보자마자 미소를 지어 보였다.

"일찍 일어나셨군요." 홈즈가 인사했다. "일찍 일어나는 새가 벌레를 잡는다는 말이 있지요, 맥 경위. 오늘 벌레를 많이 잡길 바랍니다. 이렇게 일찍 온 것을 보니 무슨 문제가 생긴 것은 아닌지 걱정이군요."

"홈즈 씨, 걱정보다는 뭔가 기대하고 계신 것 같은데요." 맥도널드 경위는 다 알고 있다는 듯이 씩 웃어 보였다. "으스스한 아침 한기를 없애는 데는 위스키 한 모금이 그만이지요. 아니, 고맙지만 담배는 사양하겠습니다. 서둘러 가야 하거든요. 사건이 발생했을 때 현장에 빨리 도착하는 게 중요하다는 것을 누구보다도 홈즈 씨가 잘 아시지 않습니까. 그런데, 도대체 이것은……."

경위는 갑자기 하던 말을 멈추고 몹시 놀란 얼굴로 테이블에 놓인 종잇장을 쳐다보았다. 내가 수수께끼 같은 메시지를 휘갈겨 쓴 종이였다.

"아니, 더글러스라니!"

맥도널드 경위는 말을 더듬었다.

"벌스턴! 홈즈 씨, 도대체 이게 어떻게 된 일이지요? 귀신에 홀린 것 같군요. 저 이름들을 어떻게 다 알아낸 겁니까?"

"왓슨 박사와 내가 함께 푼 암호해독문입니다. 그런데 왜 그러시죠? 무슨 문제라도 있습니까?"

맥도널드 경위는 놀란 나머지 멍한 표정으로 우리 두 사람을 번갈아 쳐다보았다.

"네, 어젯밤 더글러스 씨가 벌스턴 저택에서 끔찍하게 살해되었습니다."

Sherlock Holmes Discourses

제2장 홈즈의 이야기

정말이지 대단했다. 어쩌면 홈즈는 그런 순간을 위해 존재하는지도 모르겠다. 맥도널드 경위가 전한 사실은 실로 놀라웠는데 홈즈는 전혀 충격을 받거나 흥분한 듯 보이지 않았다. 홈즈에게 남달리 잔인한 성향이 있어서가 아니라 그동안 지나친 자극에 장기간 노출되어 감정이 무뎌졌기 때문이다. 물론 감정이 무뎌졌다고 해도 지적인 두뇌 회전까지 멈춰버린 것은 아니었다. 맥도널드 경위의 이야기에 나는 내심 공포를 느꼈지만 홈즈는 한 치의 감정 변화도 보이지 않았다. 오히려 그는 과포화 용액에서 결정체가 형성되는 과정을 지켜보는 화학자의 냉철하고 호기심 어린 눈빛을 드러내고 있었다.

"대단해, 정말 대단하군!" 홈즈가 말했다.

"별로 놀라는 것 같지는 않으시군요."

"글쎄요, 흥미롭기는 합니다만 놀랄 일은 아닌 것 같군요. 맥 경위, 내가 놀라지 않는 게 이상한가요? 중요한 정보원이 내게 비밀 편지를 보냈는데 어떤 사람에게 위험이 닥쳤다는 내용이었습니다. 그러고 나서 한 시간도 채 안 되어 그 남자가 죽었으니 그의 말이 현실로 나타난 셈이지요. 정말 흥미롭지 않습니까? 하지만 보다시피 놀랍지는 않군요."

홈즈는 우리가 받은 편지와 그 안에 담긴 암호문에 대해 간단히 설명해주었다. 두 손으로 턱을 괴고 앉아 귀를 기울이던 맥도널드 경위가 미간을 찌푸렸다. 굵은 갈색 눈썹이 서로 붙어 한 덩어리처럼 보였다.

"오늘 아침에 벌스턴으로 가려던 참이었습니다. 가기 전에 홈즈 씨와 여기 계신 친구분께서 함께 가실 생각이 있는지 알아보려고 들렀습니다. 그런데 홈즈 씨 말씀을 듣고 보니 어쩌면 런던에 있는 편이 사건 해결에 더 도움이 될지도 모르겠군요."

"아니, 내 생각은 좀 다릅니다."

"홈즈 씨! 이제 하루 이틀이면 '벌스턴 사건의 수수께끼'라며 신문마다 대문짝만 한 기사가 날 겁니다. 그런데 사건이 일어나기도 전에 그것을 예측한 사람이 런던을 활보하고 있다면 그것은 더 이상 수수께끼라고 할 것도 없지 않나요? 그놈만 잡으면 모든 것은 저절로 해결될 테니까요."

"물론 그럴 테죠, 맥 경위. 그런데 이 폴록이라는 자를 어떻게 잡겠다는 거죠?"

맥도널드 경위는 홈즈가 건네준 편지를 뒤집어 살펴보았다.

"캠버웰에서 부친 편지네요. 별로 도움이 될 만한 정보는 아닌 것 같군요. 이름은 가명이라고 했으니……. 쓸모 있는 정보가 별로 없군요. 전에 돈을 보내준 적이 있다고 하지 않으셨습니까?"

"두 차례 보냈지요."

"어떻게 보냈습니까?"

"지폐를 편지에 동봉해서 캠버웰 우체국으로 보냈습니다."

"혹시 누가 찾아갔는지 확인하셨습니까?"

"아니요."

맥도널드 경위는 다소 충격을 받은 듯 의아한 표정을 지었다. "왜 그러셨지요?"

"나는 신의가 있는 사람이에요. 폴록이 처음으로 편지를 보내왔을 때 내가 그를 추적하지 않겠다고 약속했거든요."

"그 사람 배후에 누군가 있다고 생각하시나요?"

"분명히 있습니다."

"전에 말했던 그 교수란 자 말입니까?"

"바로 그 사람입니다!"

맥도널드 경위는 미소를 짓고 있었지만 흘긋 나를 보는 그의 눈꺼풀이 바르르 떨렸다.

"솔직히 말씀드리자면 홈즈 씨, 우리 런던 경찰국 범죄수사부에서는 선생님이 그 교수에 대해서 지나치게 집착하고 있다고 우려하고 있습니다. 그래서 나도 직접 여기저기 알아보았습니다. 그분은 생각 밖으로 학식과 재능이 뛰어나 사람들에게 상당히 존경받는 인물이던데요."

"그 재능을 알아볼 수 있었다니 다행입니다."

"어떻게 그런 재능이 눈에 띄지 않을 수 있겠습니까? 그에 대한 홈즈 씨의 견해를 듣고 나서 내가 직접 그를 찾아가 만나보았습니다. 우리는 일식에 대한 이야기를 나누었어요. 이야기가 어떻게 그리 흘렀는지 기억나지는 않지만, 어쨌든 그 교수는 반사경이 딸린 등과 지구의까지 꺼내 와서 확실하게 설명해주더군요. 나한테 책도 빌려주었는걸요. 그런데 솔직히 내 머리로는 이해하기가 좀 어려웠습니다. 나도 애버딘에서 교육깨나 받은 사람이라고 생각했는데 말이죠. 어쨌든 마른 얼굴에 희끗희끗한 머리칼하며 말하는 품새마저 근엄해서인지 성직자를 대하고 있는 것 같았습니다. 마지막으로 헤어지려는데 교수가 내 어깨에 손을 얹더군요. 마치 차갑고 험한 세상으로 나가는 나에게 신부님이 축복을 빌어주시는 것 같았어요."

홈즈는 싱그레 웃으며 양손을 문질렀다.

"잘됐군요! 아주 잘됐어요! 내 친구 맥도널드 씨, 이 유쾌하고도 감동적인 만남은 교수의 서재에서 이루어졌겠지요?"

"그럼요."

"아주 멋진 방이었겠군요."

"정말 멋졌어요. 아주 근사한 방이던데요."

"맥 경위는 교수의 책상 바로 앞에 앉아 있었을 테고요."

"네, 맞아요."

"맥 경위 얼굴에 햇빛이 비췄을 테니 교수의 얼굴은 그늘져 있었을 테지요?"

"글쎄요, 그때는 밤이었거든요. 어쨌든 등불이 내 얼굴을 내내 비추더군요."

"그랬을 겁니다. 그런데 교수 머리 위쪽에 그림이 하나 걸려 있었을 텐데, 혹시 기억나나요?"

"나는 무엇이든 놓치는 게 없는 사람입니다. 홈즈 씨에게 배운 습관 덕분이지요. 네, 그림이 생각나요. 젊은 여인이 두 손으로 얼굴을 받치고 그림을 보는 사람을 마치 곁눈질하는 듯한 그림이었어요."

"바로 장 바티스트 그뢰즈의 작품입니다."

맥도널드 경위는 애써 관심 있는 척했다.

"장 바티스트 그뢰즈란 화가는……" 홈즈는 계속해서 말을 이으며 양 손가락을 맞대고 의자에 등을 기댔다. "프랑스인인데 1750년부터 1800년까지 아주 왕성하게 활동한 화가입니다. 물론 순전히 화가로서 활동했을 때를 말하는 겁니다. 지금의 비평가들은 그가 활동했을 때보다 그를 더 높게 평가하고 있지요."

맥도널드 경위가 한눈을 팔기 시작했다.

"그보다는 사건 얘기를 하는 것이……."

"지금 하고 있지 않습니까?" 홈즈는 그의 말을 가로막았다. "내가 지금 말하고 있는 것들은 모두 경위님이 말하는 벌스턴 사건의 실마리를 풀 수 있는 직접적이고도 아주 핵심적인 사항과 관련이 있습니다. 어떤 의미에서는 그 사건을 풀 수 있는 열쇠라고 할 수도 있지요."

맥도널드 경위는 멋쩍은 미소를 지으며 내게 도와달라는 듯한 시선을 던졌다.

"홈즈 씨, 추리를 펼치는 속도가 너무 빨라서 제가 따라잡기 벅찰 정도예요. 한 가지 이야기와 다른 이야기를 연결시키는 고리를 몇 개 빠뜨리시면 도무지 어떻게 서로 연관 지어 생각해야 할지 종잡을 수가 없습니다. 도대체 이 죽은 화가가 벌스턴에서 벌어진 일과 무슨 관계가 있다는 겁니까?"

"탐정에게는 어떤 지식이라도 유용할 때가 있게 마련이지요." 홈즈가 응수했다. "1865년 〈아기 양을 데리고 있는 아가씨〉라는 그뢰즈의 그림이 120만 프랑, 그러니까 우리 돈으로 4만 파운드 이상의 가격에 포르탈리스 경매에서 낙찰되었습니다. 이 사실이 별것 아닌 것 같지만 여기서부터 생각의 실마리를 풀어나갈 수 있을 것으로 보입니다."

정말 그랬다. 맥도널드 경위는 슬슬 흥미를 느끼기 시작했다.

"내가 도와드리지요." 홈즈가 이어서 말했다. "믿을 만한 자료들을 확인해 모리아티 교수의 급여를 알아낸 결과 그는 1년에 700파운드를 받고 있습니다."

"그런데 어떻게 그 돈으로 그런 그림을……."

"바로 그겁니다. 도대체 그런 값비싼 그림을 어떻게 손에 넣을 수 있었을까요?"

"흠, 이해가 안 됩니다." 경위는 심각하게 말했다. "계속 이야기하시죠, 홈즈 씨. 재미있군요. 점점 흥미로워집니다."

홈즈는 미소를 지었다. 누군가 자기에게 진심으로 존경을 나타내면 흐뭇한 마음이 드는 것은 어쩔 수 없는 일이다. 이것이 바로 진정한 예술가의 특성일 것이다. "이제 벌스턴으로 떠나야 하지 않나요?" 홈즈가 물었다.

"아직 시간이 남았습니다." 맥도널드 경위는 시계를 확인하며 말했다. "문 앞에 마차를 대기시켜놨습니다. 또 빅토리아 역까지 20분도 채 안 걸릴 테고요. 그런데 그 그림 말입니다. 내 기억에 홈즈 씨께서는 모리아티 교수를 만나본 적이 한 번도 없다고 하신 것 같은데요."

"전혀 없습니다."

"그렇다면 교수의 방에 그 그림이 걸려 있다는 것을 어떻게 아셨습니까?"

"아, 그건 또 다른 이야기지요. 나는 그 방에 세 번이나 가본 적이 있습니다. 두 번은 각각 다른 이유로 찾아갔었는데 거기서 교수를 기다리다 못 만나고 먼저 나왔지요. 또 한 번은……, 글쎄요, 현직 경위님 앞에서 말씀드리기 어려운 내용이군요. 어쨌든 그때 교수의 서류들을 서둘러 훑어보았는데 아주 뜻밖의 결과를 찾아냈습니다."

"뭔가 의심스러운 내용이라도 발견하셨나요?"

"아니, 아무것도 없더군요. 내가 놀란 이유가 바로 그 때문입니다. 그건 그렇고, 이제 그 그림이 무얼 뜻하는지 아시겠습니까? 그림만 보아도 모리아티 교수가 얼마나 대단한 부자인지 추측할 수 있지요. 교수인 그가 어떻게 부를 축적했을까요? 아직 결혼도 안 했고 남동생은 서부 잉글랜드의 역장에 불과합니다. 게다가 교수 연봉이 700파운드인데, 그런 그가 그뢰즈의 그림을 갖고 있단 말입니다."

"어떻게 된 거지요?"

"불을 보듯 뻔한 것 아니겠습니까?"

"그러니까 교수가 불법으로 엄청난 돈을 벌어들이고 있다는 말씀인가요?"

"그렇습니다. 그렇게 생각할 만한 또 다른 이유가 있기는 합니다만……. 수십 가닥의 거미줄들은 보일 듯 말 듯 중심을 향해 뻗어 있고, 그곳에는 독을 잔뜩 품은 거미가 미동도 없이 먹이가 걸려들기만을 기다리고 있지요. 내가 그뢰즈의 그림을 언급한 이유도 맥 경위가 상황을 쉽게 파악할 수 있도록 도와주기 위해서입니다."

"홈즈 씨, 말씀하신 내용이 흥미롭다는 것은 인정합니다. 아니, 흥미 이상으로 훌륭합니다. 하지만 좀 더 구체적으로 말씀해주시죠. 도대체 그 많은 돈이 어디서 난 걸까요? 그림 위조? 화폐 위조? 아니면 강도 짓이라도 한 걸까요?"

"혹시 조너선 와일드에 대해 읽어본 적 있나요?"

"어디선가 들어본 듯한 이름인데, 소설 속의 인물인가요? 저는 소설에 나오는 탐정 따위에는 관심이 없어요. 그들은 사건을 처리하고도 어떻게 해결했는지 가르쳐주질 않거든요. 그런 책은 늘 영감으로 사건을 해결할 뿐 전혀 사실적이지가 않아요."

"조너선 와일드는 탐정도, 소설 속 등장인물도 아닙니다. 1750년 무렵에 살았던 범죄 집단의 우두머리였지요."

"어쨌든 내게 별로 도움은 안 되겠군요. 난 현실적이거든요."

"맥 경위, 진정으로 현실적인 탐정이 되고 싶다면 한 석 달쯤 집에 틀어박혀 하루 열두 시간씩 범죄 기록을 살펴봐야 할 겁니다. 모든 것은 돌고 도는 법이니까요. 모리아티 교수도 포함해서 말이지요. 조너선 와일드는 런던 범죄자들의 숨은 배후 세력으로 활동했던 인물입니다. 런던의 범죄자들에게 자신의 두뇌와 조직력을 공급해주는 대가로 15퍼센트의 수수료를 챙기던 인물이지요. 그런 자는 옛날에도 있었지만 앞으로도 존재할 겁니다. 모리아티 교수에 대해서 관심이 갈 만한 이야기를 해드리지요."

"궁금한데요."

"아주 우연한 기회에 모리아티 교수와 연결되어 있는 첫 번째 고리가 누구인지 알게 되었습니다. 사슬 한쪽 끝에는 어둠의 길로 잘못 들어선 나폴레옹 같은 남자가 있고 다른 쪽 끝에는 100여 명에 이르는 폭력배, 소매치기, 공갈 협박범, 사기 도박단 등이 우글거리고 있습니다. 그 안에서 온갖 끔찍한 범죄들이 일어납니다. 모리아티 교수의 일등 참모 격인 세바스찬 모런 대령 역시 자신이 저지른 범죄와 관련된 증거를 철저히 은폐하여 모든 법망을 능수능란하게 빠져나가지요. 모리아티 교수가 그에게 연봉을 얼마나 줄 것 같습니까?"

"얼마나 주는데요?"

"1년에 6,000파운드나 됩니다. 비상한 두뇌에 대한 보상이라고나 할까요. 미국식 상업주의의 본보기지요. 정말 우연한 기회에 그런 내막을 알게 되었는데 영국 수상의 수입보다도 많은 액수더군요. 이 사실만 보더라도 모리아티 교수의 수입이 얼마나 되는지, 또 그가 손대고 있는 일의 규모가 얼마나 어마어마한지 대충 감이 잡히지 않습니까? 하나 더 생각해볼 점이 있습니다. 모리아티 교수가 최근에 발행한 수표를 추적해본 적이 있는데, 가계비 지출에 사용한 수표였습니다. 의심할 만한 구석은 전혀 없었지요. 그런데 수표마다 발행한 은행이 모두 달랐어요. 총 여섯 곳이나 되었지요. 뭔가 이상하다는 생각이 들지 않습니까?"

"정말 이상하군요. 홈즈 씨는 어떻게 생각하시는지요?"

"모리아티 교수는 자기 재산 이야기가 남들 입에 오르내리는 걸 원치 않았던 겁니다. 자기가 얼마나 많이 가지고 있는지 그 누구에게도 들키고 싶지 않은 것이지요. 그가 거래하는 계좌만 해도 틀림없이 스무 개는 될 겁니다. 게다가 재산의 상당 부분을 국외로 빼돌려 도이체 은행이나 리옹 은행에 맡겨두었을 거예요. 여하튼 경관님이 혹시라도 여유가 생기면 모리아티 교수에 대해 연구 좀 해보시지요."

대화가 진행될수록 맥도널드 경위는 홈즈에게 점점 더 깊은 인상을 받는 듯했다. 그는 완전히 넋을 잃고 홈즈의 이야기에 빠져들었다. 하지만 이내 스코틀랜드인다운 현실감을 되살려 코앞에 닥친 문제를 다시 들춰냈다.

"그럼 모리아티 교수 얘기는 나중으로 미루도록 하지요. 홈즈 씨가 재미있는 일화만 들려주니까 하던 이야기가 자꾸 옆으로 새지 않습니까? 어쨌든 중요한 점은 홈즈 씨의 진술대로 그 교수가 이번 사건과 뭔가 관련이 있다는 겁니다. 그 폴록이라는 남자가 경고문을 보냈다고 하셨는데, 그 편지에서 사건 해결의 실마리를 풀 수 있는 실질적인 추측을 해볼 수는 없을까요?"

The Valley of Fear

"범죄 동기에 대해 추측할 수는 있습니다. 맥 경위께서 맨 처음 하신 말씀처럼 이 사건은 풀 수 없는, 아니 적어도 설명이 불가능한 살인 사건입니다. 그런데 살인 사건의 핵심이 우리가 추측하는 대로 모리아티 교수라고 가정해봅시다. 그럼 범행의 동기를 크게 두 가지로 볼 수 있어요. 첫 번째, 내가 말씀드렸는지 모르겠지만 모리아티 교수는 부하들을 엄격한 규율로 다루고 있습니다. 자기 명령을 어기는 자는 엄청난 대가를 치러야 하지요. 바로 죽음입니다. 그럼 이 살해당한 남자, 더글러스라는 사람이 어떤 식으로든 자기 두목을 배신했다고 칩시다. 모리아티 교수는 자신을 배신하는 자에게 돌아가는 것은 곧 죽음뿐이라는 걸 세상에 본보기로 하기 위해 그를 처벌했던 겁니다."

"그럴듯한 얘기군요, 홈즈 씨."

"또 다른 가정을 해볼 수 있는데요, 모리아티 교수가 돈을 벌어들이는 과정에서 저지른 범죄일 수도 있다는 것입니다. 혹시 도둑맞은 물건은 없습니까?"

"지금까지 들은 바로는 없습니다."

"물건을 도둑맞았다면 첫 번째 가정보다는 두 번째 가정이 더욱 설득력이 있을 겁니다. 만약 그랬다면 모리아티 교수는 훔친 물건을 나눠 갖기로 약속했거나, 상당한 액수의 대가를 받기로 약속하고 일을 저질렀을지도 모릅니다. 어느 쪽이든 가능한 일이죠. 두 가지 가정 중에서 하나가 맞든지, 아니면 또 다른 제3의 이유가 있을 수도 있지요. 여하튼 우리가 해결책을 찾아 나서야 할 곳은 바로 벌스턴입니다. 나는 모리아티 교수에 대해서 잘 알고 있습니다. 이곳 런던에 자신을 범죄와 연결시킬 만한 그 어떤 단서도 남겨둘 인물이 절대로 아닙니다."

"그렇다면 벌스턴으로 가야겠군요!" 맥도널드 경위가 의자에서 벌떡 일어서며 외쳤다. "이런, 생각보다 늦었는데요. 모두들 빨리 준비하시지요. 5분 안에 준비를 마쳐야 합니다. 더는 지체할 수 없어요."

"그 정도면 충분합니다." 홈즈는 자리에서 일어나 서둘러 외출용 코트로 갈아입었다. "맥 경위, 가는 길에 사건에 관련된 세부 사항을 자세히 설명해주세요."

나중에 듣고 보니 '세부 사항'이라는 게 실망스러울 정도로 빈약했다. 그래도 이 사건이 전문가의 흥미를 불러일으키기에는 충분하다는 것만큼은 분명했다. 홈즈는 두 눈을 반짝거리며 가느다란 두 손을 서로 비볐다. 그리고 경위가 들려주는 변변찮은 정보에도 열심히 귀를 기울였다. 지난 몇 주 동안 별다른 사건 없이 보냈는데 드디어 우리의 비범한 능력을 발휘할 적당한 먹잇감을 찾은 것이다. 여타의 재능처럼 비범한 탐정 능력 역시 제대로 발휘할 기회를 갖지 못하면 당사자는 참을 수 없는 괴로움을 느끼게 된다. 칼날 같은 예리한 두뇌를 사용하지 않으면 결국 무뎌지고 녹슬어 쓸모가 없어지게 마련이니 말이다.

사건 요청을 받아 마침내 그 비범한 능력을 발휘하게 된 셜록 홈즈의 얼굴에는 열의에 찬 빛이 역력했다. 눈빛은 반짝이고 백지장 같

은 두 뺨도 발그레 달아올랐다. 맥도널드 경위가 서식스에서 우리를 기다리고 있는 사건에 대해 설명하는 동안 홈즈는 한 마디라도 놓칠세라 상체를 앞으로 쑥 내밀고는 바짝 귀를 기울였다.

맥도널드 경위는 새벽 열차 편으로 한 통의 편지를 배달받았다. 지금 우리가 의지할 수 있는 정보라고는 그 편지 속에 급하게 휘갈겨 쓰인 내용이 전부였다. 맥도널드 경위가 서식스의 지방경찰관 화이트 메이슨과 개인적으로 친분이 있어서 지방경찰에서 런던 경찰국에 지원 요청을 할 때마다 훨씬 신속하게 연락을 받을 수 있었다. 대개의 경우 런던 수사관들에게 의뢰가 들어오는 사건은 관련 단서가 미비한 경우가 많았다.

다음은 맥도널드 경위가 읽어준 편지 내용이다.

맥도널드 경위님

경위님의 협조를 요청하는 공문은 별도로 보냈습니다. 이 편지는 개인적으로 보내는 서한입니다. 벌스턴에 도착하는 기차를 오전 몇 시에 탈 예정인지 미리 알려주시면 제가 마중 나가도록 하겠습니다. 혹시라도 급한 일이 생기면 대신 누군가를 보내겠습니다. 이번 일은 여간 복잡해 보이는 사건이 아닙니다. 지체할 시간이 없으니 서둘러주시기 바랍니다. 가능하면 홈즈 씨와 함께 오는 편이 좋을 것 같군요. 홈즈 씨의 마음을 사로잡을 만한 사건이니까요. 사건 현장은 시체만 없다면 마치 잘 꾸며놓은 연극 무대 같다는 생각이 들 정도랍니다. 장담컨대, 만만한 사건이 절대로 아닙니다!

The Valley of Fear

"친구가 바보는 아닌 것 같군요." 홈즈가 말했다.

"물론입니다. 내가 보기에 화이트 메이슨은 아주 대찬 사람입니다."

"또 다른 정보는 없습니까?"

"도착하면 메이슨 형사가 모두 설명할 겁니다."

"그런데 맥 경위, 더글러스 씨가 끔찍하게 살해당했다는 사실은 어떻게 알았지요?"

"동봉된 공문을 보고 알았습니다. 사실 '끔찍하게' 라는 말은 없었습니다. 공문에 쓰기에는 적절치 않은 표현이지요. 피해자 이름이 존 더글러스라고 나와 있더군요. 산탄총에 머리를 맞았다고 했습니다. 적힌 대로라면 사건 발생 시각은 어젯밤 자정에 가까운 시간이었어요. 추가로 이 사건은 틀림없는 살인 사건이고 아직까지 범인은 잡히지 않은 상황으로, 사건 자체가 아주 복잡하고 또한 의문점이 많다고 했습니다. 지금까지 알고 있는 내용은 이게 전부입니다, 홈즈 씨."

"그렇다면 이쯤 해서 일단 생각을 접도록 하지요. 맥 경위, 불충분한 자료를 가지고 섣부르게 속단을 내리는 것은 우리 같은 전문가에게는 쥐약 같은 짓이거든요. 지금 우리가 알고 있는 확실한 것은 딱 두 가지입니다. 범죄계의 배후를 조종하는 두뇌는 런던에 있고, 살해당한 남자의 시신은 서식스 주에 있습니다. 이 두 가지 사실의 연결고리를 지금부터 찾아보도록 합시다."

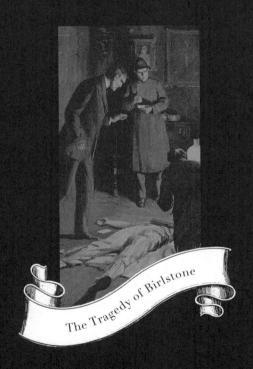

The Tragedy of Birlstone

제3장 벌스턴의 비극

자, 지금까지 일어난 일들을 순서대로 정리해보겠
다. 물론 이 이야기에서 변변치 못한 내 의견은 빼기로 하고, 순전히
우리가 현장에 도착하기 전까지 얻은 지식을 근간으로 설명하려고
한다. 이래야만 독자들이 사건에 관련된 인물들을 이해하고, 그들의
운명이 처한 사건의 배경을 쉽게 파악할 수 있기 때문이다.

　벌스턴은 서식스 주의 북경北境 지대에 자리 잡고 있는 작고 오래
된 마을로 아담한 반목조 주택들이 옹기종기 모여 있는 곳이다. 이
마을은 몇백 년이 지나도록 옛 모습을 그대로 유지해왔지만, 지난
몇 년 사이에 그림 같은 경치와 편리한 위치에 반한 부자들이 제법
몰려드는 바람에 새로 지은 집이 하나둘씩 늘어나기 시작했다. 주로
숲 주위에 빼곡하게 너도나도 집을 지었다. 그 숲은 월드 대삼림 끝
자락에서 시작하여 나무가 점점 줄어드는 북쪽 석회암 구릉까지 펼
쳐져 있었다. 점차 증가하는 인구에 발을 맞추기라도 하듯 작은 상
점들이 빠른 속도로 들어섰다. 금방이라도 벌스턴이 옛 정취가 물씬
풍기는 시골 마을에서 현대적인 도시로 변모할지 모른다는 생각이

들 정도였다. 가장 가까이 있는 중요 도시인 턴브리지 웰스가 켄트 주의 경계를 넘어 동쪽으로 16킬로미터 내지 18킬로미터가량 떨어진 곳에 위치해 있었기 때문에 벌스턴은 광범위한 지역의 중심지나 마찬가지였다.

마을에서 약 1킬로미터 떨어진 곳에는 거대한 너도밤나무 숲으로 유명한 오래된 사냥터가 있었다. 그 안에 유서 깊은 벌스턴 대저택이 자리 잡고 있다. 이 고풍스러운 건물의 역사는 제1차 십자군 전쟁 시기부터 시작되었다. 당시 휴고 드 카푸스는 레드 왕에게 하사받은 영지 한가운데에 요새를 지었다. 그러다 1543년에 화재가 일어나는 바람에 소실되고 말았다. 그때 화재로 그을린 주춧돌의 일부는, 훗날 제임스 1세 시대에 이르러 화재로 소실된 중세풍 성채의 잔해 위에 벽돌로 시골 저택을 지을 때 그대로 사용되기도 했다.

수많은 박공에 마름모꼴의 작은 창문들이 특징인 이 저택은 건축주가 저택을 떠날 당시인 17세기의 모습을 그대로 간직하고 있었다. 전쟁으로부터 성채를 지키기 위해 만들어놓은 두 겹의 해자는 전혀 다른 용도로 사용되고 있었는데, 바깥쪽 해자는 물이 마르도록 그냥 내버려두어 이제는 아담한 텃밭으로 쓰이고 있었다. 한편, 안쪽 해자는 아직까지 그대로 남아 있어 깊이는 1미터밖에 되지 않지만 폭이 12미터에 달해 성채 전체를 길게 아우르고 있었다. 작은 시냇물 줄기가 해자를 통과해 흘러나가는 탓에 물이 탁한 편이기는 하지만 고여 썩어 있거나 비위생적이지는 않았다. 건물의 1층 창문들은 해자 수면에서 불과 30센티미터도 안 되는 높이에 있었다.

저택으로 들어갈 수 있는 유일한 방법은 도개교를 건너는 것뿐이었다. 도개교에 연결된 쇠사슬과 다리를 감아올리는 권양기는 녹슬고 부서진 채로 아주 오랫동안 방치되어 있었다. 최근 이 저택의 주인이 수리를 제대로 한 덕분에 도개교는 다시 예전처럼 제 역할을 하게 되었는데, 실제로 매일 밤 도개교가 위로 올라갔다가 아침이 되면 다시 내려오는 광경을 볼 수 있었다. 이처럼 오랜 중세시대의 관습을 새롭게 재현하다 보니 밤이면 저택은 외딴섬처럼 변했다. 이 점이 바로 영국 전체의 이목을 집중시키는 수수께끼 같은 살인 사건과 직접적인 연관이 있는 부분이다.

더글러스 부부가 저택을 구입할 때까지 그곳은 수년 동안 아무도 살지 않은 채 방치되어 있었다. 누구도 관리하지 않은 탓에 그림에서나 본 듯한 폐가로 변해가고 있었다. 저택에 살고 있는 더글러스 집안은, 식구라고 해봐야 존 더글러스와 그의 부인 단 두 사람뿐이었다. 더글러스는 성격이나 됨됨이가 훌륭한 인물이었다. 나이는 대략 50세 정도로 강인한 턱과 주름진 얼굴에는 회색 콧수염이 나 있었다. 특히 부리부리한 회색 눈동자와 늠름하고 건강한 체구를 보면 젊었을 때의 탄탄하고 활동적인 기운을 아직까지 잃지 않고 그대로 보여주는 듯했다. 성격도 밝아서 누구에게나 친절함을 잃지 않았지만 사람을 대하는 태도가 세련되지 못해서 서식스 사교계 사람들에게는 격이 떨어지는 계층 사람이라는 인상을 줄 수밖에 없었다.

스스로 교양 있다고 생각하는 그의 이웃들은 호기심과 비웃음이 섞인 눈길로 더글러스를 바라보았다. 하지만 더글러스가 마을 사람들의 환심을 사기까지는 그리 오랜 시간이 필요하지 않았다. 더글러스는 그 지역에서 벌어지는 모든 사업에 상당한 액수의 돈을 기부하고, 지역 음악회를 비롯한 각종 행사에도 적극적으로 참여했다. 게다가 남달리 풍부한 성량을 가진 테너였기 때문에 어느 자리에서건 요청받은 곡들을 멋들어지게 부르곤 했다. 그는 사람들에게 상당한 재산가로 비쳤다. 그가 캘리포니아 금광에서 떼돈을 벌었다는 소문이 사람들 사이에 돌기도 했다. 그게 사실인지 알 수는 없지만 더글러스와 그의 부인이 말한 대로라면 적어도 그들이 미국에서 살았다는 것만큼은 확실했다.

그가 보여준 관대하고 민주적인 태도에 사람들은 점점 호감을 갖게 되었고, 어떠한 위험에도 굴하지 않는 용맹함에 완전히 반해버렸다. 더글러스는 승마에 서투른 편이었지만 승마 경기가 있을 때면 빠지지 않고 반드시 참석했다. 그리고 최고의 기수를 반드시 따라잡겠다는 단호한 신념을 가지고 열의를 다해 경기에 임했다. 한번은 사제관에 큰불이 났는데, 지역 소방대조차 중간에 포기하고 모두 건물 밖으로 뛰쳐나왔다. 그런데 그런 상황에서 더글러스가 건물 안으로 들어가 잿더미가 될 뻔한 재산을 구해내자 그의 용맹함이 세간에 화제가 되었다. 이렇게 해서 대저택에 살던 존 더글러스는 벌스턴에 정착한 지 5년도 채 안 되어 그 지역의 대단한 명사가 되었다.

더글러스 부인 역시 지인들 사이에서 인기가 좋았다. 영국인들은 습성상 잘 알지 못하는 외지인이 새로 이사 왔다고 방문하는 일은 아주 드물다. 그런데 더글러스 부인은 그런 것에 별로 신경 쓰지 않았다. 원래 사람 사귀는 일에 소극적인 데다 얼핏 보기에도 남편과 가사 밖의 일에는 관심을 두지 않았다. 소문에 의하면 원래 영국 출신의 아가씨였던 더글러스 부인은 홀아비로 지내던 더글러스 씨를 런던에서 만났다고 한다. 그녀는 키가 크고 호리호리한 몸매에 머리칼이 갈색인 아름다운 아가씨였다. 남편보다 스무 살이나 어렸지만 나이 차는 단란한 가정을 꾸려가는 데 별문제가 되지 않았다.

그런데 이 부부를 잘 안다고 자부하는 사람들은 이 부부가 서로에 대해 믿음이 부족한 것 같다고 생각했다. 그도 그럴 것이, 부인이 남편의 과거에 대해서 말을 아끼기도 했거니와, 그보다는 남편의 과거에 대해서 알고 있는 것이 별로 없기 때문이었다. 또한 남의 일에 관심이 많은 사람들의 말에 따르면 더글러스 부인이 종종 신경과민 증세를 보이기도 했는데, 특히 남편이 평소와 달리 지나치게 늦게 귀가하는 날이면 극도로 불안해한다고 했다. 특별한 일 없이 조용한 시골 마을에서 뜬소문은 언제나 환영받는 수닷거리가 된다. 저택에 사는 부인의 약점은 늘 남들 입에 오르내려서, 별것 아닌 일도 눈덩이처럼 부풀려지곤 했다. 게다가 무슨 사건이 터지기라도 하면 확실하지 않은 내용도 어느새 기정사실로 굳어버리기 일쑤였다.

저택에는 더글러스 부부 말고도 또 한 명의 남자가 이따금씩 방문해 이들 부부와 함께 지내곤 했다. 사건이 발생한 당일, 그 남자 역시 저택에 머물고 있었다. 이 사건으로 인해 그의 이름을 모르는 사람이 거의 없을 정도가 되었다. 햄프스티드 헤일스에서 온 세실 제임스 바커. 바커가 벌스턴 저택을 방문하는 일이 많았기 때문에 마을 사람들은 거리에서 큰 키를 흐느적거리며 걸어다니는 그의 모습을 자주 볼 수 있었다. 바커는 과거가 알려지지 않은 더글러스 씨가 영국이라는 새로운 환경에서 알고 지내던 유일한 친구라는 점에서 더욱 주목을 끌었다. 물론 바커는 영국인이지만 더글러스를 처음 알게 된 곳은 미국이고, 그곳에서부터 아주 가깝게 지냈다고 했다. 바커는 상당한 재력을 지닌 데다가 아직 미혼인 듯했다.

나이는 기껏해야 45세쯤이나 됐을 정도로 더글러스보다 젊어 보였다. 키가 훤칠하고 어깨가 떡 벌어졌으며 언제나 말끔하게 수염을 깎은 모습이 마치 프로 권투 선수 같은 인상을 풍겼다. 검은 눈썹이 유난히 굵고 억센 데다가 검은 눈동자는 상대를 압도하는 듯해서 손가락 하나 까딱하지 않고도 적의 무리를 뚫고 위풍당당하게 지나갈 사람처럼 보였다. 그는 승마나 사격은 하지 않았다. 그가 주로 즐기는 일은 입에 파이프 담배를 물고 고풍스러운 기운이 물씬 풍기는 마을을 산책하는 것이었다. 대부분 더글러스와 함께 마차로 아름다운 시골길을 감상했지만 그가 없을 때는 대신 부인과 동행하기도 했다.

"바커 씨는 참으로 소탈하고 인심도 좋은 분입니다."

집사 에임스가 말했다.

"그런데 저라면 그분 심기를 건드리는 짓은 절대로 하지 않을 거예요! 그랬다가는 그 불같은 성미를 당해낼 수가 없답니다."

바커는 더글러스와 상당히 가깝고 친하게 지내기도 했지만 부인에게도 다정다감하게 행동했다. 그런데 그 때문에 더글러스의 심기를 불편하게 만든 적이 한두 번이 아니었다. 저택의 하인들조차 눈치

챌 정도였다. 벌스턴 저택에서 비극적인 사건이 발생했을 때 가족의
한 사람처럼 그 자리에 있던 제3의 인물은 바로 이런 사람이었다.

이 밖에도 이 오래된 저택에 살고 있는 또 다른 사람으로 집사와
여러 명의 하인들이 있었다. 그중에서는 두 사람만 따로 소개하면 충
분할 것 같다. 성격이 꼼꼼하고 성품이 점잖은 데다 일 처리도 확실
한 집사 에임스와, 더글러스 부인의 집안일을 거들어주는 뚱뚱한 체
구에 성격이 쾌활한 앨런 부인이 바로 그들이다. 그 외에 여섯 명의
하인이 더 있지만 그들은 1월 6일 밤에 벌어진 사건과 아무런 관계가
없는 것으로 보였다.

밤 11시 45분. 서식스 주 경찰대 소속의 윌슨 경사가 책임을 맡고
있는 지서에 살인 사건 하나가 접수되었다. 몹시 흥분한 세실 바커
씨가 파출소 문을 향해 달려와 미친 듯이 벨을 눌러댔다.

"바, 방금 벌스턴 저택에서 끔찍한 살인 사건이 발생했습니다. 존
더글러스가 살해됐다고요!"

바커는 가쁜 숨을 몰아쉬며 저택에서 벌어진 사건을 알리고는 황
급히 돌아갔다. 윌슨 경사는 서둘러 주 경찰에 살인 사건이 발생했다
고 보고한 후 곧바로 바커의 뒤를 따랐다. 윌슨 경사가 범행 현장에
도착했을 때는 밤 12시가 조금 넘어서였다.

저택에 도착해보니 도개교는 내려져 있었고 창문마다 불이 켜져
있었다. 저택은 그야말로 공포와 혼란의 도가니였다. 하인들은 얼굴
이 하얗게 질린 채 복도 한편에 모여 있었고, 집사는 겁에 질린 듯 현
관문을 두 손으로 바짝 움켜쥐고 있었다. 애써 두려움을 감추고 감

정을 억누르고 있는 사람은 세실 바커뿐인 듯했다. 바커는 현관에서 가장 가까운 방문을 열어주며 윌슨 경사에게 자기를 따라오라고 손짓했다. 바로 그때, 민첩하고 유능한 의사 우드 박사가 저택에 도착했다. 세 사람은 끔찍한 사건이 벌어진 방으로 들어갔다. 공포에 떨고 있던 집사도 세 사람의 뒤를 따라 들어갔지만 혹시라도 하녀들이 끔찍한 장면을 보게 될까 봐 곧바로 문을 닫아버렸다.

시신은 손발을 길게 뻗은 채 방 한복판에 똑바로 누워 있는 상태였다. 잠옷 위에 분홍색 실내복을 걸치고 맨발에 모직 슬리퍼를 신고 있었다. 우드 박사는 시신 옆에 무릎을 꿇고 앉아 테이블 위에 놓인 등불을 아래로 비춰보았다. 한눈에 봐도 의사가 오나 마나 한 상황이었다. 한마디로 시신의 상태는 처참할 정도로 엉망이었다. 시신의 가슴에는 의문의 무기가 가로놓여 있었는데, 총신을 30센티미터 정도 잘라낸 산탄총이었다. 총은 지척에서 발사된 것이 분명했고, 총알은 모두 피해자의 얼굴에 적중했다. 때문에 피해자의 머리가 거의 박살 난 상태였다. 방아쇠가 철사로 묶여 있는 것으로 보아 총알을 한꺼번에 발사해 파괴력을 높이려 했던 것이 분명했다.

그 장면을 본 윌슨 경사는 갑자기 밀려드는 어마어마한 책임감에 불안해지기 시작했다.

"상부에서 사람이 올 테니 그때까지 아무것도 손대지 마십시오." 윌슨 경사는 처참하게 살해된 시신에서 눈을 떼지 못하며 낮은 목소리로 말했다.

"지금까지는 아무것도 만지지 않았습니다. 그건 내가 장담할 수 있습니다. 내가 처음 발견했을 때 모습 그대로예요." 세실 바커가 대꾸했다.

"그게 언제였죠?" 윌슨 경사는 수첩을 꺼내 들었다.

"11시 30분쯤일 거예요. 잠옷으로 갈아입기 전에 침실 벽난로 옆에 앉아 있는데 느닷없이 총소리가 들려왔습니다. 그런데 총소리가 그다지 크지는 않았어요. 아무래도 무언가로 가려 총소리가 새어 나가는 것을 막으려 했던 것 같습니다. 나는 정신없이 아래층으로 뛰어 내려갔습니다. 이 방에 들어서기까지 아마 30초도 안 걸렸을 겁니다."

"방문은 열려 있던가요?"

"네, 보시는 것처럼 더글러스가 저렇게 쓰러져 있었어요. 탁자 위에는 촛불이 켜져 있었습니다. 여기 등불은 몇 분 있다가 내가 켰지요."

"누군가 보지는 못했습니까?"

"아무도 못 봤습니다. 내 뒤로 더글러스 부인이 계단을 내려오는 소리가 들리기에 서둘러 문 밖으로 나가 부인을 못 들어오게 막았습니다. 부인이 이 끔찍한 장면을 보게 해서는 안 될 것 같았거든요. 마침 앨런 부인이 와서는 부인을 모시고 갔어요. 에임스가 왔기에 함께 이 방으로 다시 들어왔습니다."

"그런데 도개교 말입니다. 원래 밤새도록 올려놓는다고 들은 것 같은데 맞나요?"

"네, 맞아요. 지금 내려져 있는 것은 나중에 내가 내렸기 때문입니다."

"그렇다면 살인자가 무슨 수로 이 건물을 빠져나갔을까요? 도무지 말이 안 되는군요. 더글러스 씨는 자살한 게 틀림없는 것 같습니다."

"우리도 처음엔 그렇게 생각했어요. 그런데 이것 좀 보세요!" 바커가 커튼을 옆으로 젖히자 마름모꼴의 창유리가 끼워진 기다란 창문이 활짝 열려 있었다. "그리고 이것도 좀 보세요." 바커가 등불을 아래로 비추자 나무 창틀에 구두 발자국 모양의 핏자국이 드러났다. "누군가 이리로 달아나려고 창틀 위에 서 있었던 게 분명해요."

"범인이 해자를 건너서 도망쳤다는 말입니까?"

"바로 그거예요!"

"당신은 총소리를 들은 지 30초도 안 돼서 이리 달려왔다고 했는데, 그렇다면 범인은 그사이에 해자를 건너는 중이었겠군요."

"틀림없이 그랬을 겁니다. 그때 창밖을 확인했어야 했는데! 보다시피 커튼이 쳐져 있어 그런 생각을 미처 못 했습니다. 게다가 더글러스 부인의 발자국 소리가 들리는 바람에 부인을 방에 들이지 말아야 한다는 생각만 하느라 정신이 없었거든요. 안 그랬다간 정말 끔찍한 상황이 벌어졌을 거예요."

"아무렴요! 부인을 막은 건 정말 잘한 일이에요. 이렇게 끔찍한 모습은 벌스턴 철도 충돌 사고 이후 처음입니다." 산산조각이 난 머리와 그 주위의 참혹한 핏자국을 살피며 우드 박사가 말했다.

"그런데 말입니다. 범인이 해자를 건너서 도망쳤다는 추측은 그렇다 치고, 궁금한 게 있어요. 도개교가 올라가 있었는데 범인이 어떻게 집 안으로 들어올 수 있었을까요?" 윌슨 경사는 여전히 열려 있는 창문에서 시선을 떼지 않고 물었다.

"아, 그 점이 이상하군요." 바커가 대답했다.

"도개교를 올린 시각이 언제였습니까?"

"아마 6시 즈음이었을 겁니다." 에임스가 대답했다.

"듣기로는 보통 해가 질 무렵에 다리를 올린다고 하던데요. 요즘은 6시가 아니라 4시 반쯤이면 벌써 해가 지지 않나요?" 경사가 말했다.

"집 안에 더글러스 부인과 차를 마시러 온 손님들이 계셨습니다. 그분들이 떠날 때까지 기다려야 했지요. 그분들이 모두 떠나시고 나서 제가 직접 다리를 올렸습니다." 에임스가 대답했다.

"그렇다면 이렇게 가정해볼 수 있겠군요. 만약 범인이 외부에서 침입한 자라면 6시가 되기 전에 다리를 건너 집 안으로 잠입했을 테고, 그때부터 더글러스 씨가 방에 들어간 11시까지 집 안 어딘가에 숨어 있었다고 말입니다."

"그렇겠지요. 더글러스 씨는 잠자리에 들기 전에 마지막으로 집 안을 돌아다니며 등불이 켜진 곳은 없는지 확인하는 습관이 있었습니다. 이 방에 들어온 이유도 그 때문이었을 겁니다. 등불을 끄러 들어왔다 여기서 숨어 기다리던 놈에게 총을 맞고 쓰러진 게 확실합니다. 범인은 무기도 챙기지 않은 채 정신없이 저 창문을 통해 도망갔을 테지요. 내 생각엔 이렇게밖에는 달리 이 상황을 설명할 방법이 없습니다."

그때 윌슨 경사가 시신 근처 바닥에 떨어져 있는 카드 한 장을 집어 들었다. 'V.V.' 라는 머리글자와 그 아래에 '341' 이라는 숫자가 잉크 펜으로 휘갈겨 쓰여 있었다.

"이게 뭔지 아십니까?" 윌슨 경사는 카드를 들어 보이며 물었다.

"처음 보는 건데요. 범인이 흘리고 간 것이 분명합니다." 바커가 호기심 어린 눈으로 살펴보고 말했다.

"V.V.와 341이라. 흠, 도무지 무슨 뜻인지 모르겠군."

윌슨 경사는 카드를 커다란 손가락 사이에 끼고는 앞뒤로 계속 돌리며 중얼거렸다. "V.V라는 게 무슨 뜻일까요? 누군가의 이니셜 같기도 한데 말입니다. 그런데 우드 박사님, 거기 그게 뭐죠?"

벽난로 앞의 매트 위에서 제법 커다란 망치가 발견되었다. 제법 굵직한 작업용 망치였다. 바커가 벽난로 선반 위에 있는 청동 못 상자를 가리키며 말했다.

"어제 더글러스가 벽의 그림을 바꿔 달았어요. 저 의자 위에 올라서서 저 큰 그림을 거는 모습을 내가 직접 봤거든요. 망치는 아마 그때 쓰고 여기다 둔 것일 거예요."

"그렇다면 망치는 처음 발견했던 장소에 도로 가져다 놓도록 하지요" 하고 말하면서 윌슨 경사는 혼란스러운 듯 머리를 긁적이며 곤혹스러운 표정을 감추지 못했다. "아무래도 이번 사건을 제대로 파고들려면 최고의 수사 인력이 동원되어야 할 것 같군요. 늦기 전에 런던 경찰국에 협조 요청을 해야겠어요."

바커는 등불을 들고 방 안을 천천히 걸어보았다. "이럴 수가!" 그는 창문의 커튼을 한쪽으로 밀어젖히더니 흥분한 목소리로 외쳤다. "이 커튼을 닫았을 때가 몇 시였습니까?"

"등불을 켜면서 커튼을 닫았으니 대략 4시가 조금 넘었을 무렵일 겁니다." 집사가 말했다.

"누군가 여기 숨어 있었던 게 분명하군!" 바커가 등불을 방 한쪽 구석에 비추자 진흙투성이 구두 발자국이 선명하게 드러났다. "바커 씨, 이 발자국을 보니 당신 추측이 맞는가 보군요. 범인은 커튼이 드리워진 4시부터 다리가 올라가 있던 6시 사이에 집 안으로 들어온 겁니다. 이 방으로 잠입한 이유는 처음으로 눈에 띄었기 때문이겠죠. 방 안에 달리 숨을 곳을 찾지 못해서 커튼 뒤로 들어간 거죠. 이제 모든 게 분명해지는군요. 애초에 범인은 물건을 훔치기 위해 들어왔던 것 같습니다. 그러다 우연히 더글러스 씨에게 들키는 바람에 그만 얼결에 그를 죽이고 달아났을 가능성이 큽니다."

"내 생각도 그렇습니다만, 그렇다면 지금 여기서 이렇게 시간만 허비하고 있을 게 아니군요. 범인이 너무 멀리 도망가기 전에 가까운 곳부터 수색해야 하지 않을까요?" 바커가 말했다.

윌슨 경사는 잠시 생각에 골몰했다.

"아침 6시까지는 이곳을 출발하는 기차가 없습니다. 그러니 기차로 도망치지는 못하겠죠. 또 물이 뚝뚝 떨어지는 바지를 입은 채 걸어서 도망치는 것도 쉽지는 않을 거예요. 거리에서 사람들의 눈에 띌 게 뻔할 테니까요. 어쨌든 나는 다른 수사관들이 도착하기 전까지 집 밖으로 한 발자국도 움직이지 않을 겁니다. 여러분도 마찬가지예요. 상황을 보다 확실하게 파악할 때까지 아무도 여기를 떠날 수 없습니다."

그때 등불을 비추며 시신을 살피던 우드 박사가 시신의 팔을 가리키며 물었다.

"이 표식은 뭐죠? 혹시 이 사건과 관련이 있는 것이 아닐까요?"

죽은 남자의 오른쪽 팔 실내복 자락이 위로 올라가 팔꿈치까지 맨살이 훤히 드러났다. 그런데 팔뚝 중간 부분에 이상한 그림이 새겨져 있었다. 갈색 동그라미와 그 안의 삼각형 문양이 창백한 피부와 대조

되어 더욱 도드라져 보였다.

"문신은 아니군." 우드 박사는 안경을 통해 자세히 살펴보며 말했다. "이런 건 처음 봅니다. 마치 소처럼 낙인이 찍힌 것 같아요. 대체 이게 무슨 뜻일까요?"

"솔직히 의미는 저도 모르겠지만, 지난 10년 동안 늘 더글러스의 팔에 새겨져 있는 걸 보았습니다." 바커가 대답했다.

"저도 몇 번 본 적이 있습니다. 주인님이 소매를 걷어 올리실 때마다 그 표식이 보였어요. 볼 때마다 늘 무슨 표식일까 속으로 궁금해하기만 했지요." 이번에는 에임스가 나서서 말했다.

"그렇다면 이번 사건과 별다른 관계는 없을 것 같군요." 윌슨 경사가 말했다. "하지만 어딘가 이상해요. 이번 사건은 뭔가 다 이상하단 말입니다. 그런데 이건 또 뭐죠?"

집사는 놀란 나머지 외마디 비명을 질렀다. 그는 떨리는 손가락으로 쫙 벌어져 있는 시신의 손가락을 가리켰다.

"결혼반지, 결혼반지를 훔쳐 갔어요!" 집사는 숨이 넘어갈듯 소리쳤다.

"뭐라고!"

"네, 정말이에요. 주인님은 왼손 새끼손가락에 아무런 장식이 없는 결혼반지를 항상 끼고 다니셨어요. 결혼반지 위에는 금반지를 꼈고 가운데 손가락에는 뱀 모양으로 꼬인 반지를 끼고 계셨습니다. 금반지와 뱀 모양의 반지는 그대로인데 결혼반지만 없어졌습니다."

"집사 말이 맞습니다." 바커가 거들었다.

"결혼반지를 끼고 그 위에 다른 반지를 또 꼈다는 말입니까?" 윌슨 경사는 의아한 표정으로 물었다.

"네, 항상!"

"그렇다면 범인은 누가 됐든 간에 이 금반지를 먼저 **뺀** 다음 결혼반지를 훔쳤겠군요. 그러고 나서 금반지를 도로 끼워 넣었다는 거죠?"

"그렇죠!"

윌슨 경사는 이해할 수 없다는 듯 고개를 내둘렀다. "아무리 봐도 이 사건은 빠른 시일 내에 런던 경찰국에서 맡는 것이 좋겠습니다. 이곳 주 경찰서의 화이트 메이슨이란 형사는 아주 똑똑한 사람이에요. 지금까지 이 지역에서 벌어진 사건들을 모두 훌륭히 해결해왔고, 우리를 도와주기 위해 이제 곧 도착할 겁니다. 하지만 아무래도 런던의 지원을 받아야 이 사건을 해결할 수 있을 듯싶네요. 어쨌든 나 같은 경사가 혼자 감당하기에는 정말이지 벅차기 짝이 없는 일입니다."

Darkness

제4장 암흑

벌스턴 지서의 월슨 경사로부터 서둘러 와달라는
긴급한 요청을 받은 서식스 주 경찰서 형사반장 화이트 메이슨은 이
륜마차에 몸을 싣고 경찰서 본부에서 현장까지 단숨에 달려왔다. 그
때가 새벽 3시였다. 그는 새벽 5시 40분발 열차 편으로 런던 경찰국
에 보고서를 보내고, 정오에는 벌스턴 기차역으로 우리를 마중 나왔
다. 헐렁한 트위드 정장 차림을 한 화이트 메이슨은 말수가 적지만
같이 있으면 마음이 편한 사람처럼 생겼다. 발그레하게 혈색이 도는
얼굴은 면도를 말끔하게 했고, 몸집은 비대한 편이지만 다부진 체격
과 휜 다리에 반장화를 신은 모습이, 마치 작은 농장 주인이나 은퇴
한 사냥터지기처럼 보였다. 겉으로 보아서는 범죄 사건을 다루는 형
사반장이라고 생각하기 힘들 정도였다.

"맥도널드 경위, 정말이지 난해하기 이를 데 없는 사건입니다."

화이트 메이슨 형사는 같은 말만 되풀이했다.

"이 사건이 신문기자들 귀에 들어가기라도 하면 파리 떼처럼 몰려
들 텐데, 기자들이 정보를 캐낸답시고 여기저기 들쑤시고 다니기 전

에 빨리 사건을 해결하고 싶습니다. 사건 현장을 죄다 쑥대밭으로 만들어놓기 전에 말이에요. 이렇게 끔찍한 사건은 내 평생 처음입니다. 홈즈 씨 정도면 벌써 대충 감을 잡으셨을 것도 같은데요. 제가 잘못 알았나요? 그리고 왓슨 박사님, 부검 결과가 필요하니 흔쾌히 도와주시면 고맙겠습니다. 웨스트빌 암스에 숙소를 마련해두었습니다. 달리 머무르실 만한 곳이 없더군요. 듣기로는 깨끗하고 괜찮다고 하네요. 가방은 알아서 옮겨드릴 겁니다. 자, 다들 이쪽으로 오시죠."

서식스 주의 화이트 메이슨 형사는 방금 맞이한 손님들을 대하느라 부산스럽게 굴었지만 친절함을 잃지 않았다. 10분 정도 지나고 우리는 숙소에서 각자의 방을 배정받았다. 그리고 다시 10분이 지난 후, 숙소 휴게실에 모여 앉아 사건 경위를 간략하게 전해 들었다. 내가 이미 앞에서 정리한 내용과 같다. 맥도널드 경위는 이따금 뭔가를 받아 적었지만 홈즈는 듣는 데만 몰두했다. 이야기를 듣는 도중 때때로 식물학자가 희귀한 꽃을 관찰이라도 하듯 놀라움과 감탄을 드러내기도 했다.

"놀랍군요!" 사건 설명을 다 듣고 나서 홈즈가 외쳤다. "정말 기가 막힌 사건이네요! 그동안 적지 않은 사건을 맡아왔지만 이렇게 묘한 사건은 처음입니다."

"그러실 줄 알았습니다, 홈즈 씨." 메이슨 형사가 들뜬 목소리로 대답했다. "서식스에 도착한 이후로 시간대별로 이 사건을 정리해뒀습니다. 홈즈 씨께 방금 설명드린 내용은 오늘 새벽 3시에서 4시까지 일어났던 일을 윌슨 경사에게서 보고받은 것입니다. 세상에,

한시라도 더 빨리 도착하려고 그 늙은 말을 얼마나 몰아댔던지! 그런데 나중에 보니 그렇게까지 서두를 필요가 없었지 뭐예요. 내가 당장 할 수 있는 일이라고는 하나도 없더란 말입니다. 이미 윌슨 경사가 상황 파악을 끝낸 뒤였으니까요. 나중에 내가 몇 가지를 더 확인한 게 있긴 합니다만."

"그게 뭐죠?" 홈즈는 궁금한 눈빛으로 물었다.

"그게, 내가 첫 번째로 조사한 것은 망치였어요. 이미 와 계셨던 우드 박사가 저를 도와주셨지요. 무기로 사용한 흔적은 좀처럼 찾아볼 수 없었습니다. 혹시라도 더글러스 씨가 자기방어용으로 망치를 사용하지 않았을까 의심도 해봤지요. 만약 그랬다면 더글러스 씨가 범인에게 부상을 입혔을 테지요. 망치를 땅에 떨어뜨리기 전에 말입니다. 그런데 망치에는 핏자국이라곤 전혀 없었습니다."

"그렇게 단정 지을 수는 없네. 망치와 관련된 살인 사건을 허다하게 경험했지만 핏자국이 남지 않은 경우도 많았거든." 맥도널드 경위가 말했다.

"그건 그렇습니다. 그렇다면 결국 망치를 사용하지 않았다고 단정 지을 수도 없는 셈이네요. 핏자국만 남아 있었어도 일이 쉽게 풀렸을 텐데. 어쨌든 핏자국은 전혀 없었어요. 그러고 나서 무기를 조사했습니다. 그건 산탄총이었는데, 윌슨 경사가 지적한 대로 두 개의 방아쇠를 서로 연결해놓아 한쪽 방아쇠만 당겨도 두 개의 총신에서 동시에 발사되도록 사전에 개조한 것이었습니다. 그렇게까지 한 것을 보면 범인은 목표를 절대로 놓치지 않기 위해 만반의 준비를 했다고 봐야겠지요. 게다가 총신의 길이를 60센티미터가 안 되게끔 잘라났기 때문에 겉옷 속에 쉽게 감추고 다닐 수 있었을 겁니다. 참, 아쉽게도 제조사 이름이 확실치가 않아요. 총신 사이의 홈에 'P-E-N'이라는 글씨가 새겨져 있었지만, 나머지는 톱으로 잘려 나간 상태였습니다."

"혹시 P는 장식체로 쓴 대문자고, E와 N은 글자 크기가 더 작지 않았나요?" 홈즈가 물었다.

"맞습니다."

"그렇다면 펜실베이니아 소총 회사 제품이겠군요. 꽤나 유명한 미국 회사지요."

메이슨 형사는 마치 작은 시골 마을 의사가 골머리를 앓던 병을 단 한 마디로 해결해버리는 할리 스트리트(일류 전문의들이 모여 있는 런던 거리—옮긴이)의 전문의를 바라보듯 경외의 눈길로 홈즈를 쳐다보았다.

"홈즈 씨, 정말 유용한 정보입니다. 정말 대단하십니다! 대단해요! 혹시 전 세계 총기 회사 이름을 머릿속에 다 넣고 다니시는 건 아니겠지요?"

홈즈는 손사래를 치며 대답을 피했다.

"그 총은 분명히 미국산입니다." 메이슨 형사가 말을 이었다. "언젠가 미국 일부 지역에서 총신을 톱으로 자른 산탄총을 무기로 쓴다는 글을 읽은 적이 있습니다. 그래서 총신에 새겨진 회사 이름까지는 몰랐지만 총의 모양을 보고 미국산일지도 모른다는 생각이 들었지요. 그렇다면 이제 저택에 잠입해 집주인을 살해한 범인이 미국인이라는 결론이 나오는군요."

맥도널드 경위는 머리를 가로저으며 말했다. "글쎄, 속단하기에는 너무 이른 것 같군. 집에 외부인이 침입했다는 증거를 찾았다는 말은 아직 못 들었는데."

"창문이 열려 있었고, 창틀엔 핏자국이 남아 있었습니다. 게다가 의문의 카드가 방바닥에 떨어져 있고, 한쪽에서 구두 발자국도 발견됐고, 게다가 총까지 있지 않습니까?"

"하지만 그런 증거쯤이야 얼마든지 조작할 수 있지 않겠나? 더글러스 씨는 미국인이었어. 적어도 미국에서 오래 살았던 사람이지. 그건 바커 씨도 마찬가지고 말이네. 미국 사람이 저지른 범행이라고 해서 범인이 반드시 외부에서 들어온 미국인이라는 법은 없지 않나."

"에임스 집사가……."

"에임스 집사가 왜? 그 사람은 믿을 만한가?"

"전에 찰스 챈도스 경 댁에서 10년 동안이나 일했던 믿을 만한 사람입니다. 더글러스 씨가 5년 전 저택을 사들인 뒤로 줄곧 그의 밑에서 일해왔지요. 그런데 지금까지 집 안에서 이런 종류의 총은 본 적이 없다고 했습니다."

"애초에 일부러 감출 작정이었겠지. 괜히 총신을 잘랐을 리가 없으니까. 웬만한 크기의 상자에는 다 들어갈 길이잖은가 말이야. 그런데 에임스 집사는 어떤 근거로 집에 그 총이 없었다고 장담하는 거지?"

"어쨌든 집사는 한 번도 본 적이 없다고 했습니다."

맥도널드 경위는 고집 센 스코틀랜드 남자답게 머리를 흔들며 메이슨의 말에 반박했다. "그리고 범인이 외부에서 집 안으로 잠입했을 거라는 생각에도 난 동의할 수 없어."

계속 고집스럽게 자기 주장에 열을 올리다 보니, 맥도널드 경사에게서는 자기도 모르게 스코틀랜드 억양이 튀어나왔다. "자네 말대로라면, 총은 외부에서 집 안으로 들여왔던 것이고, 외부에서 잠입한 어느 한 사람이 이 사건을 저지른 게 되는 셈인데, 도대체 그게 말이 되나? 앞뒤가 안 맞잖아! 완전히 상식 밖의 생각이라고! 홈즈 씨, 지금까지 들은 것을 종합한 결과 내가 판단한 바를 말씀드리고 싶습니다."

"그렇다면 맥 경위님, 한번 말씀해보십시오." 홈즈가 마치 재판관처럼 말했다.

"잠입한 사람이 있다 해도, 그는 도둑이 아닙니다. 반지와 카드만 보더라도 개인적으로 원한을 품고 사전에 계획해 살인을 저지른 것으로 보입니다. 좋아요, 한 남자가 사전에 살인을 저지를 계획을 품고 저택에 숨어들었다 칩시다. 정상적인 판단력을 가진 사람이라면 나중에 도망치기 어려운 상황이라고 판단했겠지요. 그 집은 해자로 둘러싸여 있으니까요. 그렇다면 범인은 어떤 무기를 선택해야 했을까요? 가능하면 소리가 가장 작게 나는 무기겠지요. 그래야만 계획대로 범행을 저지른 후에 도망칠 수 있는 충분한 시간을 벌고, 창문을 통해 집 밖으로 나가서 해자를 헤엄쳐 느긋하게 빠져나갈 수 있으니까요. 능히 있을 수 있는 가설이지요? 하지만 소리가 크게 나는 총을 쏘면 집 안 사람 모두에게 자신의 범행을 알리는 꼴이 되어, 해자를 건너기도 전에 들킬 것이 뻔한데, 그래도 소리가 요란한 무기를 선택했을까요? 홈즈 씨, 이게 말이 됩니까?"

"글쎄요. 이 사건에 대해 확신을 갖고 계시는군요." 홈즈는 신중하게 대답했다. "아직 몇 가지 해명이 더 필요합니다. 그런데 화이트 메이슨 씨, 해자 건너편에 누군가 해자를 건너 올라온 흔적이 있는지 조사해보셨습니까?"

"아무 흔적도 없었습니다. 사실 해자 바깥쪽은 돌로 만들어져 흔적을 찾아보기 힘들지요."

"발자국이나 어떠한 흔적도요?"

"전혀 없었습니다."

"자! 화이트 메이슨 씨, 지금 그 저택으로 가자고 제안하고 싶은데 반대할 이유는 없으시겠지요? 사건 해결에 필요한 단서가 조금이라도 남아 있을지 모르니까요."

"그러지 않아도 그러자고 할 참이었습니다, 홈즈 씨. 그 전에 지금까지 밝혀진 사건 관련 사실을 알고 계시는 게 좋을 듯싶었을 뿐입니다. 그런데 혹시 뭔가 짚이는 구석이라도 있으신가요?" 메이슨 형사는 혹시나 하는 마음으로 홈즈를 바라보았다.

"내가 전에도 홈즈 씨와 함께 일을 해봐서 아는데, 이분은 지금 게임을 즐기고 있지." 맥도널드 경위가 말했다.

"어쨌든 나는 내 방식대로 일할 뿐입니다." 홈즈가 빙긋이 웃으며 말했다. "나는 경찰의 일을 도와 정의를 실현하고자 사건을 맡습니다. 혹시라도 내가 경찰과 관계를 끊고 혼자 일하는 경우가 생긴다면, 그것은 경찰이 먼저 나를 떠났기 때문일 겁니다. 경찰을 이용해서 내 공을 세우려는 마음은 추호도 없어요. 그리고 화이트 메이슨 씨, 나는 내 방식대로 일하겠습니다. 사건 조사 결과를 단계적으로 알려드리지는 않겠습니다. 내가 원할 때 한꺼번에 알려드릴 테니 그렇게 알고 계시는 게 좋겠군요."

"이렇게 함께 일하게 된 것만으로도 영광입니다. 도움이 되신다면 알고 있는 정보를 모두 말씀드리도록 하겠습니다." 메이슨 형사가 정중하게 말했다. "같이 가시지요, 왓슨 박사님. 때가 되면 박사님 책에 우리 이름도 좀 넣어주십시오."

우리는 고즈넉한 분위기가 물씬 풍기는 마을에 난 큰길을 따라 걸어갔다. 길가를 따라 우듬지를 둥글게 잘라낸 느릅나무가 한 줄로 늘어서 있었다. 그 길 끝에 오래된 돌기둥 두 개가 비바람에 색이 변하고 이끼로 뒤덮인 채 서 있었다. 기둥 위로는 뒷발로 일어선 자세를 한, 벌스턴의 카푸스 가문의 사자상이 형태를 알아보지 못할 만큼 초라한 모습으로 볼품없게 남아 있었다. 영국 시골에서나 볼 수 있는, 잔디와 떡갈나무 사이로 난 구불구불한 길을 조금 더 걸어가노라니, 길이 갑자기 꺾이며 길고 나지막한 저택이 눈에 들어왔다. 거무죽죽한 암갈색 벽돌로 지어진 제임스 1세풍의 이 저택에는, 잘 손질된 주목나무들이 양쪽으로 늘어선 고풍스러운 정원이 있었다. 조금 더 다가가자 나무로 만들어진 도개교가 보였고, 저택 주위의 폭이 넓은 해

자에는 고요한 물줄기가 차가운 겨울 햇살
을 받아 아름답게 빛나며 흐르고 있었다.

지난 3세기 동안 이 저택에서 많은
사람이 태어나고 떠났다가 다시
돌아왔다. 때로는 수많은 무도
회와 여우 사냥이 벌어지는
장소이기도 했다. 그토록
유서 깊은 이 저택이 지금
은 흉측한 살인 사건의
현장이 되었다니 참으로
알 수 없는 일이었다. 그
러나 기이하게 생긴 뾰
족지붕이며 그 아래의 낡

고 으스스한 박공은 끔찍한 음모를 꾸미기에 어울리는 장소 같기도
했다. 깊숙이 나 있는 창문과 칙칙한 색깔의 물살이 찰랑거리는 저택
입구 쪽을 쭉 훑어보자니 끔찍한 살인 사건이 벌어질 장소로 이보다
걸맞은 곳이 없을 거라는 생각마저 들었다.

"저쪽 창문이 제가 말한 그 창문입니다. 다리 바로 오른쪽에 보이
는 창문 말입니다. 어젯밤에 발견했던 그대로 열려 있습니다." 메이
슨 형사가 창문을 가리키며 말했다.

"사람 한 명이 빠져나가기에는 좁아 보이는데요."

"글쎄요. 어쨌든 범인이 뚱뚱한 놈은 아니었을 겁니다. 홈즈 씨,

그 정도는 우리도 추측할 수 있습니다. 아마 홈즈 씨나 나 정도의 몸집이면 충분히 빠져나갈 수 있을 거예요."

홈즈는 해자 가장자리로 갔다. 그러고는 돌로 된 건너편 해자 가장자리와 그 너머 풀밭을 살폈다.

"홈즈 씨, 그쪽은 이미 자세히 살펴봤습니다." 메이슨 형사가 말했다. "누군가 그곳에 올라갔다거나 하는 별다른 흔적은 없었습니다. 범인이 흔적을 남길 이유가 없지 않겠습니까?"

"맞습니다, 그럴 이유가 없겠지요. 그런데 물은 항상 이렇게 탁한가요?"

"대개 그렇습니다. 시냇물에 진흙이 쓸려 내려오거든요."

"깊이가 얼마나 될까요?"

"양쪽 가장자리는 60센티미터쯤이고 가운데는 90센티미터 정도 될 겁니다."

"그렇다면 범인이 해자를 건너다 빠져 죽었을 가능성은 고려하지 않아도 되겠군요."

"그럼요, 어린아이라도 끄떡없이 건널 수 있는 깊이지요."

도개교를 건너가자 쭈글쭈글한 얼굴에 비쩍 마른 노인이 우리를 맞이했다. 에임스 집사였다. 가엾은 노인은 충격으로 얼굴이 하얗게 질려 몸을 떨고 있었다. 사건이 벌어진 방으로 들어가니 키가 크고 딱딱한 인상의 경사가 우울한 표정으로 사건 현장을 지키고 있었다. 우드 박사는 이미 사건 현장을 떠나고 없었다.

"윌슨 경사, 뭐 새로 발견한 내용은 없나?" 메이슨 형사가 물었다.

"없습니다."

"그럼 자네는 이제 가도 좋아. 그동안 수고했네. 필요하면 다시 부르도록 하지. 집사는 밖에서 기다리게 하는 게 좋겠어. 아, 그 전에 집사를 시켜서 바커 씨와 더글러스 부인, 그리고 가정부에게 우리가 만나고 싶어 한다고 전해주겠나? 자, 여러분, 우선 이번 사건에 대해 제가 어떻게 생각하고 있는지 말씀드리지요. 그러고 나서 여러분의 의견을 듣도록 하겠습니다."

나는 이 시골 형사가 사뭇 인상적이었다. 그는 냉철하고 똑똑한 두뇌를 적절히 이용해 사태를 정확히 파악하고 있었다. 이런 식으로라면 형사로서 승승장구할 게 분명했다. 평소에 형사들의 이야기를 들을 때마다 답답해하던 홈즈도 이번만큼은 메이슨 형사의 말에 열심히 귀를 기울였다.

"더글러스 씨의 죽음은 과연 자살일까요, 타살일까요? 그것이 이 사건에서 첫 번째로 풀어야 할 문제입니다. 만약 자살이었다면 더글러스 씨는 분명 제일 먼저 결혼반지를 빼서 어딘가에 감추었겠지요. 그러고 나서 실내복을 입은 채 이 방에 들어와 커튼 뒤에 진흙을 묻혀놓고 창문을 열어놓은 다음 피를 묻혀놓았겠지요. 그래야 누군가 자기를 기다리고 있었던 것처럼 보일……."

"그럴 가능성은 절대로 없네." 맥도널드 경위가 말을 자르고 끼어들었다.

"물론 저도 그렇게 생각합니다. 아무리 생각해봐도 자살은 말이 안 됩니다. 그렇다면 타살이라는 얘긴데, 여기서 생각해볼 점은 바로 범행이 내부인의 소행인가 아니면 외부인의 소행인가 하는 것입니다."

"어디 자네 생각을 한번 들어보지."

"누구의 소행이 되었든 간에 문제가 상당히 복잡해 보이는 건 사실입니다. 어쨌든 둘 중의 하나일 테지만 말이지요. 먼저 집 안 사람의 소행이라고 가정해보지요. 범인은 아직 모두가 잠들기 전 사방이 고요한 한밤중에 더글러스 씨를 이곳으로 불러들였습니다. 그러고는 세상에서 가장 괴상하고 요란한 무기로 범행을 저지른 거지요. 집 안 사람들이 소리만 듣고도 무슨 일이 벌어졌는지 짐작할 수 있도록 말이에요. 그런데 그 무기는 집 안 사람 누구도 본 적이 없는 무기였지요. 시작이 별로 그럴듯하지 않군요. 안 그렇습니까?"

"그렇군. 말도 안 돼."

"그런데 총소리가 나고 채 1분도 안 돼서 에임스 집사를 비롯해 온 집 안 사람들이 모두 이곳으로 모여들었다고 합니다. 바커 씨만 제외하고 말이에요. 물론 바커 씨 주장으로는 자기가 맨 처음으로 도착했다지만요. 아무튼 그 짧은 시간 동안 범인이 커튼 뒤에 발자국을 남기고, 창문을 열고, 창틀에 핏자국을 남기고, 게다가 죽은 사람 손가락에서 결혼반지까지 뺄 수 있다고 생각하십니까? 그게 가능할까요? 도저히 불가능한 일이에요!"

"상당히 논리적인 설명이군요. 나도 그 의견에 동의하지 않을 수 없습니다." 홈즈가 말했다.

"좋아요. 그렇다면 다시 처음으로 돌아가서 이번에는 이 살인 사건이 외부인의 소행이라고 가정해보겠습니다. 이 가정에도 몇 가지 문제점이 있기는 합니다만 어쨌든 해결하지 못할 문제들은 아닙니다. 우선 범인은 오후 4시 30분에서 6시 사이, 그러니까 해 질 무렵부터 도개교를 올리기 전 사이에 집 안으로 숨어들었던 겁니다. 그때까지는 집 안에 손님들이 있었기 때문에 문이 열려 있었을 테고, 그가 잠입하는 데 방해될 일은 하나도 없었지요. 어쩌면 범인은 평범한 좀도둑이었을지도 모릅니다. 아니면 더글러스 씨에게 개인적인 원한을 품고 있었을 수도 있지요. 더글러스 씨가 미국에서 오랫동안 살았고, 이 산탄총도 미국산인 것으로 보아 개인적인 원한으로 인한 범행이 맞는 것 같습니다. 범인은 맨 처음 눈에 띈 이 서재로 숨어들었을 테지요. 방에 들어오자마자 커튼 뒤에 숨어서 밤 11시가 지날 때까지 기다렸겠지요. 그때 더글러스 씨가 서재로 들어온 겁니다. 행여 범인과 더글러스 씨가 얘기를 나눴다 하더라도 아주 짧은 시간이었을 겁니다. 더글러스 부인의 증언에 따르면 남편이 방에서 나간 지 채 몇 분도 되지 않아서 총소리가 났다고 했거든요."

"그건 초를 봐서도 알 수 있어요." 홈즈가 말했다.

"그렇지요. 보아하니 초는 새것이었는데 1센티미터도 타지 않더라고요. 아마 더글러스 씨는 범인에게 공격당하기 전에 촛대를 탁자 위에 내려놓았을 겁니다. 그러지 않았다면 자기가 쓰러지면서 초도 함께 바닥에 떨어졌을 테니까요. 그러니 더글러스 씨가 서재에 들어서자마자 총에 맞은 것은 아니라는 사실을 충분히 짐작할 수 있겠지요. 바커 씨가 도착했을 때 등잔에는 불이 켜져 있었고 촛불은 꺼져 있었습니다."

"이제 모든 게 분명하군요."

"자, 이제 지금까지의 내용을 토대로 사건을 재구성해보겠습니다. 더글러스 씨가 서재로 들어옵니다. 들고 있던 촛불을 탁자 위에 내려놓습니다. 그때 한 남자가 커튼 뒤에서 나타납니다. 그의 손에는 총이 들려 있습니다. 그는 더글러스 씨의 결혼반지를 요구합니다. 그 이유야 지금으로선 알 수 없지만 분명히 그랬을 겁니다. 더글러스 씨가 반지를 그 남자에게 내어줍니다. 범인은 일방적으로 무참히 더글러스 씨를 총으로 쏘았을 수도 있고, 달리 생각해보면 매트 위에 있던 망치를 집어 든 더글러스 씨와 몸싸움을 벌이다가 결국 총으로 참혹하게 살해했을 수도 있습니다. 범인은 총과 함께 무슨 뜻인지 알 수 없는 V.V. 341이라고 쓰인 이상한 카드만을 남겨놓고, 저 창문을 통해 빠져나가 해자를 건너서 도망갔습니다. 바로 그때 바커 씨가 범행 현장을 발견한 것입니다. 자, 제 가정이 어떻습니까, 홈즈 씨?"

"아주 흥미로운 가정입니다만 조금 납득이 가지 않는 부분이 있습니다."

"이봐, 좀 전에 얘기한 가정보다 나아진 게 하나도 없잖나. 도대체 말이 되는 소리를 해야지." 맥도널드 경위가 큰 소리로 말했다. "더글러스 씨는 누군가에게 살해당했어. 그건 명백한 사실이야. 그런데 범인이 누가 되었든 그런 방법으로 범행을 저지르진 않았을 거야. 퇴로도 없는데 범인은 왜 집 안으로 들어왔을까? 그 밤에 조용히 일 처리를 해야 쉽게 도망갈 수 있을 텐데, 굳이 소리가 요란한 총을 사용한 이유가 뭐냔 말이야. 자, 홈즈 씨, 메이슨 형사의 가정에 납득이 안 가는 부분이 있다고 하셨지요? 이제 홈즈 씨의 생각을 좀 들어볼 수 있겠습니까?"

홈즈는 토론이 이어지는 동안 사람들의 말을 한 마디도 놓치지 않고 들었다. 그리고 날카로운 눈빛을 이리저리 던지며 이마에 굵은 주름이 잡힐 정도로 깊은 생각에 빠졌다.

"맥 경위님, 내 생각을 말씀드리기 전에 몇 가지 사실을 확인하고 싶습니다." 홈즈는 시신 옆에 무릎을 꿇으며 말했다. "맙소사, 시신의 상태가 끔찍하군요. 잠시 집사를 불러주시겠습니까? ……에임스, 더글러스 씨의 팔뚝에 있는 동그라미 안에 삼각형이 새겨진 표식을 여러 번 본 적이 있다고 했는데 사실입니까?"

"네, 여러 번 본 적이 있습니다."

"무슨 뜻인지 들은 적은 없나요?"

"없습니다."

"피부에 낙인을 찍은 겁니다. 살갗을 태워 찍은 거라 무척 아팠을 거예요. 그런데 에임스 집사, 보아하니 더글러스 씨의 턱 밑에 작은 반창고가 붙어 있던데요. 더글러스 씨가 살아 있을 때도 붙이고 있었나요?"

"네. 어제 아침 면도하다 베인 걸로 알고 있습니다."

"전에도 면도하다 다친 것을 본 적이 있습니까?"

"아니요, 오랫동안 보지 못했습니다."

"흠, 뭔가 느낌이 오는군요! 물론 단순히 우연의 일치일지도 모르겠지만 더글러스 씨는 자신에게 다가올 위험을 미리 짐작했을지도 몰라요. 면도를 하다 베었다는 것은 그가 불안에 떨었다는 증거라고 할 수 있지요. 에임스, 어제 더글러스 씨가 평소와 다르게 행동한 점은 없었습니까?"

"그러잖아도 여느 때와 달리 다소 안절부절못한다는 생각이 들었습니다."

"그렇군! 그렇다면 전혀 예상치 못한 일을 당한 것은 아닌 듯싶군요. 이제야 슬슬 일이 풀려가고 있는 것 같지 않나요? 맥 경위, 이의가 있으면 말씀하시죠."

"아닙니다, 홈즈 씨. 누구보다 잘하고 계신걸요".

"그렇다면 이번엔 카드를 좀 볼까요. V.V. 341이라……. 거칠거

칠한 마분지로 만들었군요. 혹시 집에 이런 카드가 또 있습니까?"

"없습니다."

홈즈는 책상 앞으로 다가가 각기 다른 병에서 잉크를 조금씩 찍어 압지(잉크나 먹물 등으로 쓴 것이 번지거나 묻어나지 않도록 위에서 눌러 물기를 빨아들이는 종이―옮긴이)에 묻혀보았다.

"이 방에서 쓴 카드는 아니군. 카드 글씨는 검은색인데 방에 있는 잉크는 자주색이야. 또 카드 글씨는 굵은데 이 펜촉은 그보다 가늘거든. 그래, 이 카드는 다른 곳에서 쓴 게 분명해. 에임스, 카드에 적힌 글이 무슨 뜻인지 알고 있습니까?"

"아니요, 전혀 모르겠습니다."

"맥 경위, 어떻게 생각하십니까?"

"일종의 비밀단체를 상징하는 표시가 아닌가 하는 생각이 들어요. 팔뚝에 새겨진 표식도 마찬가지고요."

"제 생각도 그렇습니다." 메이슨 형사가 끼어들었다.

"그럼 일단 그렇게 가정하고 우리가 얼마나 많은 문제를 해결했는지 한번 정리해봅시다. 비밀단체에 속한 요원이 저택에 침입해 이 방에 숨어서 더글러스 씨를 기다리고 있었습니다. 그는 더글러스 씨가 나타나자 이 총으로 머리를 거의 날려버리다시피 하고 해자를 헤엄쳐 도망쳤습니다. 시신 옆에 카드를 남겨놓고 말이죠. 나중에 신문에 보도될 때 조직원들에게 자신의 범행이 성공했음을 알리기 위한 수단이었을 테지요. 이야기의 앞뒤가 잘 맞는 것 같군요. 그렇다면 왜 수많은 무기 중에서 하필이면 이 총을 사용했을까요?"

"바로 그 점이 이해가 안 돼요."

"그리고 결혼반지는 왜 가지고 간 걸까요?"

"그 점도 이상합니다."

"게다가 왜 아직까지 범인을 체포하지 못했을까요? 벌써 오후 2시가 넘었습니다. 당연히 해 뜰 무렵부터 지금까지 경찰들이 반경 60킬로미터 안에서 물에 젖은 수상한 사람을 샅샅이 뒤지고 있을 게 아닙니까?"

"맞습니다, 홈즈 씨."

"흠, 범인이 근처 은신처에 숨어 있거나 미리 준비해둔 옷으로 갈아입지 않았다면 벌써 찾고도 남았을 일인데. 그런데 지금까지도 잡지 못하고 있다니!"

홈즈는 창가로 다가가 돋보기를 꺼내 들고 창틀의 핏자국을 살펴보았다.

"이건 구두 발자국이 분명해. 볼이 아주 넓군, 아마 마당발일 거야. 흠, 이상하군. 커튼 뒤의 진흙 발자국은 볼이 좁아, 흐릿하긴 하지만. 보조 탁자 아래에 있는 이건 뭐지?"

"더글러스 씨의 아령입니다." 에임스가 말했다.

"아령이라. 그런데 하나밖에 없군요. 다른 하나는 어디 있습니까?"

"모르겠습니다, 홈즈 씨. 처음부터 하나밖에 없었는지도 모르지요. 저도 지난 몇 달간 아령을 본 적이 없거든요."

"아령이 한쪽뿐이라……." 홈즈가 심각한 표정으로 말을 이으려는데 갑자기 문을 두드리는 소리가 요란하게 들려왔다.

The Valley of Fear

햇볕에 검게 그을린 피부에 말끔하게 면도를 한 키 큰 남자가 방 안을 들여다보고 있었다. 나는 그가 말로만 듣던 세실 바커라는 것을 한눈에 알 수 있었다. 다소 거만한 듯한 표정을 한 그는 의심스러운 눈초리로 사람들의 얼굴을 하나하나 살폈다.

"회의 중에 방해가 될지 모르겠지만 방금 들어온 정보를 들으시는 게 좋을 것 같아서요."

"범인이 잡히기라도 했나요?"

"그랬다면 다행이게요. 하지만 범인의 자전거를 발견했어요. 놈이 자전거를 버리고 갔더군요. 같이 가서 한번 보시죠. 현관문에서 100미터도 안 되는 곳에 있습니다."

밖에 나가보니 하인과 마부 서너 명이 상록수 숲에 숨겨져 있던 자전거를 길에 끌어다 놓고 이리저리 살피고 있었다. '러지휘트워스' 제품으로 꽤나 오랫동안 사용한 흔적이 역력했다. 온통 흙투성이가 된 것을 보니 상당히 먼 거리를 달려온 모양이었다. 자전거에 매달려 있는 가방 안에 스패너와 기름통이 들어 있었지만 누구 것인지 확인할 도리가 없었다.

"자전거에 번호판이나 등록증이라도 있었으면 큰 도움이 됐을 텐데. 하지만 이것만이라도 일단 만족해야겠군."

맥도널드 경위가 말했다.

"범인이 어디로 도망쳤는지 알 수는 없지만 적어도 어디서 왔는지는 알 수 있을 것 같군요. 그런데 어쩌자고 놈은 이걸 모두 버리고 간 걸까요? 게다가 이 자전거도 없이 어떻게 도망친 걸까요? 홈즈 씨,

일이 점점 복잡해지는 것 같은데요."

"그런가요?"

홈즈는 잠시 깊은 생각에 빠져들었다. 그리고 다시 말했다.

"과연 그럴까요!"

The People of the Drama

제5장 드라마 속 등장인물

"모두들 서재 조사는 다 마치셨습니까?"

우리가 저택 안으로 다시 들어오자 메이슨 형사가 물었다.

"일단은 그런 것 같네."

맥도널드 경위가 말하자 홈즈가 동의한다는 듯 고개를 끄덕였다.

"그렇다면 이제 집 안 사람들의 증언도 한번 들어보고 싶으시겠죠? 에임스, 식당에서 하는 게 좋겠군요. 우선 집사 이야기부터 들어보도록 합시다."

집사의 진술은 무척 간단명료했다. 시종일관 성의 있게 답변하는 모습이 대단히 성실하다는 인상을 주었다. 집사는 5년 전 더글러스가 벌스턴에 처음 왔을 때부터 여기서 일해왔다. 그는 더글러스 씨가 미국에서 돈깨나 벌어 제법 부자라는 사실을 알고 있었다. 그에게 더글러스는 친절하고 마음 넓은 주인이었다. 에임스가 그때까지 모셨던 옛 주인들보다는 못했지만 어떻게 모든 사람이 완벽하랴. 그는 더글러스 씨가 걱정거리를 갖고 있다거나 불안에 떤다는 느낌을 전혀 받지 못했다. 더글러스는 그가 알고 있는 사람들 중에서 가장 용감한 사람이기도 했다. 더글러스 씨는 매일 밤 도개교를 올리라고 명령했는데, 도개교를 올리는 일은 옛날부터 지켜오던 이 저택의 관습이었고, 더글러스 씨는 옛 방식에 따르는 것을 좋아했기 때문이다.

더글러스 씨는 런던을 방문하거나 자기가 살고 있는 마을을 벗어나는 일이 좀처럼 없었다. 그런데 사건이 벌어지기 전날, 그는 물건을 사기 위해 턴브리지 웰스에 나갔다. 에임스는 그날 더글러스 씨가 불안해하는 기색이 역력한 것을 보았다. 평상시와는 달리 안달하고 화가 난 듯했다. 사건 당일 밤 에임스가 잠자리에 들기 전 저택 뒤편의 식기실에서 은그릇을 꺼내고 있을 때였다. 그때 어디선가 요란하게 울리는 벨 소리가 들려왔다. 총소리는 듣지 못했다. 그도 그럴 것이, 식기실과 부엌은 저택의 가장 뒤편에 위치해 있을뿐더러, 그곳까지 아주 길게 난 복도 사이사이에 겹겹이 있는 문들이 모두 닫혀 있었기 때문이다. 가정부 역시 요란한 벨 소리를 듣고는 방에서 뛰쳐나왔다. 두 사람은 함께 저택 앞쪽으로 달려갔다.

층계 밑에 다다르자 더글러스 부인이 계단을 내려오고 있었다. 그런데 부인은 조금도 서두르지 않는 것 같았다. 특별히 놀라는 기색도 전혀 없었다. 부인이 층계에서 거의 다 내려오려던 차에 바커가 서재에서 황급히 뛰쳐나왔다. 그는 부인을 보자마자 앞을 가로막으며 방으로 돌아가라고 소리쳤다.

"제발 부탁이에요, 방으로 돌아가세요!" 바커가 소리쳤다. "잭이 죽었어요. 당신이 할 수 있는 일은 아무것도 없어요. 그러니 제발 돌아가세요!"

바커의 끈질긴 설득에 층
계에서 서성이던 더글러스
부인은 곧 방으로 돌아갔다.
그녀는 비명을 지르거나 소
리 내어 울부짖지 않았다.
그저 가정부 앨런 부인의 부
축을 받으며 조용히 2층 침
실로 돌아갔을 따름이다. 그
리고 에임스와 바커는 함께
서재로 돌아왔다. 서재 안은
나중에 경찰이 조사했을 때
의 그 모습 그대로였다. 당

시 촛불은 꺼져 있고 등불만이 켜진 상태였다. 에임스와 바커는 창밖
을 내다보았지만 한밤중이라 바깥은 칠흑처럼 깜깜했다. 아무것도
보이지 않고 어떤 소리도 들리지 않았다. 그들은 다시 홀로 뛰어갔
다. 에임스는 권양기를 돌려 도개교를 내리고, 바커는 그 다리를 건
너 지역 경찰서로 달려갔다.

대강 여기까지가 집사의 진술이었다.

뒤이어 가정부 앨런 부인의 진술을 들었다. 그녀의 이야기는 집사
의 진술을 뒷받침해주는 내용이었다.

가정부의 방은 에임스가 일하고 있던 식기실보다 저택 앞쪽과 더

가까운 곳에 있었다. 앨런 부인이 잠자리에 들 준비를 하고 있는데 커다란 벨 소리가 들려왔다. 하지만 총소리는 듣지 못했다고 했다. 귀가 조금 어두운 편이라 그랬는지도 모르지만 서재가 그녀 방에서 멀리 떨어져 있기 때문일 수도 있다. 가정부는 어디선가 쾅 하고 문 닫는 소리를 들은 기억이 난다고 했다. 벨 소리를 듣기 적어도 30분 전쯤이었다. 에임스 집사가 집 앞쪽으로 뛰어갈 때 그녀도 함께 갔다. 거기서 얼굴이 하얗게 질린 채 바커가 흥분하며 서재에서 뛰쳐나오는 걸 보았다. 바커는 계단을 내려오고 있는 더글러스 부인을 가로막으며 방으로 돌아가라고 애원했다. 더글러스 부인이 뭔가 대답한 것 같았지만 가정부는 듣지 못했다고 했다.

"어서 부인을 모시고 올라가요. 부인 곁에 있어요!"

바커는 앨런 부인에게 부탁했다.

앨런 부인은 더글러스 부인을 침실로 데려가 마음을 진정시켜주려 애썼다. 더글러스 부인은 온몸을 부들부들 떨 정도로 흥분한 상태였지만 다시 아래층으로 내려가려고 하지는 않았다. 그녀는 실내복 차림으로 침실 벽난로 옆에서 두 손에 얼굴을 파묻은 채 앉아 있었다. 가정부는 그날 밤새도록 더글러스 부인 곁을 떠나지 않고 지켰다. 다른 하인들은 이미 잠자리에 든 후라, 경찰이 도착할 때까지 사건이 벌어졌다는 것을 아무도 몰랐다. 하인들은 저택 맨 뒤쪽에서 자고 있었기 때문에 아무런 소리도 듣지 못했던 것이다.

반대신문 내내 앨런 부인에게서는 별다른 새로운 사실을 밝혀내지 못했다. 그녀는 탄식과 놀람의 표현을 더 보탰을 따름이다.

앨런 부인 다음으로 세실 바커 씨의 진술을 들었다. 전날 밤에 일어났던 일에 대해 바커가 진술한 내용은 이미 경찰서에 보고한 내용과 크게 다를 바가 없었다. 자기 생각으로는 살인자가 창문을 통해 도망친 게 분명하고, 창틀에 남은 핏자국이 결정적인 증거라고 주장했다. 특히 도개교가 올라가 있던 상황이라 달리 도망칠 방법이 없었을 것이라고 했다. 범인의 살인 동기가 무엇인지, 만약 발견된 자전거가 정말 범인의 것이 맞는다면 왜 버리고 갔는지에 대해서는 설명하지 못했다. 바커는 해자의 깊이가 고작 90센티미터도 되지 않기 때문에 범인이 결코 그곳에 빠져 죽었을 리가 없다고 주장했다.

바커는 더글러스 살인 사건에 대해 이미 머릿속에 구체적으로 가설을 세워놓은 듯했다. 상당히 과묵한 성격이었던 더글러스는 자기 인생에 대해서는 단 한 마디도 언급하려 하지 않았다고 했다. 더글러스는 아주 어린 시절 아일랜드에서 미국으로 이민을 갔다. 미국에서 크게 성공한 더글러스가 처음으로 바커를 만난 곳은 캘리포니아였다. 거기서 그들은 동업을 하기로 하고, 베니토캐니언이라는 곳에서 광산을 개발해 크게 성공을 거두었다. 사업이 크게 번창하고 있던 중에 더글러스는 어느 날 갑자기 자신의 지분을 팔아버리고는 영국으로 가는 배에 몸을 실었다. 당시 그는 독신으로 지내고 있었다. 그 후에 바커 역시 자신의 지분을 정리하고 런던에 와서 살게 되었다. 그렇게 그 둘은 예전의 친분을 다시 유지하게 되었다.

바커는 항상 더글러스의 주변에 위험이 도사리고 있다는 느낌을 받았다. 캘리포니아를 불현듯 떠난 것도 그렇고, 영국에서 이렇게 조용한 교외에 집을 구한 것도 그랬다. 이 모든 것이 그가 무언가에 쫓기고 있다는 것을 뒷받침하는 증거라고 생각했다. 바커는 어떤 비밀단체나 앙심을 품은 조직이 더글러스를 뒤쫓고 있는 게 아닐까 하고 의심했다. 어쩌면 더글러스를 죽이기 전까지 그 위협은 절대로 멈추지 않을지도 모른다고 생각했다. 더글러스가 직접 말해준 적은 없지만 그와 이야기를 나누면서 그런 느낌을 받았다. 자기를 쫓고 있는 조직이 어떤 비밀단체인지, 자기가 그 조직에서 무슨 짓을 저질렀는지 더글러스는 단 한 마디도 말해준 적이 없었다. 바커는 카드에 적힌 이상한 문자도 이 비밀 조직과 어떤 관계가 있을 거라고 막연히 추측할 뿐이었다.

"캘리포니아에서 더글러스 씨와 얼마 동안이나 같이 지냈나요?" 맥도널드 경위가 물었다.

"합해서 한 5년쯤 됩니다."

"당시 더글러스 씨가 독신이었다고 했습니까?"

"아내가 먼저 세상을 떠나고 혼자 살았지요."

"더글러스 씨의 전 부인이 어디 출신인지 들어봤습니까?"

"아니요, 그저 독일계라고 한 것만 기억납니다. 언젠가 초상화를 본 적이 있는데 아주 미인이었습니다. 우리가 만나기 약 1년 전에 창자열(오늘날의 명칭은 장티푸스임—옮긴이)에 걸려 세상을 떠났습니다."

"혹시 더글러스 씨의 과거와 관련이 있을 만한 미국의 특정 지역이 있을까요?"

"언젠가 시카고에 대해 말하는 것을 들은 적이 있습니다. 더글러스는 시카고에서 일한 적이 있어서인지 그곳을 아주 잘 알고 있었어요. 석탄과 철강 지대에 대해서도 말해주었지요. 살아 있는 동안 정말 안 가본 데가 없을 정도로 이곳저곳을 많이 다녀본 사람이었습니다."

"혹시 더글러스 씨가 정치적인 활동에도 가담했습니까? 이 비밀 조직이 정치와 어떤 관계가 있지는 않을까요?"

"아니요, 정치에는 조금도 관심이 없었습니다."

"범죄 조직과 관련이 있을 거라고도 생각지 않으시고요?"

"오히려 그 반대입니다. 살면서 더글러스보다 더 바른 사람은 본 적이 없거든요."

"캘리포니아에서 지내는 동안 뭔가 이상한 점은 없었습니까?"

"더글러스는 광산에 틀어박혀 일하는 걸 가장 좋아했습니다. 모르는 사람이 있는 곳에는 웬만하면 가지 않으려고 했어요. 사실 그때부터 더글러스가 누군가에게 쫓기고 있는 게 아닐까 하는 생각이 들었지요. 그러고 나서 별안간 연락처도 남기지 않고 유럽으로 떠나버렸는데, 그때 비로소 내 생각이 맞았다고 확신했습니다. 일종의 경고가 담긴 편지를 받은 게 분명해요. 아니나 다를까, 더글러스가 사라진 지 일주일도 채 지나지 않아 남자 대여섯 명이 몰려와서는 더글러스에 대해서 꼬치꼬치 캐묻고 갔거든요."

"어떤 사람들 같아 보이던가요?"

"꽤나 험상궂은 자들이었습니다. 광산까지 올라와 다짜고짜 더글러스의 행방을 물었습니다. 더글러스가 유럽으로 떠났다는 사실만 알고 있을 뿐 구체적으로 어디서 찾을 수 있는지 모른다고 말해줬지요. 더글러스를 위협하는 사람들이 분명했습니다. 한눈에 봐도 알겠더라구요."

"미국 사람들이었습니까? 혹시 캘리포니아 사람들?"

"글쎄요, 그것까지는 모르겠지만 미국인인 것만큼은 확실해요. 광부는 아니긴 했는데, 정확한 정체는 모르겠어요. 어쨌든 그들이 돌아간 뒤에야 마음이 놓이더군요."

"그게 6년 전의 일입니까?"

"거의 7년이 다 되어가는군요."

"캘리포니아에서 두 분이 5년 동안 함께 지냈다고 하셨으니, 적어도 11년 전부터 그 일당과 안 좋은 관계였을 수 있겠군요?"

"그렇겠네요."

"원한이 깊었나 봅니다. 그렇게 오랜 세월 동안 끝까지 뒤를 쫓다니 말입니다. 아무래도 사소한 문제가 원인이었던 것 같지는 않군요."

"글쎄요, 뭔지 모르겠지만 더글러스는 늘 그 두려움의 그늘에서 벗어나지 못했습니다. 쫓기고 있다는 생각에서 한시도 자유롭지 못한 것 같았어요."

"하지만 생각해보세요. 더글러스 씨는 자기 신변이 위태롭고 그 이유가 무엇 때문인지 다 알면서도 왜 경찰에게 도움을 청하지 않았을까요?"

"경찰의 능력으로 도와줄 수 없는 일이라고 생각한 건 아닐까요? 한 가지 아셔야 할 게 있습니다. 더글러스는 항상 무기를 지니고 다녔습니다. 주머니에서 권총을 빼놓고 다닌 적이 한 번도 없었어요. 하지만 무슨 운명의 장난인지 어젯밤에는 실내복을 입고 있어서 권총을 침실에 두고 나왔던 거지요. 아마도 도개교를 올리면 그때부터는 안전하다고 생각했던 것 같아요."

"시간순으로 다시 정리할 필요가 있겠습니다." 맥도널드 경위가 말했다. "더글러스 씨가 캘리포니아를 떠난 것이 6년 전이지요. 그리고 나서 1년 후 바커 씨도 그를 따라 미국을 떠난 게 맞습니까?"

"맞습니다."

"더글러스 씨는 현재의 부인과 5년 전에 재혼하고 당신은 그즈음 영국으로 돌아왔겠군요."

"정확히 결혼하기 한 달 전에 왔습니다. 제가 신랑 들러리를 섰거든요."

"혹시 결혼하기 전부터 더글러스 부인을 아셨나요?"

"아니요, 전혀 몰랐습니다. 거의 10년이나 영국을 떠나 있었으니까요."

"하지만 결혼 후에는 꽤나 자주 만난 것으로 알고 있습니다만."

바커는 표정이 굳어진 채 맥도널드 경위를 바라보았다. "내가 결혼 후에 자주 만난 사람은 더글러스였어요." 바커가 대답했다. "부인을 만난 것은 더글러스를 만나러 갈 때 함께 만난 것이 전부입니다. 나와 부인의 관계를 의심하시는……."

"의심하는 것은 아무것도 없습니다, 바커 씨. 단지 사건과 관계가 있을 만한 사항은 뭐든지 물어볼 필요가 있지요. 기분을 상하게 하려는 의도는 전혀 없었습니다."

"어떤 질문은 불쾌하군요." 바커가 화가 나서 말했다.

"우리가 원하는 것은 오직 진실입니다. 당신뿐만 아니라 우리 모두를 위해서 진실을 밝혀주실 필요가 있습니다. 당신이 더글러스 부인과 친분 관계를 갖는 것에 대해 더글러스 씨가 불쾌해하지는 않았습니까?"

바커는 새하얗게 질린 얼굴로 억세고 커다란 두 주먹을 불끈 쥔 채 부들부들 떨었다. "도대체 당신이 무슨 자격으로 그런 질문을 하는 겁니까? 도대체 그 질문이 당신이 조사하는 사건과 무슨 관계가 있단 말입니까?" 바커가 버럭 소리를 질렀다.

"다시 한 번 묻겠습니다."

"그 질문에는 절대로 대답할 수 없습니다."

"대답을 하지 않아도 좋습니다만 그것 또한 대답으로 치겠습니다. 감출 게 없다면 대답을 거부할 리 없으니까요."

바커는 단호한 표정으로 잠시 그대로 서 있었다. 생각에 골몰하느라 그의 굵고 짙은 눈썹이 아래로 찌푸려졌다. 잠시 후 바커는 미소를 띠며 고개를 들었다.

"좋습니다. 당신들은 그저 직무에 충실할 따름이겠지요. 게다가 내가 수사를 방해할 이유도 없을 것 같군요. 단지 한 가지 부탁드리고 싶은 게 있다면 이 문제로 더글러스 부인에게 심려를 끼치지 말아달라는 겁니다. 이미 너무 큰 충격을 받아 지금 몹시 힘들 겁니다. 사실 더글러스에게는 한 가지 단점이 있었습니다. 바로 질투심이지요. 더글러스는 나를 무척 좋아했습니다. 누구도 그 정도로 친구를 좋아할 수 없을 겁니다. 그는 자기 부인에게도 무척 헌신적인 남편이었지요. 더글러스는 내가 여기 오는 것을 좋아했습니다. 걸핏하면 나를 데리러 사람을 보낼 정도였으니까요. 그런데 나와 부인이 이야기를 나누거나 대화 도중에 서로 맞장구를 치기라도 하면 금세 질투를 했지요. 발끈해서 자제심을 잃고 거친 말을 퍼붓곤 했습니다. 그 때문에 다신 이곳에 오지 않겠다고 맹세했던 적이 한두 번이 아니었습니다. 그럴 때마다 자기 행동을 후회한다면서 다시 와달라는 애원조의 편지를 보내왔어요. 그런 편지를 받고 나면 나도 어쩔 수 없이 마음이 풀리곤 했습니다. 하지만 여러분께서 이것만큼은 믿어주셔야 합니다. 더글러스 부인처럼 정숙하고 남편을 사랑하는 아내는 이 세상에 없을 겁니다. 또 나만큼 친구에게 신의를 지키는 사람도 없을 겁니다."

바커는 진심에서 우러난 듯 열의를 다해 설명했지만 맥도널드 경위는 물러설 기미를 보이지 않았다.

"알고 계시겠지만 더글러스 씨의 손가락에서 결혼반지가 사라졌습니다." 맥도널드 경위가 말했다.

"그런 것 같군요."

"그런 것 같다니 무슨 말씀입니까? 당신은 그 사실을 알고 있군요?"

바커는 혼란스럽고 갈팡질팡하는 듯했다. "내가 '그런 것 같다'고 한 것은 사건이 있기 전에 어쩌면 더글러스가 직접 반지를 빼놓은 것으로 볼 수도 있지 않느냐는 뜻입니다."

"그 반지를 뺀 사람이 누구든, 반지가 없어졌다는 사실 하나만으로도 더글러스 씨의 결혼 생활과 이번 사건이 어떤 관련이 있으리라고 짐작할 만합니다. 그렇지 않나요?"

바커는 넓은 어깨를 으쓱해 보였다. "무슨 관련이 있다는 말씀인지 도무지 모르겠군요. 하지만 어떤 식으로든 더글러스 부인의 명예를 더럽히고자 한 말씀이라면……" 순간 바커의 눈빛이 이글거리듯 번뜩였지만 이내 감정을 억누르며 말을 이었다. "글쎄요, 잘못 짚으셨다고 말씀드리고 싶습니다."

"지금으로선 더 이상 묻고 싶은 것이 없습니다." 맥도널드 경위는 냉랭하게 말했다.

"그럼 내가 간단한 질문 하나만 하지요." 셜록 홈즈가 입을 열었다. "바커 씨가 서재에 들어갔을 때 탁자 위에는 촛불만 켜져 있었다고 하지 않았나요?"

"네, 그렇습니다."

"그 빛으로 그 끔찍한 장면을 목격하신 거겠지요?"

"맞아요."

"보자마자 즉시 벨을 눌렀다고요?"

"네."

"사람들이 곧바로 오던가요?"

"모두가 도착하기까지 1분도 채 안 걸린 것 같아요."

"그런데 사람들이 도착했을 때 촛불은 이미 꺼져 있었고 등불이 켜져 있다고 했습니다. 뭔가 이상하지 않습니까?"

바커는 또다시 망설이는 듯했다. "글쎄요. 전혀 이상할 것이 없는데요, 홈즈 씨." 바커는 잠시 뜸을 들이더니 곧 말을 이었다. "촛불 빛이 아주 약했습니다. 그래서 좀 더 밝은 불을 켜야겠다는 생각이 들더라고요. 마침 탁자 위에 등잔이 있기에 불을 붙였지요."

"그다음에 촛불을 껐나요?"

"네, 맞습니다."

홈즈는 더 이상 묻지 않았다. 바커는 다소 도전적인 눈빛으로 모두를 둘러보고 난 후에 자기 방으로 돌아갔다. 맥도널드 경위는 더글러스 부인에게 방으로 찾아가겠다는 메시지를 전달했다. 하지만 그녀는 식당에서 만나고 싶다는 답장을 보내왔다. 곧이어 30대로 보이는 키가 크고 아름다운 부인이 식당으로 들어왔다. 남편의 끔찍한 사고로 크게 비통해하거나 넋이 나가 있을지도 모른다는 내 예상은 완전히 빗나갔다. 말수가 적은 더글러스 부인은 놀랄 만큼 침착했다. 창백하고 일그러진 얼굴을 보면 말할 수 없는 충격을 참아내고 있는 듯했지만 시종 침착함을 잃지 않았다. 게다가 탁자 가장자리에 살짝 올려놓은 가늘고 긴 손가락에는 어떠한 떨림도 없었다. 부인은 슬프고도 매력적인 두 눈에 강렬한 호기심을 담고 우리를 차례로 바라보았다. 그녀의 궁금해하는 눈빛이 불현듯 질문으로 바뀌었다.

"새롭게 알아낸 사실이라도 있나요?" 그녀가 물었다.

　그녀의 목소리에 일말의 기대감보다는 왠지 모를 두려움이 서려 있다는 느낌은 내 착각이었을까?

　"더글러스 부인, 지금 필요한 모든 조치를 취하고 있습니다. 모든 것을 빠짐없이 철저하게 조사할 테니 걱정 말고 기다리세요." 경위가 말했다.

　"비용은 얼마가 들어도 상관없습니다. 최선을 다해주시기 바랄 뿐입니다." 부인은 힘없는 목소리로 담담하게 말했다.

　"혹시 사건 해결에 도움이 될 만한 얘기가 있으면 말씀해주시지요."

　"없는 것 같아요. 하지만 제가 알고 있는 건 모두 말씀드리겠습니다."

"바커 씨에게 듣기로는 부인께서 사건 후 서재에 들어가지 않으셨다고 하던데요. 그렇다면 사건 현장을 직접 보지 못하셨나요?"

"못 봤어요. 제가 계단에서 내려오는데 바커 씨가 말렸어요. 제발 그냥 제 방으로 돌아가 있으라고 하시더군요."

"그랬군요. 총소리를 듣자마자 아래층으로 내려오셨다는 말씀이네요."

"먼저 실내복을 걸치고 바로 내려갔어요."

"총소리를 들었을 때부터 층계에서 바커 씨를 만나기까지 어느 정도 시간이 걸렸습니까?"

"아마 2~3분 정도 지났을 거예요. 그런 상황에서 정확한 시간을 어떻게 알겠어요. 바커 씨는 서재에 들어가지 말라며 저를 끝까지 말렸어요. 제가 할 수 있는 일이 아무것도 없다면서요. 그러고 나서 앨런 부인이 저를 다시 2층으로 데리고 갔지요. 정말이지 끔찍한 악몽을 꾸고 있는 것 같군요."

"남편이 아래층으로 내려간 후 총소리가 날 때까지 시간이 얼마나 걸린 것 같습니까?"

"모르겠어요. 옷을 갈아입고 갔을 텐데 내려가는 소리를 못 들었거든요. 남편은 매일 밤 집 안을 한 번씩 둘러보지요. 혹시라도 불이 켜져 있으면 꺼야 하니까요. 늘 집에 불이 날까 봐 걱정했거든요. 제가 알고 있는 남편의 유일한 두려움의 대상이라고나 할까요. 불 말이에요."

"내가 묻고 싶었던 게 바로 그 점입니다, 부인. 남편을 처음 만난 곳이 영국이지요?"

"네, 그리고 5년 전에 결혼했어요."

"혹시 남편이 미국에서 있었던 일을 이야기해주던가요? 그 일로 신변에 위협을 느낀다든가 하는 말은 못 들어보셨나요?"

더글러스 부인은 진지하게 생각하더니 마침내 입을 열었다.

"들어봤어요. 저는 항상 남편에게 어떤 위험이 닥칠지도 모른다는 생각을 떨쳐버릴 수가 없었어요. 하지만 남편은 저와 그 문제에 대해서 얘기하는 것을 꺼렸어요. 저를 못 믿어서 그런 건 아니에요. 우리 두 사람 사이에는 절대적인 사랑과 믿음이 있었거든요. 다만 남편은 제가 불안에 떨며 사는 것을 원치 않았던 거예요. 제가 모든 사실을 알게 되면 계속 걱정하게 될까 봐 아무 말도 해주지 않았던 거지요."

"그런데 부인은 그 모든 것을 어떻게 알아내셨지요?"

더글러스 부인은 짧게 미소를 지어 보이더니 말했다. "남편들은 자신의 비밀을 평생 동안 아내에게 들키지 않고 혼자만의 비밀로 간직할 수 있을 거라 믿나 보죠? 남편은 미국에서 있었던 일에 대해 단한 마디도 해준 적이 없었어요. 그래서 직감으로 알았던 거예요. 게다가 평소 여러 가지 면에서 지나치게 경계하는 모습이며, 무심코 내뱉은 말들 속에서 제 나름대로 확신을 가졌던 셈이지요. 그러던 어느날 생각지도 못했던 낯선 남자들이 찾아왔을 때, 그들을 바라보던 눈빛을 보고 알 수 있었어요. 남편에게 무시무시한 적들이 있는 게 분명했어요. 남편은 그들이 자기 뒤를 쫓고 있다고 여기며 항상 그들을 경계해왔어요. 그 때문에 지난 몇 년 동안 남편이 생각보다 늦게 들어오기라도 하면 겁부터 덜컥 나곤 했지요."

"특별히 부인의 주의를 끈 말이 있었나요?" 홈즈가 물었다.

"네, '공포의 계곡'이라는 말이었어요. 제가 궁금해서 물어보자 남편이 그런 표현을 쓴 거예요. '지금껏 나는 공포의 계곡에서 살아왔소. 그런데 아직까지 거기서 벗어나지 못하고 있는 거요' 하고 말이에요. 남편이 평소보다 불안증이 좀 더 심각해 보였을 때 제가 물었지요. '공포의 계곡에서 벗어날 방법은 없을까요?' 그러자 남편은, '가끔씩 우리가 그곳을 절대로 벗어날 수 없을 것 같다는 생각이 들어'라고 대답했어요."

"공포의 계곡이 무슨 뜻인지 물어보셨습니까?"

"네. 하지만 제가 물어보자마자 안색이 금세 어두워지더니 고개만 저었어요. 그러고는 '우리 두 사람 중에 그 그늘에서 벗어나지 못하는 건 나 혼자만으로도 충분해. 제발 당신에게 아무 일이 없어야 할 텐데' 하고 말했어요. 그 계곡은 남편이 실제로 살았던 곳이에요. 그곳에서 뭔가 끔찍한 일을 당한 게 분명해요. 더 이상 말씀드릴 게 없군요."

"혹시 남편이 누군가의 이름을 말해주었던 적은 없습니까?"

"있어요. 3년 전에 사냥하러 나갔다 사고를 당한 적이 있었어요. 남편은 밤새도록 고열에 시달리다가 잠자리에서 헛소리까지 했어요. 그때 여러 차례 누군가의 이름을 불렀던 기억이 나요. 그런데 남편의 목소리는 분노와 두려움이 한데 뒤섞인 듯 들렸어요. 그 이름이

'맥긴티'였어요. '보디마스터 맥긴티.' 남편이 자리에서 일어난 후에 제가 물었죠. 도대체 맥긴티가 누구고 누구의 보디마스터란 말이냐고요. 그랬더니 남편은 그저 슬쩍 웃어 보일 뿐 신경 쓰지 말라는 말만 했습니다. 그게 전부예요. 하지만 보디마스터 맥긴티라는 자가 공포의 계곡과 무슨 연관이 있는 건 분명한 것 같았어요."

"또 한 가지 짚고 넘어갈 문제가 있습니다. 부인께서는 런던의 한 하숙집에서 더글러스 씨를 만나 결혼을 약속하셨지요? 두 분이 결혼할 때 사랑하는 사이였나요? 혹시 결혼과 관련해 뭔가 비밀스럽거나 석연치 않은 점은 없었습니까?" 맥도널드 경위가 물었다.

"물론 사랑하는 사이였지요. 우리는 서로 사랑해서 결혼했을 뿐이고, 이상하다고 느낄 만할 일은 전혀 없었어요."

"혹시 당시에 부인을 사랑하는 사람이 또 있었나요?"

"아니요. 더글러스밖에 없었어요."

"들어서 아시겠지만, 더글러스 씨의 시신에서 반지가 없어졌습니다. 짐작할 만한 것이 없을까요? 생각해보세요, 더글러스 씨의 오랜 숙적이 더글러스 씨의 행방을 알아내 결국 살인을 저지르고 도망갔습니다. 그런데 더글러스 씨의 손가락에 있던 결혼반지까지 빼 갔습니다. 도대체 그럴 만한 이유가 과연 뭘까요?"

순간, 부인의 입가에 보일 듯 말 듯 한 옅은 미소가 눈 깜짝할 사이에 스쳐 지나갔다.

"전혀 모르겠어요. 생각할수록 정말 이상한 일이에요."

"알겠습니다. 이제 가셔도 좋습니다. 이런 시간에 번거롭게 해드려서 정말 유감입니다." 맥도널드 경위가 말했다. "부인의 진술이 더 필요하면 다시 연락드리겠습니다."

더글러스 부인은 자리에서 일어났다. 그때 나는 그녀가 좀 전에 궁금해하며 우리를 훑어보던 눈길을 다시 느낄 수 있었다. 그 눈빛은 마치 우리를 향해 "내 진술이 어땠나요?" 하고 묻는 것 같았다. 그녀는 살짝 고개를 숙여 인사하고는 방을 빠져나갔다.

"대단한 미인이군. 한눈에 반해버릴 만한 미모야." 맥도널드 경위는 부인이 나가자 문을 닫고는 자기 생각을 밝혔다. "바커라는 사람은 이곳에 와서 꽤 많은 시간을 보냈습니다. 그는 여자에게 매력적으로 보일 만한 남자입니다. 자기 입으로도 죽은 더글러스가 자신을 질투했다고 말했지 않습니까. 더글러스가 어째서 질투했는지 바커 자신이 가장 잘 알고 있을 거예요. 게다가 결혼반지가 없어진 것도 수상해요. 절대로 그냥 넘어갈 문제가 아닙니다. 죽은 사람 손가락에서 결혼반지를 빼 가다니…… 어떻게 생각하십니까, 홈즈 씨."

홈즈는 두 손에 얼굴을 묻고는 깊은 생각에 잠겼다. 그러더니 자리에서 벌떡 일어나 벨을 눌렀다. "에임스." 집사가 들어오자 그가 말했다. "지금 세실 바커 씨는 어디 있나요?"

"한번 찾아보겠습니다."

잠시 후에 돌아온 그는 바커 씨가 정원에 있다고 알려주었다.

"에임스, 어젯밤 당신이 서재에 들어갔을 때 바커 씨가 무슨 신발을 신고 있었는지 기억합니까?"

"물론입니다, 홈즈 씨. 바커 씨는 어젯밤에 침실용 슬리퍼를 신고 있었습니다. 그분이 경찰에 신고하러 나설 때 제가 구두를 가져다 드렸는걸요."

"그 슬리퍼는 지금 어디 있나요?"

"아직 홀에 있는 의자 밑에 놓여 있습니다."

"좋아요, 에임스. 바닥에 남겨진 발자국 중에서 어느 게 바커 씨 것이고 어느 게 범인의 것인지 구별해내야 해요. 이건 아주 중요한 문제입니다."

"알겠습니다. 홈즈 씨. 한 가지 미리 말씀드리자면 바커 씨의 슬리퍼는 피로 얼룩졌습니다. 제 슬리퍼도 마찬가지고요."

"당시 서재 내부의 상황을 생각하면 이상한 일도 아니지요. 좋아요, 에임스. 도움이 필요하면 다시 벨을 누르지요."

몇 분 후 우리는 함께 서재로 들어갔다. 홈즈는 홀에서 바커의 슬리퍼를 찾아가지고 왔다. 에임스가 말한 대로 바닥에 피가 묻어 검게 변해 있었다.

"이상하군!" 홈즈는 창으로 들어오는 햇빛에 슬리퍼를 비추어 이리저리 들여다보며 중얼거렸다. "정말 이상한걸!"

홈즈는 잽싸게 먹이를 낚아채려는 고양이처럼 몸을 잔뜩 웅크리고는 창틀 핏자국 위에 슬리퍼를 살짝 올려놓았다. 정확히 일치했다. 홈즈는 조용히 미소를 띠며 우리를 둘러보았다.

흥분한 맥도널드 경위는 어찌할 바를 몰라 했다. 막대로 난간 지지대를 긁고 지나가는 듯한 억양이 튀어나왔다. "맙소사, 의심할 여지가 없어! 창문의 발자국은 바커가 남긴 게 틀림없어요. 여느 발자

국보다 이상하게 넓다고 생각했더니만. 홈즈 씨가 발자국의 주인이 마당발이라고 말씀하신 데는 다 이유가 있었군! 그런데 도대체 어떻게 된 거죠? 홈즈 씨, 대관절 이게 다 무슨 영문인가요?"

"글쎄요, 어떻게 된 일일까요?" 홈즈는 같은 말만 되풀이하며 다시 깊은 생각에 빠져들었다.

메이슨 형사는 두툼한 양손을 비벼대며 모든 것을 다 알고 있다는 듯이 빙그레 웃었다. "내가 뭐랬습니까. 만만한 사건이 아니라고 하지 않았습니까. 호락호락한 사건이 아니라고요!"

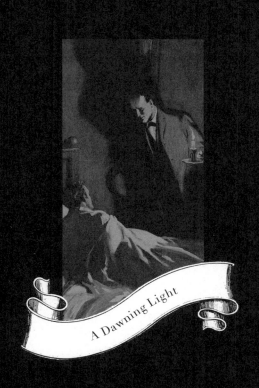

A Dawning Light

제6장 떠오르는 태양

홈즈와 두 수사관에게는 좀 더 조사해야 할 세부
적인 문제가 남아 있었기 때문에 나는 혼자 숙소로 돌아가기로 했다.
그 전에 호기심이 발동한 나는 저택 옆의 고풍스러운 정원을 둘러보
기로 했다. 이상한 모양으로 가지치기를 한 아주 오래된 주목나무들
이 정원을 둘러싸고 있었다. 그 안에는 잔디밭이 아름답게 펼쳐져 있
고, 오래된 해시계가 한가운데 놓여 있었다. 모든 것이 평온하고 아
늑해서 조금은 날카로워진 내 신경을 달래기에 그만이었다. 그렇게
평화로운 분위기에 젖어 있노라니, 피투성이가 된 시체가 누워 있는
서재에 대한 끔찍했던 악몽도 충분히 잊어버릴 수 있을 것만 같았다.
그렇게 지친 영혼을 달래며 정원을 거닐고 있을 때였다. 갑자기 생각
지도 못한 일이 눈앞에 펼쳐졌다. 그 때문에 저택에서 벌어졌던 비극
적인 사건이 내 머릿속에 다시 떠올랐고, 왠지 모를 불길함마저 엄습
해오는 듯했다.
　　앞에서도 말했듯이 이 정원은 오래된 주목나무들이 주위를 에워
싸고 있었고, 저택에서 가장 멀리 떨어진 곳의 나무들은 겹겹이 우거

져 빽빽한 울타리를 이루고 있었다. 이 울타리 반대편에는 저택 쪽에서 오는 사람들이 볼 수 없는 위치에 돌의자가 하나 놓여 있었다. 그쪽으로 몸을 돌려 가까이 다가갔을 때였다. 귀에 익은 목소리가 들려왔다. 낮고 굵은 남자의 목소리가 들리더니 이내 여자가 나지막하게 웃어댔다. 웃음소리가 채 끝나기도 전에 나는 울타리 끝을 돌아섰다. 순간 두 사람의 모습이 내 눈에 들어왔다. 그들은 바로 더글러스 부인과 바커였다. 그 두 사람이 나를 알아채기 전에 내가 먼저 그들을 발견한 것이었다. 나는 더글러스 부인의 모습에 아연실색하고 말았다. 식당에서 보았던 모습과는 너무나 달랐기 때문이다. 좀 전의 차분하고 신중한 자태는 온데간데없을뿐더러, 남편을 잃은 여인의 비통함도 찾아볼 수 없었다. 그녀의 두 눈은 삶의 기쁨에 젖어 빛나고, 얼굴에는 상대방의 말에 즐거워하던 기색이 여전히 남아 있었다. 바커는 두 손을 마주 쥐고 아래팔을 무릎에 얹은 채 돌의자에 앉아 있었다. 선이 굵고 잘생긴 얼굴은 더글러스 부인의 말에 화답하는 듯 미소로 가득했다. 그가 내 모습을 발견하고 재빨리 진지한 표정을 지어 보였지만 이미 때늦은 일이었다. 두 사람이 허둥대며 한두 마디 주고받더니 이내 바커가 몸을 일으켜 나에게 다가왔다.

"실례합니다. 혹시 왓슨 박사님 아니신지요?"

나는 차갑게 고개만 살짝 숙여 보였다. 방금 전 내 마음속에 일었던 감정이 그대로 드러난 태도였다.

"박사님이실 줄 알았습니다. 셜록 홈즈 씨와 박사님 사이의 친분은 워낙에 잘 알려져 있어서요. 잠깐 이쪽으로 오셔서 더글러스 부인과 말씀을 좀 나누시겠습니까?"

나는 굳은 얼굴을 하고 바커의 뒤를 따랐다. 순간 내 머릿속에는 피투성이가 되어 바닥에 쓰러진 남자의 모습이 생생하게 떠올랐다. 비참하게 죽은 지 불과 몇 시간도 지나지 않은 지금, 자기 아내와 가장 친한 친구가 한때 자신이 가꾸던 정원의 수풀 뒤에 숨어서 함께 시시덕거리며 웃고 있다니. 나는 마지못해 더글러스 부인에게 인사를 건넸다. 식당에서는 부인의 슬퍼하는 모습을 동정했지만 지금은 그녀의 위선적인 눈길을 무시한 채 냉랭하게 대할 수밖에 없었다.

"제가 피도 눈물도 없는 매정한 사람으로 보이겠지요." 더글러스 부인이 말했다.

나는 어깨를 으쓱하며 말했다. "글쎄요, 제가 상관할 일은 아닌 것 같은데요."

"아마 언젠가 제 진심을 알아주실 날이 오겠지요. 그러기 위해선 아셔야 할 점이……."

"왓슨 박사님이 알아야 할 필요는 없는 것 같군요." 바커가 성급히 더글러스 부인의 말을 가로막았다. "방금 박사님도 말씀하셨지만, 상관하실 만한 일이 아닙니다."

"맞아요. 그러니 이만 실례하겠습니다. 저는 산책이나 계속해야겠네요."

"잠깐만요, 왓슨 박사님." 부인이 애원하는 목소리로 나를 불러 세웠다. "한 가지 여쭤보고 싶은 게 있어요. 이 세상 누구보다 박사님이 가장 믿을 만한 대답을 해주실 거라 생각해요. 박사님의 대답에 따라 제 인생이 달라질지도 몰라요. 박사님은 홈즈 씨와 경찰의 관계를 누구보다도 잘 알고 계실 거예요. 만약 홈즈 씨가 경찰도 모르는 사실을 알게 된다면, 반드시 경찰에게 알려야 하나요?"

"그래요, 바로 그겁니다." 바커가 열띤 음성으로 말했다. "홈즈 씨가 독자적으로 일을 하시는 건지, 아니면 처음부터 끝까지 경찰과 모든 것을 공조하고 계신지 알고 싶습니다."

"내가 그런 문제를 외부에 알려도 되는지 도무지 모르겠군요."

"제발 부탁, 아니 이렇게 애원할게요, 왓슨 박사님. 우리를 꼭 좀 도와주세요. 그 점만 알려주신다면 우리에게, 아니 저에게 큰 도움이 될 거예요."

더글러스 부인이 진심이 담긴 목소리로 간절히 부탁하는 바람에 나는 마음이 흔들려서 방금 전 그녀의 경거망동을 잊고 부탁을 들어주고 말았다.

"홈즈 씨는 독자적으로 일하는 탐정입니다. 누구의 명령도 받지 않아요. 하지만 같은 사건을 조사하는 경찰에게 언제나 충실한 것 또한 사실이죠. 다시 말해, 홈즈 씨는 어떠한 사실도 경찰에게 숨기지 않습니다. 특히 죄인을 법의 심판대에 세우는 데 도움이 되는 일이라면 말이죠. 미안하지만 내가 말씀드릴 수 있는 내용은 여기까지입니다. 부인의 뜻을 홈즈 씨에게 전하도록 하겠습니다. 직접 대화하시면 더 많은 사실을 알 수 있을 겁니다."

그렇게 말하고 나서 나는 모자를 살짝 들어 인사하고 가던 길을 떠났다. 내가 자리를 뜬 후에도 두 사람은 가려진 울타리 너머에 그

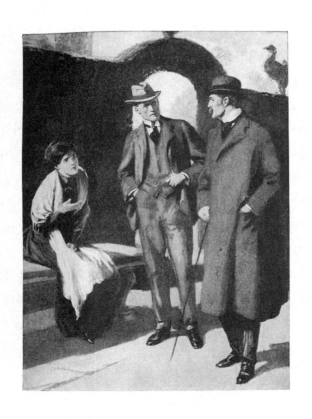

대로 앉아 있었다. 울타리 맨 끝 쪽을 돌아갈 즈음 나는 살짝 뒤를 돌아보았다. 바커와 더글러스 부인은 여전히 뭔가 신중하게 얘기를 주고받고 있었다. 그 와중에도 두 사람의 시선이 나를 좇고 있는 것을 보면 분명 내가 답해준 말에 대해서 이야기하는 것이 분명했다.

나는 정원에서 있었던 일을 홈즈에게 말해주었다.

"나는 그 두 사람에 관한 어떤 것도 비밀에 부치고 싶지 않아." 홈즈가 말했다.

홈즈는 저택에서 오후 내내 다른 수사관 두 명과 함께 사건에 대해 협의해야 했다. 5시 무렵이 되어서야 숙소로 돌아온 그는 내가 미리 주문해놓은 차와 샌드위치를 게걸스럽게 먹어치웠다.

"비밀로 하기는 싫어, 왓슨. 이제 곧 살인과 공모죄로 체포될 텐데 자기들 스스로 얼마나 거북하겠어."

"정말 체포되는 거야?"

홈즈는 기분이 몹시 좋은 듯 유쾌하게 웃었다. "이봐, 친구. 이 네 번째 달걀만 다 먹고 나서 현재 어떤 상황인지 전부 들려줄게. 상황이 끝난 것은 아니야. 아직도 갈 길이 멀기는 하지만 그 사라진 아령만 찾을 수 있다면……."

"아령이라니?"

"왓슨, 설마 이 사건 해결의 실마리가 사라진 아령에 달렸다는 사실을 아직도 파악하지 못했다는 건 아니겠지? 이런, 이런, 그렇게 주눅 들 것까지는 없어. 우리끼리 얘기지만, 맥도널드 경위나 그 뛰어난 지방 수사관도 이 사건의 중요한 단서가 뭔지 아직도 파악하지 못한 것 같아. 아령이 하나뿐이라니, 왓슨! 아령을 하나만 들고 운동하는 사람이 세상에 어디 있겠어! 생각해봐, 머지않아 몸이 한쪽만 발달해서 척추가 뒤틀리게 되는 위험한 짓이야. 끔찍하지, 왓슨. 생각만 해도 끔찍한 노릇이야."

홈즈는 입안에 토스트를 잔뜩 집어넣고는 장난기 어린 눈을 반짝이며 혼란스러워하는 내 모습을 즐기고 있었다. 그렇게 식욕이 왕성한 것만 봐도 뭔가 사건의 실마리를 푼 것이 분명했다. 홈즈는 사건이 잘 풀리지 않으면 생각을 곱씹으며 몇 날 며칠 먹을 것에 손도 대지 않았다. 그럴 때면 수행을 하듯 완전한 정신 집중 상태에 들어, 여위고 열띤 그의 얼굴은 더욱 수척해졌다. 이윽고 식사를 마친 홈즈는 오래된 시골 여관에 놓인 벽난롯가에 앉아 담배에 불을 댕겼다. 그는 깊이 생각한 후 진술을 하는 게 아니라, 소리 내어 생각을 하는 사람처럼, 천천히 두서없이 이야기를 했다.

"거짓말이야, 왓슨. 정말이지 말도 안 되는 엄청난 거짓말을 했어. 어찌나 뻔뻔하고 어처구니가 없던지. 서재에 들어서자마자 보았던 모든 게 다 거짓이었어! 우리는 처음부터 속은 거야. 바커라는 작자가 진술한 내용은 전부 거짓이야. 그런데 그 거짓말이 더글러스 부인의 진술과 일치하고 있어. 그러니 그 부인도 거짓말을 하고 있다는 말이지. 그 두 사람이 서로 모의해 거짓말을 하고 있어. 이제 밝혀야 할 문제는 분명해진 셈이지. 대체 두 사람은 왜 거짓말을 하는 걸까? 그리고 거짓말까지 하면서 그렇게 감추려는 진실은 무엇일까? 왓슨, 자네와 내가 거짓의 내막을 밝혀내고 이 사건을 사실대로 재구성해봐야겠어.

그 두 사람이 거짓말을 하고 있다는 걸 어떻게 알아냈는지 궁금하다고? 정말이지 진실이라고는 도저히 믿기지 않잖아. 어찌나 상황을 서투르게 조작해놓았는지. 생각해봐! 우리한테 해준 말에 따르면 범인은 살인을 저지르고 1분 안에 죽은 사람의 손가락에서 결혼반지를 빼냈어. 그것도 다른 반지 밑에 끼고 있던 반지를 말이야. 죽은 사람의 손가락에서 결혼반지를 빼고 난 후에 다른 반지를 도로 끼워놓았다는 게 말이 돼? 분명히 범인의 짓이 아닐 거야. 게다가 시신 옆에 카드까지 떨어뜨려놓다니, 그건 도저히 있을 수 없는 일이야.

왓슨, 평소에 자네의 판단력을 높이 사는 나로서는 자네가 이쯤이면 내 생각에 이의를 제기할 거라 생각되는군. 범인이 그 결혼반지를 죽기 전에 빼앗았을 수도 있다고 말이야. 하지만 촛불이 아주 짧은 시간 동안만 켜진 것으로 봐서 범인과 더글러스의 대화는 길지 않았어. 더글러스는 지금까지 알아본 바에 의하면 아주 대담한 남자더군. 그런 남자가 그렇게 짧은 시간에 결혼반지를 포기했을까? 그것도 자기 손으로 상대에게 순순히 내줬을 리가 있을까? 아니야, 그럴 리가 없어. 범인은 등불이 켜진 상태에서 상당한 시간 동안 시신 옆에 혼자 있었던 거야. 그 점만큼은 분명해.

그런데 더글러스의 사인은 총상이 확실하거든. 그러니까 총소리는 분명히 증인들이 말한 시간보다 훨씬 전에 들렸을 거야. 그런데 총소리처럼 큰 소리를 잘못 들었을 리가 없지 않겠어? 그러니 총소리를 들었다는 두 사람 즉, 더글러스 부인과 바커가 총소리를 들은 시각에 대해 거짓으로 미리 말을 맞춰두었다는 결론에 도달할 수밖에 없는 거지. 그뿐만이 아니야. 바커는 창틀에 일부러 피 묻은 발자국까지 만들어놓았어. 경찰에게 거짓 단서를 주고 혼란에 빠뜨리려는 계략인 거지. 상황이 점점 바커에게 불리하게 돌아가고 있어.

이제 남은 문제는 살인을 저지른 시각이 실제로 몇 시였는가야. 10시 30분까지 하인들은 집 안 곳곳에서 일하고 있었으니까 범행 시각은 그 이후가 맞겠지. 10시 45분이 되어서야 모두들 각자 방으로 돌아갔지만 에임스는 식기실에 있었어. 오늘 오후 자네가 먼저 떠난 다음 내가 몇 가지 시도를 해봤어. 복도의 문들을 모두 닫고 맥도널드 경위가 서재에서 큰 소리를 내보았더니 식기실에서는 전혀 들리지 않더라고.

그런데 말이야, 가정부의 방은 달랐어. 복도에서 그리 멀리 떨어져 있지 않기 때문인지 서재에서 소리를 크게 내면 희미하게나마 들을 수 있더군. 총소리의 경우 목표물에 아주 가까이 대고 총을 쏘면 소리를 어느 정도 줄일 수 있는 게 사실이야. 이번 사건의 경우도 그랬던 거야. 하지만 사방이 고요한 한밤중이었기 때문에 총소리는 앨런 부인의 방까지 어렴풋하게나마 들렸을 게 분명해. 물론 앨런 부인은 자기 말대로 귀가 약간 어두운 편이긴 하지. 그렇다 해도 벨이 울리기 30분쯤 전에 쾅 하고 문 닫는 듯한 소리를 들었다고 진술하지 않았어. 벨이 울리기 30분 전이라고 하면 바로 10시 45분이야. 가정부가 그때 들은 소리는 총소리가 틀림없어. 바로 그 시각이 범행 시각이야.

자, 이제 바커와 더글러스 부인이 범인이 아니라고 가정해볼까. 그렇다면 그 두 사람은 10시 45분에 총소리를 듣고 뛰어 내려와 하인들을 부르기 위해 벨을 울린 11시 15분까지 30분 동안 도대체 무엇을 하고 있었을까? 그리고 왜 곧바로 벨을 울리지 않았을까? 이게 바로 우리가 풀어야 할 숙제야. 이 문제에 대한 해답만 찾아낸다면 사건은 거의 해결된 거나 다름없지. 내 생각엔 두 사람 사이에 뭔가 있는 게 틀림없어. 남편이 죽은 지 얼마나 됐다고 그렇게 앉아서 웃고 떠들다니…… 정말 피도 눈물도 없는 잔인한 여자야.

그래, 사건 진술을 할 때도 살해당한 남편의 부인 같은 느낌은 들지 않았어. 왓슨, 내가 여성을 그다지 존경하는 사람이 아니라는 것은 자네도 알 거야. 하지만 경험상으로 어느 정도는 알 수 있지. 남편을 존중

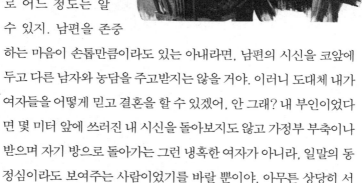

하는 마음이 손톱만큼이라도 있는 아내라면, 남편의 시신을 코앞에 두고 다른 남자와 농담을 주고받지는 않을 거야. 이러니 도대체 내가 여자들을 어떻게 믿고 결혼을 할 수 있겠어, 안 그래? 내 부인이었다면 몇 미터 앞에 쓰러진 내 시신을 돌아보지도 않고 가정부 부축이나 받으며 자기 방으로 돌아가는 그런 냉혹한 여자가 아니라, 일말의 동정심이라도 보여주는 사람이었기를 바랄 뿐이야. 아무튼 상당히 서

투른 연출이었어. 남편이 죽었는데 그렇게 태연하다니, 풋내기 수사관이라도 더글러스 부인의 태도에 의심을 품을 만하지. 다른 것은 둘째 치고 이 사실 하나만 보더라도 분명히 사전에 계획된 음모가 숨겨져 있을 거라고 확신해."

"그렇다면 자네는 바커와 더글러스 부인이 틀림없는 범인이라고 생각하는 거야?"

"왓슨, 자네 질문은 지나치게 단도직입적인 데가 있어."

홈즈는 입에 물고 있던 파이프를 흔들며 나를 향해 말했다.

"자네 질문은 너무 직선적이라 마치 내가 총을 맞은 것 같단 말이야. 자네가 만약 더글러스 부인과 바커가 살인에 관련된 진실을 알고 있으면서도 서로 모의해 그 사실을 숨기려 하는 것이냐고 묻는다면? 그렇다고 확실히 대답해줄 수 있어. 하지만 그 두 사람이 살인범이냐고 묻는다면? 아직 확실하게 대답해줄 수 없어. 이제 해결하지 못한 난점들을 잠시 생각해보자고.

이렇게 가정을 해볼까? 그 두 사람은 불륜으로 맺어졌고, 그래서 자기들 사이에 방해가 되는 여자의 남편을 없애기로 작정했다. 어때? 사실 이 가정은 좀 지나친 면이 없지 않지. 하인들이나 다른 사람들을 심문해봤지만 이 가정을 뒷받침할 만한 근거를 하나도 못 건졌거든. 오히려 더글러스 부부가 굉장히 사랑하는 사이였다는 진술만 많았을 뿐이지."

"장담컨대 그럴 리가 없어." 나는 정원에서 환하게 웃고 있던 부인의 얼굴을 떠올리며 말했다.

"어쨌든 그 부부의 주변 사람들이 그런 인상을 받은 것만큼은 사실이야. 더글러스 부인과 바커가 지금까지 남들의 눈을 교활하게 속여오면서 함께 남편을 살해하기로 했다고 가정해볼까. 공교롭게도 그 남편은 늘 목숨의 위협을 받으며 살아가고 있고……."

"사실 그 두 사람의 진술이 그럴 뿐이지, 그에 대한 증거도 없지 않아?"

홈즈는 잠시 생각에 잠기는 듯했다.

"알겠어, 왓슨. 요컨대 자네 생각은 두 사람의 말이 처음부터 끝까지 전부 거짓이라는 거지? 자네 말대로라면 애당초 은밀한 협박도, 비밀단체도, 공포의 계곡도, 맥 뭐라고 하는 보디마스터도 없었다는 얘기가 되는데. 흠, 그렇게 되면 얘기가 전적으로 달라지는걸. 그럴 경우 얘기가 어떻게 되는지 한번 볼까. 우선 두 사람은 자신들의 범행을 감추기 위해 이 같은 이야기를 날조한 거겠지. 그 이야기에 맞추어 연극을 하다 보니 외부인이 침입한 것처럼 공원에 자전거를 남겨놓았을 테고, 또 창틀에 핏자국도 남겼지. 시신 옆에 카드도 남겨놓았는데 그건 집 안에서 미리 준비를 해놓았던 거고. 그러고 보니 이 모든 사실이 자네의 가설과 완벽하게 들어맞는군. 하지만 이제부터 자네의 가설에 어긋나는 문제점들을 말해볼게. 우선 그 많은 무기 중에서 왜 하필 총신을 자른 산탄총을 택했을까? 그것도 미국산으로 말이야. 게다가 총소리가 나도 사람들이 나와보지 않을 거라는 사실을 어떻게 알았을까? 앨런 부인이 쾅 하는 문소리에도 나와보지 않은 것은 단지 우연이었을 뿐이야. 자네가 범인으로 생각하는 그 두 사람이 그런 우연까지 예상했을까?"

"솔직히 그건 나도 설명할 수가 없어."

"그리고 또 한 가지, 여자가 애인과 모의해 남편을 죽이려고 했다면 굳이 죽은 남편의 손가락에서 반지를 빼낼 필요가 있었을까? 자기들이 범인이라고 온 세상에 알리는 거나 다름없는 짓일 텐데 말이야. 왓슨, 자네라면 뻔히 의심받을 줄 알면서도 그런 짓을 하겠어?"

"물론 아니지."

"그리고 또 한 가지! 그 두 사람은 자전거를 저택 밖에 숨겨놓고는 범인이 놓고 갔다고 거짓으로 꾸며대려 했어. 아무리 능력 없는 경찰이라도 그게 뻔한 눈속임이라는 걸 단번에 알 수 있을 거야. 생각해봐. 자전거야말로 범인이 도망가기 위한 가장 중요한 수단이었을 텐데 그걸 집 밖에 숨길 만한 이유가 뭐가 있겠어?"

"흠, 어떻게 설명해야 좋을지 모르겠는걸."

"상식적으로 설명할 수 없는 여러 가지 일이 한꺼번에 일어날 수는 없는 법이야. 자, 이제부터 간단하게 두뇌 훈련이나 한번 해볼까? 물론 어떤 주장도 사실이 아니라는 전제하에 말이야. 먼저 내가 한가지 가설을 얘기해볼게. 단순한 상상일 수도 있겠지만, 살아가는 동안 단순한 상상이 때때로 현실 속에서 정말 일어나고 있는 예를 보곤하잖아?

자, 이 더글러스라는 남자에게 죄가 될 만한 비밀, 남에게 알리기에 수치스러운 비밀이 있었다고 가정해보자. 이 비밀 때문에 그에게 복수심을 품은 제3의 인물에게 살해를 당한 거지. 그런데 무슨 이유에선지 살인범은 더글러스를 죽이고 그의 손가락에서 결혼반지를 빼 갔어. 복수의 원인을 더듬어가면 더글러스의 첫 번째 결혼으로 거슬러 올라갈 수도 있을 것 같아. 그 때문에 결혼반지를 갖고 도망갔다고 생각할 수도 있지.

어쨌든 살인범은 미처 도망치기도 전에 바커와 더글러스 부인이 서재에 도착하는 바람에 들키고 말았어. 그는 자기를 경찰의 손에 넘기면 더글러스의 끔찍한 과거가 만천하에 드러나게 될 거라며 두 사람을 설득하고, 그 이야기에 넘어간 두 사람은 결국 살인범을 놓아주기로 한 거야. 그래서 범인이 저택을 빠져나갈 수 있도록 도개교를 조용히 내려주고 나중에 다시 올려놓았을 테지. 범인은 무사히 저택을 빠져나가고 무슨 이유에선지 자전거보다는 걸어서 도망가는 게 훨씬 안전하다고 판단한 거야. 그래서 자기가 추적망에서 안전하게 벗어날 때까지 자전거를 들키지 않을 만한 장소에 숨겨놓은 것이고. 여기까지는 상당히 그럴듯하게 들리지?"

"그래, 뭐, 충분히 가능한 이야기군." 나는 약간 망설이듯 대답했다.

"왓슨, 무슨 일이 일어났건 간에 이게 평범한 사건은 아니라는 점을 잊지 말아야 해. 어쨌든 이 가설을 계속 발전시켜보자. 자, 비록 범인은 아니지만 이 두 사람은 자기들이 난처한 상황에 처했다는 사실을 깨달은 거야. 범인이 도망가고 나니, 자기들이 이 사건의 범인도, 공모자도 아니라는 것을 증명하기가 어려워진 거지. 그래서 결국 그 상황에 나름대로 대처해보지만 서둘렀던 탓인지 허술하기 짝이 없었던 거야. 범인이 창틀을 통해 빠져나간 것으로 꾸미기 위해 바커가 창틀에 피 묻은 자기 슬리퍼의 발자국을 남겨놓은 것처럼 말이지. 그 두 사람이 총소리를 들었지만 벨을 울린 시각은 그로부터 30분이 흐르고 난 뒤였다는 점은 분명한 사실이야."

"그런데 그걸 다 어떻게 증명할 셈이야?"

"만일 범인이 외부에서 침입한 자라면 언젠가는 추적 끝에 체포되는 날이 오겠지. 그보다 더 좋은 증거는 없어. 하지만, 끝까지 잡히지 않는 경우에는…… 과학적으로 접근하면 해결하지 못할 사건은 없어. 아무래도 서재에서 혼자 하룻밤 묵어야 할까 봐. 그러고 나면 뭔가 일이 풀릴 것 같아."

"혼자서 하룻밤을 보낸다고?"

"이제 곧 서재로 갈 생각이야. 믿을 만한 에임스와 이미 약속도 해두었는걸. 집사는 사실 바커를 그다지 달가워하지 않는 눈치야. 서재에 머무르면서 어떤 영감이 떠오를지 두고 봐야겠어. 나는 어디든지 그곳을 지키는 수호신이 있다고 믿는 사람이야. 이봐, 자네 지금 날 비웃고 있지만 어디 두고 보자고. 그나저나 혹시 그 큰 우산 가지고 왔어?"

"여기 있지."

"좀 빌려 쓸 수 있을까?"

"당연하지. 그런데 무기로 사용하기에는 어째 좀 빈약하지 않아? 위험한 일이 생기기라도 하면……."

"별일 없을 거야. 혹시라도 그럴 것 같으면 자네에게 도움을 청할

게. 어쨌든 우산은 내가 가져가겠어. 그나저나 턴브리지 웰스에 간 맥 경위 일행이 슬슬 올 때가 되었는데. 그곳에 자전거 주인을 찾으러 갔거든."

맥도널드 경위와 메이슨 형사 일행은 수사를 마치고 밤이 깊어서야 돌아왔다. 두 사람은 피곤에 지쳐 있었지만, 수사에 큰 진전이 있었다고 보고하는 목소리만큼은 꽤나 의기양양했다.

"참 나, 처음에 나는 이 사건이 과연 외부인의 소행일까 하고 의심했는데 지금은 그렇지 않습니다. 자전거가 누구 것인지 알아냈거든요. 그리고 그 주인에 대한 신상 명세도 파악했습니다. 수사에 획기적인 진척이 아닐 수 없어요." 맥도널드가 말했다.

"드디어 사건이 막바지에 다다른 것 같군요. 두 분께 진심으로 축하드립니다." 홈즈가 말했다.

"나는 더글러스 씨가 턴브리지 웰스에 다녀온 다음부터, 그러니까 죽기 전날부터 불안해하기 시작했다는 점에 주목했어요. 분명히 턴브리지 웰스에서 어떤 위험을 감지한 거지요. 그래서 범인이 자전거를 타고 왔다면 분명 턴브리지 웰스에서 왔을 거라는 확신을 갖게 되었습니다. 우리는 곧장 그곳에 있는 호텔들을 돌아다니며 이 자전거를 보여주기 시작했어요. 그런데 글쎄, 이글 커머셜 호텔 지배인이 자전거를 한눈에 알아보더라고요. 이틀 전 그 호텔에 투숙한 하그레이브라는 남자의 자전거라고 말해주더군요. 그 남자가 가지고 온 물건이라고는 그 자전거와 거기에 매달린 작은 여행 가방이 전부라고 했어요. 숙박부에는 자기 이름과 런던에서 왔다는 내용만 적어놓았

을 뿐, 상세한 주소는
없었습니다. 여행
가방은 런던에서
만든 것이고 내용
물도 모두 영국에서
만든 것들이지만, 하그레

이브라는 사람은 미국인이 틀림없다고 합니다."

"이런, 이런! 정말 그럴듯한 결과를 얻으셨군요. 내가 친구와 무릎을 맞대고 앉아서 머리만 굴리고 있는 동안, 여러분은 현장에서 직접 몸으로 뛰며 조사하셨군요. 역시 탁상공론보다는 직접 부딪쳐 해결해야 한다는 교훈을 또 한 번 느끼게 되네요, 맥 경위님."

"에이, 뭐 다 그런 거지요." 맥도널드 경위는 만족감으로 한껏 들떠 있었다.

"그런데 홈즈, 맥 경위님이 알아낸 사실과 자네의 가설이 꼭 들어맞는걸." 내가 말했다.

"그럴 수도 있고 그렇지 않을 수도 있지. 일단 턴브리지 웰스에 다녀온 이야기를 끝까지 들어보면 알게 되지 않을까. 맥 경위, 그 남자의 정체를 파악할 만한 단서가 전혀 없었나요?"

"신원이 노출될까 봐 두려웠는지 단단히 신경 쓴 것 같았습니다. 확실한 흔적이라고는 좀처럼 찾기 힘들었지요. 우연히 떨어뜨린 메모지나 편지도 없었고 옷에도 상표가 붙어 있지 않았습니다. 있는 거라고는 침대 머리맡 탁자 위에 놓여 있던 이 지역 자전거용 지도 한 장뿐이었어요. 어제 아침 식사를 마치고 자전거를 타고 나가더니 그 이후로 아무런 소식도 없다고 합니다."

"홈즈 씨, 저는 그 점이 이상하다고 생각합니다." 잠자코 듣고 있던 화이트 메이슨이 입을 열었다. "상식적으로 생각해볼 때 만약 그 남자가 경찰의 추적을 피하고 싶었다면 오히려 호텔 방으로 돌아와서 평범한 여행객인 양 행동했어야 하지 않을까요? 돌아오지 않으면 호텔 지배인이 경찰에 신고할 것이고, 그렇게 되면 자기가 행방불명된 사실이 살인 사건과 결부될 게 뻔해지는데 말이죠."

"물론 그렇게 생각할 수도 있지요. 하지만 지금까지 잡히지 않은 것으로 봐서 그가 현명한 선택을 했다고 할 수 있겠는걸요. 그런데 그 사람의 인상착의는 어떻던가요?"

맥도널드 경위는 자기 수첩을 뒤적거렸다.

"지금까지 들은 바를 모두 적어두었습니다. 호텔 사람들이 그 남자를 그다지 눈여겨보지는 않은 것 같아요. 그래도 짐꾼, 프런트 직원, 객실 청소부 등이 공통적으로 얘기한 점은 대략 이렇습니다. 키는 약 180센티미터, 나이는 쉰 살 안팎, 머리카락은 약간 회색빛이고, 콧수염도 회색빛을 띤다고 하더군요. 그런데 매부리코에 험상궂은 인상이라 말을 걸기가 쉽지 않았다고 했습니다."

"그렇다면 얼굴 표정만 빼면 더글러스 씨와 아주 흡사하다고 볼 수 있겠군요." 홈즈가 말했다. "더글러스 씨도 이제 막 쉰을 넘겼고 회색빛 머리칼과 콧수염이 나 있으니 말이에요. 게다가 키까지 얼추 비슷하네요. 그 밖에 더 알아낸 것은 없나요?"

"그 남자는 투박한 회색 정장 바지에 리퍼 재킷(통상적으로 해군 장교 후보생이나 돛을 다루는 사람이 입었던 옷으로, 두툼한 상의 한 가운데 단추가 두 줄로 달려 있음—옮긴이)을 입고 있었는데, 그 위에 노란색 비옷을 걸치고 모자도 쓰고 있었다고 합니다."

"산탄총에 대해서도 알아보셨나요?"

"산탄총은 전체 길이가 60센티미터도 채 안 됩니다. 손가방 안에 충분히 들어갈 수 있을 정도지요. 비옷 속에 감추면 들키지 않고 쉽게 가지고 다닐 수 있었을 거예요."

"지금 말씀하신 내용이 모두 이 사건과 관련 있다고 생각하시나요?"

"글쎄요, 홈즈 씨. 이자를 잡기만 하면 진실을 제대로 파악할 수 있겠지요. 어쨌든 아시겠지만, 이자의 인상착의를 듣자마자 곧바로 전보를 쳐서 모두에게 알렸습니다. 지금 현재로서도 수사에 상당한 진전을 본 거나 다름없습니다. 우리가 알아낸 사실이 얼마나 많습니까. 하그레이브라는 이름의 미국인이 이틀 전 자전거에 작은 여행 가방 하나를 싣고 턴브리지 웰스에 도착했습니다. 그 여행 가방 안에는 총신을 자른 산탄총이 들어 있었겠지요. 그자는 처음부터 범행을 저지를 목적을 갖고 있던 거지요. 어제 아침 그는 자전거를 타고 저택을 향해 출발했습니다. 물론 총은 비옷 속에 숨긴 채 말이지요. 지금까지 확인한 바로는 아무도 그자가 저택에 도착한 것을 목격하지 못했습니다. 하지만 꼭 마을을 통과해야만 저택에 도착할 수 있는 것은 아닙니다. 또 길에는 자전거를 탄 사람들이 많으니 그자만 유독 눈에 띄었을 리도 없지요. 어쩌면 그는 즉시 자전거를 월계수 숲 속에 감춰두고 그곳에 숨어서 저택을 감시하고 있었을지도 몰라요. 더글러스 씨가 저택에서 나오기만을 기다렸겠지요. 집 안에서 사용하기에 산탄총은 적절치 않습니다. 집 밖에서 사용하기에 훨씬 유리한 점이 많은 총이지요. 산탄총으로 목표물을 놓치는 일은 흔치 않을뿐더러, 영국의 사냥터 근처에선 총소리가 자주 들리기 때문에 다른 사람들의 이목을 끌 일도 없으니까요."

"아주 명쾌한 해석이군요." 홈즈가 말했다.

"그런데 아무리 기다려도 더글러스 씨는 끝내 나타나지 않았습니다. 자, 이제 범인이 어떻게 했을까요? 해가 지자 그는 자전거를 숨겨둔 채 저택으로 걸어갔지요. 도개교는 내려져 있고 주위에는 아무도 없었습니다. 누군가를 만나게 되더라도 핑계가 될 만한 구실을 준비하고 있었을 테지요. 다행히 그는 아무와도 마주치지 않았고, 집 안으로 잠입해 처음 눈에 띈 방으로 들어가서 커튼 뒤에 몸을 숨겼습니다. 그곳에서 도개교가 올라가는 모습을 보았을 테고, 이제 자기가 도망칠 수 있는 길은 해자를 건너가는 방법밖에 없다는 것을 알게 되었지요. 그는 더글러스 씨가 문단속을 하려고 집 안을 한 바퀴 돌고 들어올 때까지 서재에서 기다린 겁니다. 그때가 11시 15분이었지요. 그자는 자기 계획대로 더글러스 씨가 방에 들어오자마자 총으로 쏘고 나서 미리 보아두었던 길로 도망을 쳤습니다. 범인은 자전거를 버리고 가기로 합니다. 호텔 사람들이 자전거에 대해 경찰에 진술할 테고, 그렇게 되면 자기에게 불리한 증거가 될 수 있기 때문에 숨겨놓았던 자리에 그냥 두고 떠나기로 한 겁니다. 결국 다른 교통수단을 이용해 런던으로 갔거나, 이미 마련해둔 은신처에 안전하게 몸을 숨겼을지도 모릅니다. 내 생각은 이렇습니다. 어떻습니까, 홈즈 씨?"

"맥 경위님, 지금까지는 아주 명확하고 그럴듯한 추리로군요. 하지만 결론 부분에 있어 맥 경위님이 내린 것과 내 것이 아주 다릅니다. 우선 내가 보기에 범행은 알려진 것보다 30분 앞서 일어났습니다. 더글러스 부인과 바커 씨는 공모를 하여 무언가를 숨기려고 했습니다. 게다가 범인이 도망치도록 도와주기도 했지요. 아니 적어도 범인이 도망가기 전에 두 사람 모두 서재에 도착했을 겁니다. 그리고 범인이 창문으로 도망친 것처럼 증거를 조작하기도 했습니다. 이 모든 것을 볼 때 범인이 도망칠 수 있도록 도개교를 내려주었을 가능성도 크지요. 지금까지가 사건 전반부에 대한 내 해석입니다."

두 형사는 홈즈의 설명에 고개를 절레절레 흔들었다.

"그렇지만 홈즈 씨, 그게 사실이라면 하나의 미궁에서 다른 미궁으로 굴러떨어진 꼴입니다." 런던의 경위가 말했다.

"그리고 어쩌면 더 난해한 수수께끼를 만나게 될지도 모르지요." 메이슨 형사가 덧붙여 말했다. "더글러스 부인은 평생 동안 미국에 가본 적이 한 번도 없습니다. 그런 부인이 어떻게 미국인 살인범을 알고 그를 도와줄 수 있다는 거지요?"

"분명 해결하기에 어려운 문제가 있다는 점을 기꺼이 인정하는 바입니다. 그래서 오늘 밤 나 혼자 조사를 해보려고요. 어쩌면 우리 모두에게 필요한 단서를 안겨주게 될지도 모르지요."

"우리가 도울 일은 없을까요, 홈즈 씨?"

"네, 괜찮습니다. 어둠과 왓슨의 우산만 있으면 됩니다. 게다가 충직한 에임스도 나를 도와줄 테니 여러분의 제의는 고맙지만 사양하겠습니다. 아무리 여러 가지 가설을 세워봐도 결국 한 가지 질문만 떠오르는군요. 도대체 운동한다는 사람이 왜 아령 하나만 가지고 몸을 만드는 말도 안 되는 행동을 했을까요?"

홈즈가 단독 수사를 마치고 숙소로 돌아왔을 때는 아주 늦은 시각이었다. 우리가 묵은 곳은 2인용 침대가 갖춰진 시골의 작은 여관방으로, 그곳에서 누릴 수 있는 시설로는 최상이라 해도 과언이 아니었다. 깜빡 잠이 든 나는 홈즈가 들어오는 소리에 눈을 떴다.

"아, 홈즈. 뭐 좀 알아냈어?" 나는 중얼거리듯 물었다.

홈즈는 한 손에 촛불을 들고 내 침대 옆으로 아무 말 없이 다가와 섰다. 그러더니 키가 크고 야윈 몸을 내게 굽히면서 조용히 속삭였다.

"이봐, 왓슨. 정신병에 걸린 미친놈이나 정신이 오락가락하는 바보와 같은 방에서 자도 무섭지 않겠어?"

"아니, 전혀." 나는 뜬금없는 질문에 어리둥절하며 대답했다.

"그렇다면 다행이야."

그날 밤 홈즈는 더 이상 한 마디도 꺼내지 않았다.

The Solution

제7장 해결

다음 날 아침 식사를 마치고 맥도널드 경위와 메이슨 형사를 찾아보니, 벌써 윌슨 경사의 작은 사무실에 앉아 사건에 열중하고 있었다. 그들은 탁자 위에 산더미처럼 쌓인 편지와 전보를 일일이 분류하고 정리하던 중이었다. 그리고 세 장의 종이가 한쪽에 따로 놓여 있었다.

　　"아직도 자전거 주인의 행방을 찾고 계시는군요?"

　　홈즈가 밝은 목소리로 물었다. "범인에 대해 새로 들어온 소식은 아무것도 없나요?"

　　맥도널드 경위는 암담한 표정으로 산더미처럼 쌓인 편지 뭉치를 가리켰다.

　　"지금까지 레스터, 노팅엄, 사우샘프턴, 더비, 이스트햄, 리치먼드 등 자그마치 14개 지역에서 제보가 들어왔습니다. 그중에서도 이스트햄, 레스터, 리버풀에서는 우리가 찾고 있는 놈과 인상착의가 일치하는 자들을 이미 체포한 상태라고 합니다. 노란 비옷을 입고 있는 자들이 전국 방방곡곡에 우글거리는 모양이에요."

"이것 참!" 홈즈는 안타깝다는 듯 탄성을 질렀다. "맥 경위, 그리고 화이트 메이슨 씨. 진심으로 조언 한마디 해드리고 싶습니다. 여러분도 기억하시겠지만, 내가 처음 이 사건에 손을 대기 시작했을 때 한 가지 분명히 해둔 사실이 있습니다. 완벽하게 증명하지 못한 가설은 절대로 미리 말하지 않겠다는 것이었지요. 내 추측이 확실히 증명될 때까지는 저만 아는 사실로 간직하고, 정확하게 검증하고 확인할 수 있을 때야 비로소 여러분과 공유하겠다고 했습니다. 이 때문에 지금까지 내 생각을 밝히지 않고 있는 겁니다. 하지만 나는 여러분과 정정당당히 승부를 겨룰 생각입니다. 그 점에서 지금처럼 여러분이 쓸데없는 일에 시간과 에너지를 낭비하고 있는 것을 뻔히 알면서도 가만히 두고 볼 수는 없군요. 그래서 한마디 조언을 해드리고 싶어서 이른 아침에 이렇게 찾아온 것입니다. 내가 드리고 싶은 말은 간단합니다. 당장 이 사건에서 손을 떼세요."

맥도널드 경위와 메이슨 형사는 기가 막힌 듯 멀뚱멀뚱 홈즈를 바라보았다.

"더 이상 사건 해결에 희망이 없다는 겁니까?" 맥도널드 경위가 소리쳤다.

"아니요. 여러분이 수사하는 방식에 희망이 없다는 겁니다. 무슨 일이 있어도 진실은 밝혀집니다. 진실을 밝히는 일에는 늘 희망이 함께하기 마련이지요."

"하지만 이 자전거 주인은 가상의 인물이 아니에요. 우리는 놈의 인상착의도 알고 있고, 가방이며 자전거 등 물증까지 확보해둔 상태입니다. 지금 어딘가에서 몸을 사리고 있을 게 분명한데 우리가 그자를 잡지 못할 거라는 말씀입니까?"

"아닙니다. 맞아요. 놈은 어딘가에 분명히 있습니다. 그리고 우리가 반드시 놈을 잡아낼 겁니다. 하지만 나는 단지 여러분이 이스트햄이나 리버풀까지 손을 뻗쳐 시간과 에너지를 낭비하는 모습을 보고 싶지 않을 뿐입니다. 그보다는 더 빠른 지름길을 통해 사건 해결에 이를 수 있기 때문입니다."

"지금 저희에게 뭔가 숨기는 게 있으신 것 같군요. 홈즈 씨, 그건 공평하지 않아요." 맥도널드 경위는 불쾌하다는 듯 말했다.

"맥 경위, 내가 일하는 방식을 잘 알고 있지 않습니까. 가능한 빠른 시간 내에 모든 것을 알려드리겠습니다. 앞으로 몇 가지 사항에 대해 어떻게든 진상을 밝혀야 합니다. 일이 쉽게 풀리면 여러분께 모든 결과를 즉시 알려드리고 곧바로 런던으로 돌아갈 계획입니다. 그렇게 해서라도 이 은혜를 갚고 싶습니다. 지금까지 수많은 사건을 맡아봤지만 이렇게 흥미롭고 범상치 않은 사건은 처음입니다. 나로선 이 사건을 맡게 해주셔서 그저 고마울 따름입니다."

"도저히 이해가 안 되는군요, 홈즈 씨. 어젯밤 턴브리지 웰스에서 돌아오는 길에 만났을 때는 우리가 내린 결론에 대체로 동의하지 않으셨습니까? 그런데 그사이에 생각이 완전히 바뀐 것 같군요. 대관절 무슨 일이 있었던 거지요?"

"글쎄요, 물어보시니까 하는 말이지만, 이미 알려드린 대로 어젯밤 몇 시간 동안 저택에서 나 혼자 머물다 왔습니다."

"무슨 일이라도 있었나요?"

"아, 지금으로서는 자세한 내용을 말하기가 좀 곤란합니다. 그건 그렇고, 그 저택에 관한 책을 하나 찾아 읽었습니다. 내용이 꽤 흥미롭고 재미있더군요. 사실 동네 담배 가게에서 1페니만 주면 살 수 있는 그런 책이었지만 말입니다."

홈즈는 조끼 주머니에서 작은 소책자을 꺼내어 모두에게 보여주었다. 책 표지에는 저택의 옛 모습이 새겨진 판화가 조악하게 찍혀 있었다.

"맥 경위, 주변의 역사적 분위기에 의식적으로 동감하면 탐사가 대단히 흥미로워질 수 있어요. 내용이 조금 지루해도 참고 잘 들어봐요. 아주 단순한 글이지만 읽고 나면 저택의 옛 모습을 마음속으로 그려볼 수 있게 되지요. 자, 그럼 책의 한 구절을 골라 읽어보겠습니다. '제임스 1세 재위 5년에 세워진 벌스턴 영주 저택은 옛 건물이 있던 대지 위에 올린 건물로서 해자로 둘러싸여 있다. 제임스 왕조풍의 저택으로 현존하는 건물 중에 가장 훌륭한……'"

"홈즈 씨, 지금 장난하십니까?"

"이런, 맥 경위! 그렇게 화내는 모습은 처음이군요. 신경이 거슬리는 모양이니 그만 읽어야겠네요. 하지만 1644년 의회파 대령(올리버 크롬웰. 청교도 혁명에서 왕당파를 물리치고 공화국을 세우는 데 큰 공을 세웠다—옮긴이)이 저택을 점령했던 일이나 찰스 1세가 내전 중에 며칠간 저택에 은신해 있었던 일, 그리고 조지 2세가 방문했던 일에 대한 기록을 읽다 보면, 벌스턴 저택이 참으로 유서 깊은 곳이고, 역사적으로 적지 않은 흥미로운 사건과 얽혀 있다는 것을 알게 될 텐데 참으로 아쉽군요."

"충분히 그럴 거라 생각됩니다. 하지만 그게 이 사건과 무슨 상관이란 말입니까?"

"과연 아무런 상관이 없을까요? 정말 그럴까요? 맥 경위! 시야를 넓게 갖는 것이야말로 우리 같은 직업을 가진 사람들에게 반드시 필요한 능력이랍니다. 서로 다른 의견을 수용하거나 적용할 줄 알고, 풍부한 지식을 갖추는 것이 간접적으로나마 사건 해결에 큰 도움을 줄 만큼 중요하다는 사실을 알아야 해요. 나는 한낱 범죄 전문가에 지나지 않지만 여러분보다 나이도 많고 아마 경험도 더 풍부할 겁니다. 그러니 내가 하는 말을 너무 기분 나쁘게 듣지 마시기 바랍니다."

"그 점에 대해서라면 누구보다도 내가 인정합니다." 맥도널드 경위가 진심으로 말했다. "무슨 말씀인지 잘 알겠습니다. 하지만 요점만 간략하게 말씀해주시면 좋을 텐데, 홈즈 씨는 지나치게 빙빙 돌려서 말하는 경향이 있습니다."

"알겠습니다. 그럼 이미 지나간 과거는 접어놓고 현재까지 밝혀진 사실만 말씀드리지요. 이미 말씀드렸듯이, 어젯밤에 나는 저택에 들렀습니다. 바커 씨나 더글러스 부인을 만나지는 않았습니다. 굳이 그 사람들을 번거롭게 하고 싶지 않았어요. 그런데 듣자 하니 다행스럽게도 부인이 힘들어하는 기색 없이 저녁 식사를 맛있게 즐기셨다더군요. 어쨌든 저택에 간 김에 에임스 집사를 만나서 이런저런 얘기를 나누고 싶었습니다. 내 뜻을 이해한 에임스는 누구에게도 알리지 않고 내가 서재에서 한동안 머물 수 있도록 도와주었지요."

"뭐라고? 시체 옆에서, 그것도 혼자?" 나는 화들짝 놀라 물었다.

"아니, 지금 서재는 모두 정리되었어. 듣기로는 맥 경위께서 그렇게 해도 된다고 지시했다더군. 서재는 이제 평상시 모습으로 돌아가 있지. 그 방에서 머물러 있던 시간이 약 15분가량이었는데 아주 유익한 시간이었지."

"대체 거기서 뭘 했습니까?"

"뭐 별것 아닌 거 가지고 지나치게 궁금해하지 마십시오. 사라진 아령을 찾고 있었을 뿐이니까. 사실 이 사건을 해결하는 데 있어 상당히 비중이 큰 열쇠라고 볼 수 있지요. 어쨌든 찾았으니 다행입니다."

"어디서요?"

"미처 찾아볼 생각도 못한 곳에 있더군요. 이제 내게 조금만 더 시간을 주세요. 아주 조금이면 됩니다. 좀 더 조사한 뒤에 여러분께 내가 알고 있는 사실을 모조리 알려드리겠습니다."

"그렇게 하는 수밖에 없지요, 뭐." 경위가 부루퉁하게 대답했다. "그런데 수사에서 손을 떼라는 말은 납득할 수 없군요. 도대체 이제 와서 중단할 이유가 뭡니까?"

"아주 간단해요, 맥 경위. 여러분은 지금 뭘 조사하고 있는지조차 파악하지 못하고 있어요."

"우리가 찾고 있는 것은 존 더글러스를 죽인 살인자가 아닙니까? 벌스턴 대저택 살인 사건의 범인 말입니다!"

"네, 바로 그거예요. 그렇다면 그 수수께끼의 자전거 주인 행방을 찾는 데 쓸데없이 시간을 낭비하지는 마세요. 수사에 어떤 도움도 안 되니까요."

"도대체 그럼 어떻게 하라는 말씀입니까?"

"내 말을 따르겠다고 약속하면 말씀드리지요."

"홈즈 씨가 남다르게 수사하는 데는 늘 그만한 이유가 있기는 하더군요. 좋아요. 홈즈 씨 말씀을 따르도록 하겠습니다."

"화이트 메이슨 씨는 어떻게 하시겠습니까?"

메이슨 형사는 난감한 듯 이 사람 저 사람을 번갈아 둘러보았다. 홈즈와 일하는 것도 처음이지만 그의 수사 방식에 적응하기란 더욱 힘든 모양이었다.

"글쎄요, 맥도널드 경위가 괜찮다면야 저도 상관없습니다." 메이슨 형사는 어쩔 수 없다는 듯 말했다.

"좋아요! 자, 이제 기분 좀 풀 겸 저택 주변으로 산책을 떠나보면 어떨까요. 벌스턴 산마루에서 윌드 대삼림 쪽으로 바라보는 풍경이 아주 장관이라고 하던데요. 중간에 적당한 곳에 들러 점심을 드셔도 좋겠네요. 내가 이 지역에 대해 좀 더 알아봤더라면 가실 만한 곳을 추천해드릴 수 있었을 텐데, 그렇지 못해 아쉽군요. 어쨌든 오늘 밤에 피곤하겠지만 기쁜 일이……."

"아니, 농담이 좀 지나친 거 아닙니까?" 맥도널드 경위가 발끈해서 의자에서 벌떡 일어났다.

"아닙니다. 낮 동안 휴식을 좀 취하시라는 것뿐이에요." 홈즈는 밝은 얼굴로 맥도널드 경위의 어깨를 토닥였다. "하고 싶던 일도 하고, 가고 싶던 곳도 다녀오세요. 하지만 어두워지기 전에는 반드시 이곳으로 돌아오십시오. 반드시 오셔서 나를 만나야 합니다. 잊지 마세요, 맥 경위."

"이제야 뭔가 좀 그럴듯하게 들리는군요."

"내 조언은 모두 따라 할 만한 가치가 있어요. 반드시 지키라는 말은 아니지만요. 오늘 밤 여러분이 반드시 와주기만 한다면 아무래도 상관없어요. 자, 이제 헤어질 때가 되었군요. 아, 그 전에 바커 씨에게 보낼 편지를 좀 써주시지요."

"편지요?"

"내가 부르는 대로 쓰기만 하면 됩니다. 준비됐나요?

'친애하는 바커 씨. 해자에서 마땅히 물을 빼봐야 한다는 생각이 문득 들었습니다. 어쩌면…….'"

"물을 빼는 것은 불가능해요. 벌써 내가 알아봤습니다."

"이런, 맥 경위! 내가 시키는 대로만 하세요."

"알겠으니 계속 부르세요."

"'수사에 도움이 될 만한 단서를 찾을 수 있을지도 모르기 때문입니다. 이미 모든 것을 준비해놓았으니 아침 일찍 인부들을 보내 시냇물의 물줄기를 돌리는…….'"

"불가능해요!"

"'작업을 할 예정입니다. 작업에 착수하기 전에 먼저 양해를 구하는 바입니다.' 자 이제 서명하시죠. 그리고 4시경에 사람을 시켜서 편지를 전하도록 하세요. 그 시각에 우리는 이 방에서 다시 모이도록 합시다. 그때까지 각자 마음껏 자유로운 시간을 즐기세요. 확신컨대, 이번에야말로 사건 해결에 결정적인 단서를 얻을 수 있을 테니 두고 보세요."

어느덧 저녁이 가까워질 무렵 우리는 약속대로 다시 모였다. 홈즈는 시종일관 진지해 보였고, 나는 앞으로 일어날 일에 대한 기대로 잔뜩 들떠 있었다. 하지만 두 수사관은 몹시 못마땅한 듯 짜증스러운 표정이 역력했다.

"자, 여러분."

홈즈가 진지하게 말했다.

"이제부터 나와 함께 흥미로운 실험을 한 가지 해봅시다. 이 실험에서 관찰한 내용을 토대로 내가 내린 결론이 옳은지는 여러분이 판단해주세요. 오늘 밤은 날씨가 꽤 쌀쌀하군요. 이런 날씨에 우리가 얼마나 오랫동안 잠복해 있어야 할지는 저도 모를 일입니다. 그러니 옷을 좀 더 든든히 입도록 하세요. 무조건 날이 어두워지기 전에 약속한 장소에 도착해야 합니다. 딱히 이의가 없다면 서둘러 출발합시다."

우리는 저택의 정원 가장자리를 둘러싼 울타리를 따라 걷다가 중간에 울타리가 부서진 곳을 찾아냈다. 그곳을 통해 안으로 슬그머니 들어간 우리는 한 치 앞도 보이지 않는 어둠 속에서 홈즈의 뒤를 따라갈 뿐이었다. 마침내 우리는 저택의 정문과 도개교 거의 맞은편의 우거진 관목 숲에 다다랐다. 도개교는 아직 올라가 있지 않앉다. 홈즈가 월계수 관목 뒤에 쭈그리고 앉자 우리 세 사람도 홈즈를 따라 몸을 숨겼다.

"자, 이제 뭘 어떻게 하면 됩니까?" 맥도널드 경위가 퉁명스럽게 물었다.

"인내심을 갖고 기다려봅시다. 될 수 있으면 작은 소리도 내지 마세요." 홈즈가 작은 목소리로 대답했다.

"대체 여기는 뭣하러 온 겁니까? 이쯤이면 이제 좀 솔직하게 털어놓을 때도 되지 않았습니까?"

홈즈가 빙그레 웃으며 말했다. "왓슨이 그러더군요. 내 삶이 곧 극작품이라고. 아무래도 내 안에 예술가적 기질이 있는 모양입니다. 잘 차려진 무대에서 완벽하게 연기해내고 싶은 마음이 끊임없이 샘솟거든요. 맥 경위, 우리의 승리를 빛낼 만한 무대를 멋지게 준비해놓지 않으면 우리의 직업은 따분하고 꾀죄죄할 수밖에 없습니다. 냉정하게 죄를 고발하고, 인정사정없이 범인의 어깨를 낚아채기만 한다고 생각해보세요. 그런 연극의 대단원에 대해서 사람들이 어떻게 생각하겠습니까? 그보다는 신속하게 추론하고, 교묘하게 덫을 놓고, 앞으로 다가올 일을 예리하게 통찰하고, 대담한 추리를 성공적으로 입증해 보이는 것이야말로 우리 직업에 대한 자부심과 정당성을 보여줄 수 있는 길이 아니겠어요? 지금 이 순간 이 상황을 멋지게 즐기고 사냥감을 주시하는 사냥꾼처럼 긴장과 흥분을 느껴보세요. 항상 시간표처럼 정해진 대로 움직인다면 이런 짜릿함을 어디서 맛볼 수 있겠어요? 그러니 맥 경위, 조금만 더 참고 기다려보십시다. 머지않아 모든 의문이 풀릴 테니까요."

"글쎄요, 이곳에서 얼어 죽기 전에 말씀하신 우리의 자부심과 정당성을 찾게 되기만 바랄 뿐입니다." 맥도널드 경위가 체념한 듯 농담으로 답했다.

사실 그런 생각을 한 것은 맥도널드 경위만이 아니었다. 잠복은 생각보다 길어졌고, 시간이 갈수록 온몸으로 파고드는 추위를 견디기가 힘들었기 때문이다. 기다란 고택의 칙칙한 모습 위로 서서히 어둠이 드리워졌다. 해자에서 올라오는 차갑고 축축한 한기는 뼛속을 에는 듯했고, 우리는 이가 딱딱 부딪칠 정도로 온몸을 떨어야 했다. 저택의 출입문 쪽에 등 하나가 켜졌고 참극이 벌어졌던 서재에서 둥근 불빛이 아른거렸다. 그 두 곳을 제외하면 사방은 칠흑같이 어둡고 쥐 죽은 듯 고요했다.

"얼마나 더 기다려야 할까요?" 맥도널드 경위가 불쑥 물었다. "대체 뭘 기다리는 건지 알고나 기다립시다."

"얼마나 기다려야 할지는 나도 몰라요." 홈즈가 퉁명스럽게 대답했다. "범인들이 시간표에 맞춰 움직여준다면야 얼마나 편하겠어요. 그리고 뭘 기다리는 것인지는…… 저기, 바로 저깁니다. 우리가 기다리고 있던 거예요!"

바로 그때였다. 서재에서 흘러나오는 노랗고 밝은 불빛이 흐려졌다 밝아졌다 하는 것이었다. 누군가 등불 앞에서 서성이고 있는 게 분명했다. 우리는 서재 창문에서 300미터가 안 되는 맞은편 월계수 관목 수풀 뒤에 숨어 창문 쪽을 주시하고 있었다. 이내 삐걱하는 소리와 함께 창문이 활짝 열리더니 창문 밖으로 어둠을 내다보고 있는 한 남자의 머리와 어깨의 윤곽이 희미하게 드러났다. 그는 한동안 자기를 지켜보는 사람이 없는지 고개를 살며시 내밀어 몰래 살피고는 이윽고 몸을 아래로 굽혔다. 사방이 쥐 죽은 듯 고요한 가운데 가볍게 찰랑대는 물결 소리가 들려왔다. 남자는 손에 무언가를 쥐고 해자의 물속을 휘젓고 있었다. 그러다 갑자기 어부가 물고기를 끌어 올릴 때처럼 무언가를 잡아당겼다. 곧바로 열린 창문을 통해 끌려 올라간 크고 둥근 물체가 서재의 불빛을 가렸다.

"지금이에요! 어서!" 홈즈가 외쳤다.

우리는 모두 벌떡 일어나 한동안 움직이지 못해 뻣뻣해진 다리를 비틀거리며 홈즈를 따라갔다. 홈즈는 재빠르게 도개교를 건너 저택의 벨을 눌러댔다. 곧바로 안에서 현관문을 여는 소리가 들리고 문 앞에 깜짝 놀라 서 있는 에임스의 모습이 나타났다. 홈즈는 한 마디 인사도 없이 집사를 무시하고 서재를 향해 뛰어 들어갔다. 홈즈를 따라 들어가보니 좀 전에 보았던 그 사내가 아직 거기에 있었다. 밖에서 보았던 등불이 아직도 빛을 내며 타고 있었다. 뜻밖에도 등잔은 세실 바커의 손에 들려 있었다. 우리가 방으로 들어서자 그는 우리 쪽을 향해 등불을 비췄다. 그러자 깨끗하게 면도한 그의 얼굴이 불빛에 드러났다. 강하고 결연한 표정이 역력했고 눈빛은 이글이글 타오르는 듯했다.

"아니, 도대체 이게 다 무슨 일이죠? 대체 뭘를 찾겠다고 이렇게 야단입니까?"

홈즈는 서둘러 주위를 둘러보더니 책상 밑으로 시선을 돌렸다. 이내 그곳에서 밧줄에 둘둘 감긴 채 물에 흠뻑 젖어 있는 꾸러미 하나를 덥석 집어 들었다.

"바커 씨, 이것이 바로 우리가 찾고 있던 겁니다. 아령이 들어 있어서인지 꽤나 무겁군요. 당신이 방금 해자에서 끌어 올리지 않았습니까?"

바커는 화들짝 놀란 얼굴로 홈즈를 쳐다보았다. "도대체 당신이 그걸 어떻게 알았지요?" 바커는 믿을 수 없다는 듯이 물었다.

"아주 간단합니다. 이걸 물속에 넣어둔 사람이 바로 나거든요."

"당신이 그랬다고요? 당신이!"

"아, '내가 다시 넣어두었다'라고 말하는 편이 더 정확하겠군요."

홈즈가 말했다. "맥 경위, 아령 하나가 없어진 일에 대해 내가 계속 의아해했던 것을 잘 아시죠? 당신도 그 점에 대해서 신경을 좀 써주었으면 했지만 다른 일들에 시달려 정신이 없더군요. 없어진 아령에 대해 의문을 품어보았다면 사건의 추리를 발전시킬 수 있는 좋은 기회였는데 안타까워요. 어느 날 무거운 물건 하나가 없어졌는데 근처에 해자가 있다! 그렇다면 그 물건이 해자의 깊은 물 속에 가라앉아 있을 수도 있겠다는 가정을 해볼 만하지요. 그렇게 억지스러운 추측은 아니니까요. 그리고 그 가정이 맞는지 한번 알아볼 만하기에 에임스의 도움을 받아 서재에 들어왔던 겁니다. 결국 왓슨 박사의 우산 손잡이를 이용해 해자에서 이 꾸러미를 건져낼 수 있었지요.

그런데 가장 중요한 문제는 이 꾸러미를 누가 그곳에 넣었는지 밝혀내는 것이었습니다. 그래서 우리가 오늘 해자의 물을 빼겠다는 통보를 한 것입니다. 누구든 꾸러미를 해자에 넣은 사람이 그 소식을 들으면 해가 지기를 기다렸다가 꾸러미를 다시 건져 올릴 거라는 계산된 통보였지요. 이제 그 사람이 누군지 목격한 이가 네 명이나 되는군요. 바커 씨, 뭐라고 한 말씀 하시지요."

홈즈는 물이 뚝뚝 떨어지는 꾸러미를 탁자 위 등불 옆에 올려놓고 밧줄을 풀었다. 그는 꾸러미 안에서 아령을 꺼내 방 한구석에 있는 나머지 한쪽 옆으로 던져놓았다. 그런 다음 꾸러미에서 구두 한 켤레를 꺼내 보였다.

"보다시피, 미국산입니다."

홈즈가 구두코를 가리키며 말했다. 다음으로 칼집에 들어 있는 길고 무시무시한 칼을 꺼내 탁자 위에 올려놓았다. 마지막으로 속옷과 양말, 회색 트위드 정장과 짧은 노란색 비옷이 들어 있는 한 꾸러미의 옷가지들을 탁자 위에 펼쳐놓았다.

"이 옷들은 흔히 볼 수 있는 것입니다. 그런데 이 비옷만큼은 예외예요. 흥미로운 점이 한두 군데가 아닙니다."

홈즈는 비옷을 조심스럽게 불빛에 비춰보았다.

"여기 좀 잘 보세요. 안주머니가 안감 속으로 깊게 나 있어 총신을 자른 새총도 충분히 들어갈 만큼 크기가 아주 넉넉합니다. 목 뒤에 달린 상표를 보니 '미국 버미사, 닐 의상실'이라고 쓰여 있군요. 나는 아까 오후에 목사관 서고에 가서 아주 유익한 시간을 보내고 왔습니다. 버미사는 미국에서 석탄과 철로 유명한 계곡에 있는, 경제적으로 번창하고 있는 소도시라는 사실을 알게 되었지요. 바커 씨가 일전에 더글러스 씨의 전 부인과 광산 지역을 연관 지어 말씀하셨던 게 떠오르더군요. 그래서 시신 옆에 있던 'V.V.'가 '버미사 계곡Vermissa Valley'을 의미하는 것이라고 추측해보는 일도 크게 무리가 아닐 거라고 생각했지요. 그리고 어쩌면 이 계곡이 살인자를 보낸 공포의 계곡일지도 모른다는 추정까지 하게 되었습니다. 지금까지 많은 부분이 명확해졌습니다. 이제 바커 씨, 당신이 설명하실 차례가 된 것 같은데요."

홈즈가 사건의 비밀을 파헤치는 동안 바커의 표정은 정말로 놓치기 아까울 정도였다. 그의 표정에는 분노와 놀라움, 실망과 망설임이 엇갈리고 있었다. 마침내 바커는 예상 밖의 빈정대는 태도로 그가 처한 상황에서 벗어나려 했다.

"정말 아는 게 많으시군요. 홈즈 씨, 어디 나 대신 계속 말해보시지요." 바커는 조롱하듯 말했다.

"물론 내가 더 많은 얘기를 해드릴 수 있습니다. 바커 씨, 그런데 아무래도 본인에게 직접 듣는 편이 더 나을 것 같군요."

"오호, 그래요? 정말 그렇게 생각하세요? 흠, 한 가지 분명한 점은 설령 비밀이 있다 하더라도 그건 내 비밀이 아니라는 것입니다. 그리고 나는 남의 비밀을 퍼트리고 다니는 그런 사람이 아닙니다."

"바커 씨가 계속 그렇게 나오신다면 체포 영장을 청구하겠습니다. 그리고 구속할 때까지 당신을 계속 감시할 수밖에 없겠군요." 맥도널드 경위가 조용히 위협하듯 말했다.

"마음대로 하시오!" 바커는 반항하듯 대꾸했다.

돌아가는 상황을 보니 이제 더 이상 어쩔 도리가 없는 것 같았다. 바커의 딱딱하게 굳은 고집스러운 얼굴을 보아하니 아무리 압사형(반듯하게 누워 있는 죄수에게 죽을 때까지 엄청난 무게를 가하는 고문. 자신의 유무죄에 대해 답변하지 않거나 증언을 거부할 경우에 사용했다―옮긴이)을 가하더라도 결코 입을 열지 않으리라는 것을 알 수 있었다. 이러지도 저러지도 못하고 있는데 어디선가 여자의 목소리가 들려왔다. 반쯤 열린 문 앞에서 지금까지 대화를 모두 엿듣고 있던 더글러스 부인이 방으로 들어섰다.

"바커 씨, 이제 그만하세요. 그동안 할 만큼 하셨어요. 앞으로 무슨 일이 생기든 그것으로 충분해요."

"충분하다마다요. 그 이상이죠." 홈즈가 진지한 목소리로 말했다. "부인이 지금 처한 상황에 대해 참으로 안타깝게 생각합니다. 단지 한 가지만 간곡히 부탁드리고 싶군요. 우리 사법 체계를 믿으시고 경찰에 모든 것을 털어놓고 맡겨주십시오. 지난번 제 친구 왓슨 박사를 통해 실마리를 주셨지만 제가 눈치를 채지 못했습니다. 그건 전적으로 제 실수였습니다. 하지만 그때는 부인이 이 범죄에 직접적으로 관련이 있다고 믿을 만한 이유가 있었습니다. 이제는 그렇지 않다는 확신이 생겼습니다. 그래도 아직 설명이 필요한 부분이 남아 있습니다. 부인께서 더글러스 씨를 설득해서 우리에게 사실대로 다 털어놓으라고 하셔야 합니다."

홈즈의 말에 더글러스 부인은 깜짝 놀라 외마디 소리를 질렀다.

그때였다. 한 남자가 별안간 벽 뒤에서 튀어나왔다. 깜짝 놀란 두 수
사관은 물론이고 나까지 덩달아 비명을 지를 뻔했다. 그 남자는 어두
운 방 한구석에서 우리들 앞으로 천천히 걸어 나왔다. 더글러스 부인
은 순간 몸을 돌려 그를 부둥켜안았다. 바커는 그 남자가 내민 손을
꽉 부여잡았다.

　"잭, 이게 최선이에요, 이 방법만이 최선이라고요." 더글러스 부
인은 같은 말만 되풀이했다.

　"그렇습니다, 더글러스 씨. 이게 최선의 방법입니다." 셜록 홈즈
가 말했다.

남자는 어두운 곳에서 밝은 곳으로 나온 탓인지 눈이 부신 듯 깜빡거리며 우리를 쳐다보았다. 남자의 얼굴은 한마디로 매우 인상적이었다. 대담해 보이는 회색 눈동자, 짧게 자른 희끗희끗한 콧수염, 앞으로 튀어나온 각진 턱, 재미있게 생긴 입매까지. 남자는 우리를 일일이 쳐다보더니 나에게 다가왔다. 그러고는 뜻밖에도 서류 한 뭉치를 내미는 것이었다.

"왓슨 박사님, 박사님에 대해서는 익히 들어 잘 알고 있습니다."

남자의 영어 발음은 딱히 영국식도 아니고 미국식도 아니었다. 어쨌든 목소리는 무척 부드럽고 듣기 좋았다.

"박사님, 여기 계신 분들 중에서 역사 작가를 찾으라면 바로 박사님일 테죠. 이처럼 재미있는 이야기는 한 번도 들어보지 못하셨을 겁니다. 저의 전 재산을 다 걸고 드리는 말씀입니다. 선생님이 원하는 방식으로 글을 쓰셔도 괜찮습니다. 하지만 사실대로 쓴다고 약속해 주세요. 제가 드리는 내용을 있는 그대로 쓰신다면 선생님의 독자들을 사로잡고도 남을 겁니다. 지난 이틀 동안 저 안에 갇혀 지내며 쥐구멍에 비칠 만큼의 빛줄기에 의지해 겨우 이 글을 쓸 수 있었습니다. 박사님과 독자들 모두 재미있게 읽으실 겁니다. '공포의 계곡' 이야기입니다."

"하지만 더글러스 씨, 그건 이미 지나간 이야기가 아닙니까?" 홈즈가 조용히 물었다. "우리가 듣고 싶은 얘기는 바로 현재의 이야기입니다."

"염려 마세요, 홈즈 씨. 모두 말씀드릴 테니까요. 그런데 먼저 담배 좀 피워도 되겠습니까? 고맙습니다, 홈즈 씨. 홈즈 씨도 담배를 피우시는 걸로 알고 있는데, 주머니에 담배를 넣어두고도 저 구석에 앉아서 남들에게 들킬까 봐 이틀 동안이나 한 대도 피우지 못한 사람의 심정을 누구보다 잘 아실 겁니다."

더글러스는 벽난로 선반에 몸을 기대고 홈즈가 건네준 시가를 가슴 깊숙이 빨아들였다.

"홈즈 씨, 말씀은 많이 들었지만 이렇게 직접 만나게 될 줄은 꿈에도 몰랐습니다." 그는 방금 내게 건네준 서류 뭉치를 고갯짓으로 가리키며 말했다. "그 글을 읽다 보면 지금까지 들어보지 못했던 전혀 새로운 이야기를 가져왔다는 사실을 깨닫게 되실 겁니다."

맥도널드 경위는 더글러스를 쳐다보며 기가 막힌 듯 한참 동안이나 입을 다물지 못했다. "저는 완전히 기권입니다!" 맥도널드 경위가 마침내 소리쳤다. "당신이 벌스턴 저택의 존 더글러스 씨라면 우리가 지난 이틀 동안 조사한 시체는 누구 것이지요? 아니, 죽었던 당신이 도대체 지금 어디서 나타난 겁니까? 이건 무슨 뚜껑 열면 튀어나오는 장난감 인형도 아니고."

"맥 경위!" 홈즈는 집게손가락을 좌우로 흔들며 나무라듯 맥도널드 경위를 불렀다. "그러게 내가 말했던 소책자를 한번 읽어보지 그랬습니까. 찰스 왕이 이곳에 은둔했던 내용이 상세히 나와 있거든요. 당시 사람들은 몸을 숨기기 위해 훌륭한 은신처만을 고집했어요. 이전에 누군가 몸을 숨기기 위해 선택한 은신처는 훗날 누군가가 다시 이용할 수 있다는 생각이 들더군요. 거기에 착안해 이 지붕 밑 어딘가에 더글러스 씨가 숨어 있을지도 모른다는 생각을 한 것이지요."

"그렇다면 홈즈 씨, 도대체 언제부터 그 사실을 속여온 겁니까?" 맥도널드 경위가 발끈하여 물었다. "우리가 벌인 수사가 아무 소용이 없는 줄 알면서 어떻게 그렇게 오랫동안 멀쩡히 지켜보고 있을 수 있었지요?"

"맥 경위, 나는 한 번도 그런 적이 없어요. 나도 어젯밤에야 비로소 사건의 윤곽을 잡을 수 있었으니까요. 게다가 확실한 증거는 오늘 밤이 되어서야 포착할 수 있었습니다. 그래서 두 분께 오늘 하루 휴가를 보내시라고 권하지 않았습니까. 내가 더 이상 무엇을 할 수 있었겠어요? 해자에서 옷 꾸러미를 찾아낸 순간 번뜩하고 내 머리에 한 가지 생각이 스쳐 가더군요. 우리가 서재에서 발견한 시체가 존 더글러스의 것이 아닐 수도 있다는 생각 말입니다. 그렇다면? 그 시신은 턴브리지 웰스에서 자전거를 타고 온 사람의 것이라는 말이 되지요. 그 결론밖에 다른 식으로는 설명이 안 되더군요. 그래서 존 더글러스 씨를 찾는 것이 관건이라는 결론을 내렸습니다. 그렇게 해서 생각해낸 곳이 바로 저택이었고요. 그도 그럴 것이, 더글러스 부인과 친구의 도움으로 숨어 있기에는 더없이 조용하고 편리한 장소거든요."

"아주 제대로 파악하셨네요." 더글러스가 고개를 끄덕이며 말했다. "일단 법망을 피하는 게 상책이라고 생각했어요. 내가 저지른 일에 대해 어떤 처벌을 받게 될지 확신할 수 없었습니다. 또 죽음으로 위장하면 나를 쫓는 자들을 영원히 따돌릴 수 있을 거라는 판단이 들었지요. 분명히 말씀드립니다만, 나는 처음부터 끝까지 나 자신에게 부끄러울 만한 그 어떤 잘못도 저지르지 않았어요. 다시는 저지르고 싶지 않을 만한 일도 한 적이 없습니다. 이제부터 내가 하는 이야기를 들으면서 알아서들 판단하시길 바랄 뿐입니다. 경위님, 진술 요구에 대한 정식 통고가 필요하면 하세요. 어쨌든 나는 법 앞에 진실만을 말할 것을 선서합니다. 이야기를 처음부터 하지는 않겠어요. 이미 드린 자료에……" 더글러스는 내게 건네준 서류 뭉치를 가리키며 말했다. "저 안에는 어디서도 들을 수 없는 기괴한 이야기가 담겨 있어요. 내용은 대충 이렇습니다. 어떤 이유로 나를 증오하는 놈들이 있습니다. 수단과 방법을 가리지 않고 나를 잡기에 혈안이 되어 있는 놈들이지요. 내가 살아 있고 놈들이 살아 있는 한, 내게 안전한 곳은 이 세상 어디에도 없을 겁니다. 놈들은 시카고에서 캘리포니아까지 나를 쫓아다녔어요. 내가 마침내 미국을 떠난 후에도 포기하지 않고 쫓아오더군요. 하지만 결혼을 하고, 이렇게 조용하고 한적한 곳에 정착하고 나니, 이제는 평화로운 말년을 보낼 수 있을 거란 생각이 들었습니다.

아내에겐 한 번도 자세한 얘기를 해준 적이 없어요. 뭣하러 이렇게 고통스러운 일에 아내까지 끌어들이겠습니까? 한시도 마음 편히 살지 못하고 늘 불안에 떨 텐데요. 그런데 언제부터인가 아내가 뭔가 눈치를 챈 것 같았어요. 나도 모르게 무심코 흘린 말을 듣고 혼자 짐작했겠지요. 하지만 어제 여러분을 만났을 때까지 아내는 사건의 전말에 대해 아무것도 모르고 있었습니다. 아내는 자기가 알고 있는 내용을 여러분께 전부 털어놓았습니다. 여기 바커도 마찬가지고요. 사건이 터진 바로 그날 밤은 시간이 너무 촉박해서 모든 것을 설명해줄 수 없었습니다. 이제야 비로소 아내가 모든 사실을 알게 되었습니다. 내가 더 현명했더라면 좀 더 일찍 알려줬을 텐데. 여보, 미안해요. 정말 쉽지 않은 문제였어."

더글러스는 아내의 손을 꼭 쥐며 말했다.

"하지만 나는 모든 일이 잘되기를 바랐을 뿐이었소. 여러분! 사건이 벌어지기 바로 전날, 나는 턴브리지 웰스에 갔다가 길에서 남자 한 명을 우연히 보게 되었습니다. 그저 슬쩍 스치고 지나갔을 정도지만, 눈썰미가 좋은 나는 그가 누군지 금세 알아차릴 수 있었어요. 나를 쫓는 놈들 중에서도 가장 악질인 놈이었지요. 그자는 최근 몇 년 동안 굶주린 늑대가 순록을 쫓듯 나를 찾아다녔어요. 이제 올 것이 왔다는 생각에 집에 돌아와 단단히 준비를 했습니다. 그때만 해도 나 혼자 힘으로 그와 싸워 이겨낼 수 있다고 믿었습니다. 한때 내가 얼마나 행운아였는지 온 미국 사람들 사이에 회자되던 때가 있었는데, 행운의 여신이 아직도 내 편에 서 있다고 믿었거든요.

다음 날 나는 집 밖으로 한 발자국도 나가지 않았어요. 하루 종일 잠시도 마음을 놓을 수가 없었지요. 그렇게 하기를 잘했어요. 하마터면 내가 총을 빼기도 전에 놈이 먼저 내게 산탄총 총부리를 들이댔을 겁니다. 도개교가 올라가고 나서야 머릿속에 꽉 찬 걱정을 모두 내려놓을 수 있었습니다. 그 전에도 저녁이 되어 도개교가 올라가고 나서야 긴장이 풀려 마음이 편안해지고는 했지만요. 그런데 그자가 집 안으로 들어와 숨어서 나를 기다리고 있으리라고는 상상도 못했습니다. 그날 밤, 여느 때처럼 잠자리에 들기 전 실내복을 걸치고 집 안을 둘러본 뒤 서재로 들어섰습니다. 순간 왠지 느낌이 좋지 않았어요. 평생 동안 위험 속에서 살다 보니 육감이라는 게 발달해서 위험이 닥칠 때마다 내게 붉은 기를 흔들어주곤 하지요. 코앞에 위험이 닥쳤다는 것을 감지했지만 이유가 무엇인지는 정확히 몰랐습니다. 그러다 문득 창문 커튼 아래로 삐죽이 나온 신발이 보였지요. 그제야 불길한 느낌이 들었던 이유가 분명해지더군요.

그때 내 손에는 촛불 한 자루밖에 없었지만 다행히 열린 문 틈 사

이로 홀에서 제법 밝은 불빛이 흘러 들어왔어요. 나는 촛대를 탁자 위에 내려놓고 벽난로 선반 위에 두었던 망치를 잡으려 잽싸게 몸을 날렸습니다. 그런데 놈이 커튼 밖으로 뛰어나오더니 내게 달려들었지요. 놈의 번뜩이는 칼을 보자마자 나는 손에 쥐고 있던 망치를 정신없이 휘둘렀습니다. 정확히 어디를 공격했는지 모르겠지만 어쩌다 보니 쩽하는 소리를 내며 칼이 바닥에 떨어지는 것이었습니다. 놈은 뱀장어처럼 재빠르게 탁자 뒤로 몸을 숨기더니 곧바로 비옷 안에서 총을 빼어 들더군요. 놈이 공이치기를 잡아당기는 소리를 들었지만 총을 쏘기 전에 내가 먼저 그 총을 붙잡았습니다. 나는 총신을 붙잡고 있었고, 1분여 동안 엎치락뒤치락하며 서로 총을 뺏으려 안간힘을 썼지요. 총을 놓치면 죽게 되는 상황이었으니까요.

놈은 절대로 총을 놓지 않더군요. 그런데 얼마 동안 개머리판이 아래를 향하고 있었어요. 방아쇠를 당긴 쪽이 나였는지 아니면 둘이 몸싸움을 벌이는 와중에 누군가 방아쇠를 건드렸는지 모르겠어요. 어쨌든 쌍발 산탄총이 놈의 얼굴에 발사되었습니다. 나는 그 순간 테드 볼드윈의 시체를 멍하니 내려다볼 수밖에 없었지요. 턴브리지 웰스에서도, 서재에서 내게 덤벼들었을 때도 나는 단번에 그를 알아보았어요. 하지만 놈이 얼굴에 총상을 입고 쓰러진 모습은 그를 낳아준 어머니라도 알아보지 못할 정도였지요. 나 또한 그동안 험한 꼴을 많이 보아왔지만 총에 맞은 그자의 얼굴은 맨정신으로는 도저히 쳐다볼 수 없을 지경이었습니다.

나는 가누기 힘든 몸을 탁자 한쪽에 기대어 가까스로 버티고 서 있었어요. 그때 바커가 허겁지겁 계단을 내려오더군요. 바로 이어서 아내의 발소리가 들렸습니다. 나는 서둘러 문으로 뛰어가서 아내를 막았습니다. 아내가 감당하기엔 너무나 끔찍한 광경이었으니까요. 곧바로 침실로 돌아갈 테니 먼저 가 있으라고 했지요. 그러고 나서 바커에게 한두 마디 했을 뿐이었지만 그는 단번에 모든 것을 눈치챈 듯했어요. 다른 사람들이 몰려들 것 같아 좀 더 기다려보기로 했지요. 그런데 아무도 오지 않더군요. 가만 생각해보니 집 안에 총소리를 들은 사람은 아무도 없는 게 분명했어요. 그러니까 이 사건을 알고 있는 사람은 아내와 바커 그리고 나까지 세 사람이 전부였던 거죠.

바로 그때, 내 머릿속에 기가 막힌 묘안 하나가 떠올랐습니다. 나 자신도 깜짝 놀랄 정도로 멋진 생각이었어요. 놈의 옷소매가 말려 올라간 덕분에 팔뚝에 새겨진 낙인이 훤히 드러나 있었어요. 바로 이것처럼 말이에요. 보세요!"

우리가 더글러스라고 알게 된 남자는 자기 코트와 셔츠 소매를 걷어 올리더니 시신의 팔뚝에서 보았던 것과 똑같이 생긴 문양을 보여주었다. 바로 동그라미 안에 그려진 삼각형 모양의 갈색 낙인이었다.

"이것을 보자마자 좋은 생각이 떠올랐습니다. 단번에 머릿속에서 모든 계획이 저절로 세워지더군요. 놈은 키나 머리카락 색깔, 체격 등이 나와 비슷했지요. 얼굴은 엉망이 되어버려서 아무도 그가 누구인지 알아볼 수 없을 정도였고 말입니다. 불쌍한 놈! 나는 위층에서 실내복을 가지고 내려와 바커와 함께 15분 만에 놈에게 입혔어요. 그러고는 여러분이 처음 발견했을 때의 모습대로 바닥에 누여놓았습니다. 그런 뒤 놈의 소지품을 한데 쓸어 담아서 주변에서 가장 무거워 보이는 아령에 묶어 창문 밖으로 던져버렸습니다. 그리고 놈이 나를 죽이고 내 시신 위에 놔두고자 했던 카드를 놈의 시신 옆에 던져놓았던 겁니다. 내가 끼고 있던 반지도 모두 빼내어 그놈 손가락에 끼워놓았습니다. 그런데 결혼반지만큼은……."

더글러스는 억센 손을 앞으로 쫙 펼쳐 보였다.

"직접 보면 아시겠지만 너무 꽉 끼어서 빠지지가 않더군요. 결혼한 이후 한 번도 결혼반지를 빼본 적이 없었거든요. 그렇게 오랫동안 꼈던 반지를 빼자니 줄이 있어야겠더군요. 어쨌든 결혼반지만큼은 절대로 빼기 싫었던 차에 반지를 빼고 싶어도 뺄 수 없는 상황이었지요. 결혼반지 문제는 나중에 어떻게든 해결이 되겠지 싶었습니다. 어쨌거나 나는 반창고를 가지고 와서 지금 내가 반창고를 붙인 자리와 같은 위치에 붙여놓았지요. 홈즈 씨, 선생님이 아주 현명하신 분인 줄은 잘 알고 있습니다. 그런데 바로 이 부분에서 한 가지 실수를 저지르고 말았지요. 그 반창고를 떼어보았더라면 그 자리에 어떤 상처도 없다는 것을 바로 알 수 있었을 텐데요.

자, 대충 사건의 진상은 이러했습니다. 얼마 동안만 숨어 지내다 도망치려는 계획이었지요. 그곳이 어디가 되었든 간에 그곳에서 다시 아내를 만나 남은 인생을 마음 놓고 편히 지낼 수 있으리라 생각했습니다. 저 사악한 인간들은 내가 이 땅에 살아 있는 한, 나를 쫓아다닐 겁니다. 하지만 볼드윈이 나를 살해했다는 기사가 신문에 나면 내 모든 고통은 그것으로 끝나게 되는 것이지요. 바커와 아내에게 모든 것을 설명할 시간적 여유가 없었지만 두 사람은 나를 믿고 끝까지 도와주었습니다. 나는 이 집에 있는 모든 은신처를 다 알고 있습니다. 에임스도 익히 아는 장소였지만 그곳을 사건과 결부시켜 생각하지는 못한 거죠. 여하튼 나는 그중 한 곳에 숨어 있었고, 나머지는 바커가 모두 알아서 처리했습니다.

바커가 한 일에 대해서는 여러분도 익히 알고 계실 겁니다. 창문을 열고 창틀에 발자국을 찍어놓아 마치 범인이 그곳을 통해 도주한 것처럼 꾸며놓았지요. 사실 무리수가 있는 방법이었지만 도개교가 올라가 있는 시간이었기 때문에 달리 도망갈 방법이 없다고 생각했습니다. 상황을 모두 꾸미고 나서 바커는 마지막으로 벨을 눌렀습니다. 다음 일은 여러분이 이미 알고 계신 대로입니다. 여러분, 이제 좋으실 대로 하세요. 다만 지금까지 내가 한 이야기가 모두 진실이라는 것만큼은 믿어주세요. 그리고 마지막으로 내가 영국 법률에 따라 어떤 처벌을 받게 되는지 알고 싶습니다."

한동안 아무도 말을 하지 않았다. 이윽고 홈즈가 침묵을 깨고 입을 열었다.

"영국 법률은 대체로 공정합니다. 그러니 당신이 저지른 죗값 이상을 치를 염려는 없습니다. 그런데 아직도 이해가 안 되는 부분이 있습니다. 그자는 당신이 여기 살고 있는 것을 어떻게 알아냈고, 어떻게 집 안으로 들어왔으며, 어디에 숨어 있어야 하는지 대체 어떻게 알았을까요?"

"글쎄요, 그건 나도 모르겠습니다."

홈즈의 얼굴이 몹시 창백하고 어두워졌다. "이 사건은 여기서 끝이 아닌 것 같습니다. 어쩌면 당신은 영국 법률이나 미국의 적들보다 더 무시무시한 위험에 노출되어 있을지도 모릅니다. 더글러스 씨, 당신 앞에 언제 위험이 닥칠지 모릅니다. 내 말을 명심하고 한시도 경계를 늦추지 마세요."

자, 인내심 많은 독자들이여! 이제 나와 함께 한동안 멀리 여행을 떠나보자. 우리가 파란만장한 모험을 한 끝에 결국 존 더글러스라는 사람의 기묘한 이야기로 결말을 맺은 이 시대로부터 멀리, 서식스의 벌스턴 저택으로부터 멀리. 시간상으로는 약 20년 전으로 거슬러 올라가고, 공간상으로는 서쪽으로 수천 킬로미터 떨어져 있는 곳으로 함께 떠나자. 이제부터 어디서도 들어보지 못한 끔찍한 이야기가 펼쳐질 것이다. 실제로 일어났지만 도무지 믿기지 않을 만큼 전례 없는 끔찍한 이야기가. 한 가지 이야기를 끝내기도 전에 또 다른 이야기를 끼워 넣는다는 오해는 하지 말기 바란다. 책장을 넘기는 동안 그게 아니라는 것을 알게 될 것이다. 먼 옛날의 사건들 이야기보따리를 풀어서 과거의 수수께끼를 말끔히 푼 뒤, 다시 한 번 베이커 스트리트의 방에 모여 다른 사건들처럼 이 사건을 멋지게 마무리하도록 하자.

제2부 — 스코러즈

The Man

제1장 한 남자

1875년 2월 4일. 한겨울의 매서운 추위가 몰아치는 날 길머턴 산맥 골짜기에는 눈이 수북이 쌓여 있었다. 철도 선로는 증기 제설기로 그 위에 쌓인 눈을 말끔히 치워놓은 덕분에 다행히 기차 운행에는 아무런 문제가 없었다. 탄광촌과 철광촌을 연결하는 긴 노선을 운행하는 밤 기차는 평원 위의 스태그빌을 떠나 버미사 계곡 높이 위치한 버미사로 향하고 있었다. 그 일대의 중심 도시인 버미사로 가는 철로 경사가 가파르게 이어져 있어, 기차는 경사면을 느릿느릿 힘겹게 오르고 있었다. 기차는 버미사만 지나고 나면 내리막길을 달려 바턴 건널목과 헬름데일을 지나, 전 지역이 농업지대인 머튼 카운티로 향한다. 이 단선 선로 옆을 지나는 수많은 측선에는 석탄과 철광석을 잔뜩 실은 화물차가 끝도 보이지 않게 긴 행렬을 이루고 있었다. 감춰진 부라고 알려진 이 같은 땅속 광물들을 캐내기 위해 거친 사나이들이 북적대는 도시를 떠나 미국에서도 가장 황폐하고 외진 땅으로 물밀듯이 밀려들었다.

정말로 황량하기 이를 데 없는 곳이었다. 이곳에 첫발을 내디딘

개척자는 시커먼 바위산과 음침한 숲이 전부인 이 우울한 땅이 그 어떤 푸른 초원과 물이 풍부한 목장보다 더 큰 가치가 있다는 사실을 상상이나 했을까? 산허리는 사람 하나도 드나들 수 없을 정도로 나무들이 빽빽하게 우거져 무척 어두컴컴했다. 또 높은 산꼭대기에 흰 눈이 쌓여 있는 깎아지른 듯한 바위 봉우리가 우뚝 솟아 있고, 산 측면으로 바위들이 뾰족뾰족하게 솟아 있었다. 그 중앙으로 길게 뻗은 구불구불한 계곡 위로 작은 기차가 느린 속도로 기어오르는 중이었다.

기차 맨 앞 객차의 등잔에 이제 막 불이 켜졌다. 실내장식이 없는 긴 객차 안에는 20-30명의 승객이 앉아 있었다. 그들 대부분이 계곡 밑에서 그날의 힘든 노동을 마치고 집으로 돌아가는 길이었다. 그중에서 10여 명은 시커먼 얼굴에 안전등을 차고 있는 것으로 보아 광부라는 것을 한눈에 알 수 있었다. 광부들은 한데 모여 앉아 담배를 뻐끔대며 작은 목소리로 이야기를 나누고 있었다. 그러다 이따금씩 맞은편에 앉아 있는 두 남자에게 눈길을 주곤 했다. 두 남자는 제복 차림에 배지를 단 것으로 미루어 경찰관임에 틀림없었다. 그 밖에도 객차 안에는 여자 노동자 몇 명과 동네에서 작은 상점을 꾸릴 것같이 생긴 여행객 한두 명이 옹기종기 모여 앉아 있었다. 그런데 어느 무리에도 끼지 않고 멀찍이 한쪽 구석에 홀로 앉은 남자가 있었다. 지금부터 우리가 관심을 갖고 지켜보아야 할 사람이 바로 이 남자다. 잘 지켜보라. 두고 보면 그럴 만한 이유를 알게 될 것이다.

이제 막 서른을 넘긴 정도로 보이는 이 남자는 얼굴에 생기가 넘

The Valley of Fear

치는 보통 체격의 젊은이였다. 그는 커다란 눈에 사뭇 장난기가 어린 날카로운 잿빛 눈동자를 반짝거리며 호기심 가득한 눈초리로 안경 너머의 사람들을 둘러보았다. 한눈에 보아도 사교적이고 무난한 성격으로, 주위 사람 누구와도 쉽게 친해질 수 있으리라고 짐작되었다. 누구든지 그를 만나면 그가 사람들과 대화를 즐기며, 재치가 넘치고 웃음이 넘치는 사람이라는 것을 단번에 알 수 있었다. 그러나 단호한 인상을 주는 턱 선과 꽉 다문 입매를 보면 그렇게 쉽게 상대할 만한 이는 아닌 듯했다. 아무튼 이 상냥한 갈색 머리칼의 젊은 아일랜드 남자는 가는 곳마다 좋은 쪽으로든 나쁜 쪽으로든 자기만의 확실한 인상을 남겨놓을 게 분명해 보였다.

남자는 근처에 앉아 있는 광부에게 몇 마디 말을 건네보았지만 짧고 퉁명스러운 대답만 돌아왔다. 결국 할 수 없이 불편한 침묵 속에서 차창 밖으로 스쳐 지나가는 풍경만을 우울하게 바라보았다.

눈에 들어오는 풍경은 썩 좋지 않았다. 서서히 어둠이 짙어지는데 산 중턱에 있는 용광로는 시뻘겋게 타오르고 있었다. 용광로 옆으로 광석 부스러기와 석탄재가 산더미처럼 쌓여 있는 모습이 어렴풋이 보였다. 그 위로 탄광 갱도 샤프트가 높이 솟아 있었다. 철로를 따라 여기저기 아무렇게나 자리 잡고 있던 목조 주택들 창문에 불이 켜지면서 하나둘씩 모습을 드러내기 시작했다. 열차가 정차하는 곳마다 거뭇한 얼굴의 사람들로 북적거렸다.

버미사 계곡은 철광과 석탄 탄광지로서 한가하거나 교양 있는 사람들이 유유자적 즐길 만한 휴양지와는 거리가 멀었다. 어디를 가도 거칠고 억센 일에 시달리는 노동자들로 넘쳐나서 인생의 가혹한 투쟁의 장이라는 느낌이 드는 곳이었다.

젊은이는 호기심과 혐오스러움이 한데 뒤섞인 표정으로 이 우울한 고장을 멀리 내다보았다. 이런 풍경은 난생처음 보는 것 같았다. 그는 이따금씩 주머니에서 두툼한 편지를 꺼내 안의 내용을 살펴보기도 하고, 편지 여백에 뭔가를 적어 넣기도 했다. 한번은 허리 뒤춤에서 뭔가를 빼어 들었는데, 남자의 부드러운 인상과는 전혀 어울리지 않는 물건이었다. 그것은 바로 해군용으로는 가장 큰 리볼버 권총이었다. 남자는 권총을 비스듬히 들어 불빛에 비춰보았다. 탄창 내부의 구리 탄피가 빛을 내는 것으로 보아 실탄이 가득 장전되어 있다는 것을 확인할 수 있었다. 권총의 장전 상태를 확인하고 나서 남의 눈에 띄지 않도록 재빨리 주머니에 집어넣으려 했지만 옆자리에 앉아 있는 한 노동자에게 그만 들키고 말았다.

"어이, 이봐요! 무장까지 하고, 단단히 준비했구려."

젊은이는 당황스러운 듯 어색한 미소를 지었다.

"네. 내가 있던 곳에서는 이게 종종 필요할 때가 있었거든요." 젊은이가 말했다.

"그게 어디요?"

"시카고."

"여기는 처음이오?"

"그렇습니다."

"여기서도 그게 필요할지 모르지." 노동자가 말했다.

"그래요?" 젊은이는 자못 흥미로운 듯 물었다.

"이 지역에 대해서는 아무것도 못 들어보았소?"

"별다른 말은 들어보지 못했는데요."

"저런! 이곳 소문은 전국에 퍼져 있을 텐데. 아무튼 머지않아 알게 될 거요. 그런데 여긴 무슨 일로 왔소?"

"일자리가 많다고 들었어요."

"노동조합원이오?"

"그럼요."

"그럼 일자리 구하기는 쉬울 거요. 그런데 친구는 좀 있소?"

"아직은 없어요. 하지만 사람들을 사귈 수 있는 방법이야 많으니 괜찮아요."

"방법이라니, 어떻게?"

"제가 고대 프리맨단 단원이거든요. 그 지부가 없는 곳은 없지요. 이곳의 지부를 통하면 사람들을 사귈 수 있을 거예요."

이 말에 상대방은 묘한 반응을 보였다. 그는 객차 안의 다른 사람들을 조심스럽게 둘러보았다. 광부들은 아직도 자기들끼리 소곤대며 이야기에 열중하고 있었고, 경찰관 두 명은 꾸벅꾸벅 졸고 있었다. 그는 젊은이 쪽으로 바짝 다가가 앉아 손을 내밀었다.

"자, 악수합시다."

두 사람은 손을 꽉 움켜쥐고 위아래로 한 차례 흔들었다.

"그쪽 말이 사실인 것 같기는 하지만 뭐든 정확한 게 좋지."

노동자가 오른손을 들어 오른쪽 눈썹에 갖다 대자 젊은이도 곧바로 왼손을 들어 왼쪽 눈썹에 갖다 대었다.

"어두운 밤은 불쾌하도다." 노동자가 말했다.

"그렇다. 낯선 자가 다니기에." 젊은이가 맞받아 읊었다.

"좋아요, 충분하오. 나는 버미사 341지부 소속 스캔런 형제요. 이렇게 만나서 정말 반갑소이다."

"고맙습니다. 나는 시카고 29지부 소속 존 맥머도 형제입니다. 그곳 보디마스터는 J. H. 스콧이지요. 형제님을 이렇게 빨리 만나다니 내가 운이 좋았네요."

"이곳엔 어디를 가나 곳곳에 형제들이 퍼져 있소. 미국 어디에도 이곳 버미사 지부만큼 왕성하게 활동하고 있는 곳은 없을 거요. 당신 같은 젊은 사람들이 아직도 많이 필요하오. 그런데 당신처럼 혈기 왕성한 젊은 조합원이 시카고에서 일자리를 구하지 못했다니 이해할 수가 없군."

"일자리는 많았지요." 맥머도가 말했다.

"그럼 대체 왜 떠난 거요?"

맥머도는 고갯짓으로 두 경찰관을 가리키며 씩 웃었다. "녀석들이 알면 좋아할 만한 일 때문이지요."

스캔런은 알겠다는 듯 낮게 침음을 냈다.

"사고를 친 모양이지요?" 스캔런이 소곤대며 물었다.

"꽤 큰 사고지요."

"감방에 갈 정도로?"

"그 정도도 부족할걸요."

"설마, 사람을 죽였나!"

"초면에 이런 얘기를 하기가 좀 그렇군요." 맥머도는 필요 이상의 이야기를 털어놓은 데 슬쩍 기분이 나빠진 듯했다. "뭐, 다 그럴 만한 이유가 있어서 시카고를 떠났습니다. 거기까지만 말씀드리지요. 그런데 왜 그렇게 자꾸 캐묻는 거지요?"

안경 너머로 젊은이의 회색 눈동자가 갑자기 분노로 무섭게 불타올랐다.

"이봐, 친구, 나쁜 뜻이 있었던 건 아니오. 그쪽이 무슨 짓을 했건 기분 나쁘게 생각할 형제는 아무도 없소이다. 그런데 지금 어디로 가는 길이오?"

"버미사."

"앞으로 세 번째 역이군. 묵을 곳은 있소?"

맥머도는 봉투 하나를 꺼내 어슴푸레한 등잔 불빛 가까이로 가져갔다. "이 주소예요. 셰리든 스트리트에 있는 제이컵 섀프터 하숙집. 시카고에서 알고 지내던 사람이 추천한 곳이지요."

"내가 모르는 곳이군요. 하긴 버미사는 내 관할이 아니니까. 나는 홉슨 패치에 살고 있어요. 아, 이제 내릴 때가 된 것 같군요. 헤어지기 전에 한 가지만 말해주겠소. 버미사에서 문제가 생기거든 곧바로 조합으로 가서 맥긴티를 만나시오. 버미사 지부의 보디마스터요. 이곳에서는 블랙 잭 맥긴티의 허락 없이는 어떤 일도 할 수 없소. 잘 가시오, 친구. 조만간 밤 시간에 지부에서 만날 날이 있을 거요. 어쨌든 내 말을 잊지 마시오. 문제가 생기면 맥긴티를 찾아가시오."

스캔런이 기차에서 내리자 맥머도는 또다시 혼자가 되어 깊은 생각에 잠겼다. 어느새 사방에 어둠이 깔리고 여기저기서 타오르고 있는 용광로의 불꽃은 짙은 어둠을 삼켜버릴 듯 이글거리고 있었다. 시뻘건 용광로의 화염을 배경으로 노동자들의 검은 그림자가 권양기가 움직일 때마다 울리는 끝도 없는 철커덕 기계 소리에 맞춰 움직이고 있었다.

"흠, 지옥이 따로 없군." 웬 남자의 목소리가 들렸다.

맥머도가 돌아보니 경찰관 한 명이 앉은자리에서 몸을 돌려 훨훨 타오르는 용광로를 내다보고 있었다.

"맞아, 지옥이 있다면 꼭 저런 모습일 거야." 다른 경찰이 말했다. "진짜 지옥에도 저놈들보다 더 악질은 없을걸. 그런데 젊은이는 이곳이 처음인 모양이지?"

"그게 뭐 잘못됐나요?" 맥머도는 퉁명스럽게 대꾸했다.

"아니 그게 아니라, 이곳에서는 친구를 잘 골라 사귀어야 한다는 말을 해주려던 것뿐이오. 나라면 스캔런 일당 근처에는 얼씬도 하지 않을 거요."

"도대체 내 친구가 누가 됐건 당신이 뭔데 참견이오?" 맥머도가 격분하며 고함을 치자, 객차 안에 있던 사람들이 모두 고개를 돌려 그를 쳐다보았다.

"내가 언제 당신보고 충고해달라고 했어? 아니면 내가 당신 같은 사람의 지시가 없으면 한 발자국도 못 움직일 바보로 보이나? 당신한테 말 시킨 적 없으니 잠자코 있으라고! 내가 언제 당신과 말하고 싫댔어?"

맥머도는 사냥개처럼 이를 드러내며 두 경관에게 얼굴을 들이댔다.

커다란 몸집에 사람 좋아 보이는 두 경찰관은 좋은 뜻으로 말을 걸었다가, 전혀 예기치 못한 상대방의 격렬한 반응에 놀라 넋을 잃고 말았다.

"나쁜 뜻으로 그런 건 아니오, 젊은이. 보아하니 이곳이 처음인 듯해서 도와주려는 마음에 한마디 했을 뿐이오."

"이곳이 처음인 건 맞지만 당신 같은 사람들은 그동안 많이 봤지." 맥머도는 차갑게 소리치며 화를 냈다. "어딜 가든 경찰이란 다 똑같아. 청한 적도 없는데 충고나 하고 말이야."

"저자는 아무래도 머지않아 자주 보게 될 것 같군그래." 경찰관한 명이 씩 웃으며 말했다. "보통내기가 아닌걸."

"내 생각도 그래."

"자네, 조만간 또 볼 일이 생길 것 같군."

"누가 겁낼 줄 아시오? 꿈도 꾸지 마쇼!" 맥머도가 소리쳤다. "내 이름은 잭 맥머도요, 알겠소? 나를 잡고 싶거든 버미사 셰리든 스트리트에 있는 제이컵 섀프터의 하숙집으로 오면 돼. 내가 도망이라도 칠 것 같아 보이시나? 밤이고 낮이고 당신 같은 인간들은 언제든 상대해주지. 잊지 말라고!"

광부들은 수군거리며 처음 보는 젊은이의 신변을 걱정했지만, 겁도 없이 경찰에 대드는 모습에 탄성을 지르기도 했다. 한편, 경찰관

둘은 어깨를 으쓱하더니 다시 하던 이야기를 계속했다.

몇 분 후, 기차가 어두컴컴한 정거장에 들어서자 승객 대부분이 내릴 준비를 했다. 이 철도 노선에서 가장 큰 도시인 버미사에 도착한 것이다. 맥머도가 가죽 손가방을 들고 어둠 속으로 나가려고 하자 광부 한 명이 그에게 다가왔다.

"세상에, 이보게! 경찰을 제대로 다룰 줄 알더군." 광부는 존경스럽다는 듯 말했다. "자네가 하는 소리를 듣고 있자니 어찌나 속이 다 후련하던지. 손가방 이리 주게, 내가 길을 안내하지. 어차피 우리 집에 가려면 새프터 하숙집을 거쳐야 하니 말일세."

두 사람이 플랫폼을 건너가는데 다른 광부들이 다정한 말투로 합창하듯 "잘 가게!" 하며 맥머도에게 인사를 건넸다. 버미사에 발을 들여놓기도 전에 사고뭉치 맥머도는 한순간에 이 고장의 유명 인사가 되었다.

어딜 가나 공포의 도가니 같은 주변 지역만큼이나 읍내 또한 우울하고 스산한 기운이 감돌았다. 길게 뻗은 계곡 아래에서는 활활 타오르는 거대한 용광로와 자욱하게 솟아오르는 연기 속에 일종의 장중함이 서려 있었다. 한편 거대한 굴 옆에 산처럼 쌓인 광물 더미는 인간의 노동과 부지런함을 기리는 기념비처럼 보였다. 읍내는 사방이 더럽고 추잡하기 이를 데 없었다. 넓은 찻길은 마차들이 지나간 자리에 눈이 흙과 뒤범벅되어 진창으로 변해 있었다. 보도는 좁고 울퉁불퉁하기까지 했고, 수많은 가스등 불빛을 따라 드러난 길게 늘어선 목조 주택들의 베란다는 하나같이 지저분하고 더러웠다.

두 사람이 읍내 중심부에 들어서자 분위기가 사뭇 달라졌다. 상점마다 불을 환히 밝힌 데다가 술집과 도박장들이 한데 모여 있어 주위는 온통 휘황찬란한 불빛으로 아른거렸다. 광부들은 어렵게 벌어들인 두둑한 임금을 이곳에서 헛되이 날리고 있었다.

"저기가 유니언 하우스라네." 광부가 술집을 가리키며 말했다. 당당하게 우뚝 솟은 모습이 마치 호텔의 위엄을 지켜보는 듯한 착각을 불러일으킬 정도였다. "잭 맥긴티가 저곳 사장이지."

"어떤 사람이죠?" 맥머도가 물었다.

"어떤 사람이냐니! 그 사람 얘기를 들어본 적이 없단 말인가?"

"난생처음 이곳에 왔는데 어떻게 알겠어요?"

"이런, 전국에 벌써 그 사람 소문이 쫙 퍼진 줄 알았는데. 신문에도 그 사람 기사가 적잖이 났건만."

"무슨 일이었는데요?"

"글쎄……." 광부는 갑자기 목소리를 낮추며 말했다. "몇 가지 사건이 있었지."

"도대체 무슨 사건이었는데요?"

"맙소사, 이봐. 기분 나쁠지 모르겠지만, 자네 어딘가 좀 이상하군. 이 지역에서 들을 수 있는 사건이라고는 한 가지밖에 없지. 바로 스코러즈에 대한 일이야."

"아, 스코러즈에 관한 이야기라면 시카고에서 기사를 본 적이 있는 것 같아요. 살인 조직 아닌가?"

"쉿, 죽고 싶지 않으면 조심하게!" 광부는 얼음처럼 굳어버린 표정으로 겁에 질려 맥머도를 쳐다보았다. "길거리에서 그런 소리를 떠벌리고 다니다간 오래 살지 못할 거야. 이보다 별것 아닌 일로도 쥐도 새도 모르게 죽은 사람이 얼마나 많은데."

"난 아무것도 몰라요. 신문 기사를 읽어서 알았을 뿐이지."

"자네가 읽은 게 사실이 아니라는 말이 아니야." 광부는 두려움에 사방을 두리번거렸다. 말을 하면서도 행여나 어떤 위험이 도사리고 있지나 않은지 계속해서 주위를 힐끔댔다. "사람을 죽이는 것이 살인이라면 이곳은 살인범이 넘쳐나는 데라고. 그런데 살인과 맥긴티를 결부시켜 말하지 않는 것이 좋을 거야. 자네가 이곳을 몰라서 일러주는 말인데, 어떤 비밀이라도 그 사람의 귀에 들어가게 돼 있거든. 그렇게 되면 자넬 가만두지 않을 거야. 자, 저 집이 자네가 찾고 있는 집일세. 저 길에서 안쪽으로 들어가 있는 집 말일세. 저 집 주인 제이컵 섀프터는 이 마을에서 누구보다 정직한 사람이지. 살다 보면 알게 될 거야."

"고맙습니다." 맥머도는 새로 알게 된 광부와 악수를 한 다음 손가방을 들고 하숙집으로 향하는 길로 들어섰다. 집 앞에 서서 현관문을 두드리자 소리가 크게 울려 퍼졌다.

곧바로 문이 열렸다. 문을 열어준 것은 무척이나 뜻밖에도 눈부시게 아름다운 젊은 여인이었다. 독일계 아가씨처럼 보였는데 밝은 금발이 아름다운 검은 눈동자와 기막힌 대조를 이루고 있었다. 여자는 처음 보는 남자를 찬찬히 뜯어보다가 놀라 당황했는지 금세 하얀 얼굴이 발그레해졌다. 열린 현관문으로 밝게 새어 나온 빛을 받은 여인의 모습은 이 세상 그 무엇과도 비교할 수 없는 한 폭의 아름다운 그림 같았다. 지저분하고 음산한 주변 환경과 대조를 이루어서 그런지 여인의 아름다운 모습은 더욱 매력적으로 보였다. 산더미처럼 쌓인 시커먼 석탄 더미에서 아름다운 제비꽃을 발견했다 해도 이보다 더 아름답지는 않았을 것이다. 황홀한 나머지 한 마디도 못하고 서 있는데 여자가 먼저 말을 걸었다.

"저희 아버지인 줄 알았어요." 여자의 말투에는 독일 억양이 살짝 섞여 있어 듣기 좋았다. "아버지를 만나러 오셨나요? 시내에 가셨는데, 곧 돌아오실 거예요."

맥머도가 여전히 감탄에 찬 눈길을 떼지 못하고 쳐다보자 여자는 민망한 듯 시선을 아래로 떨어뜨렸다.

"아닙니다." 마침내 맥머도가 입을 열었다. "아버님을 급히 만나야 할 필요는 없습니다. 아는 사람이 댁의 하숙집을 추천해주더군요. 저한테 적당할 것 같아서 왔는데 정말 마음에 듭니다."

"너무 쉽게 마음을 정하시네요." 여자가 미소 지으며 말했다.

"장님이 아니고서야 다 저와 같은 마음일 겁니다." 맥머도의 칭찬에 여자는 소리 내어 웃었다.

"이쪽으로 오세요. 저는 딸 에티 섀프터예요. 어머니가 돌아가셔서 제가 살림을 맡아서 하고 있어요. 첫 번째 방에 난로가 있으니 아버지가 돌아오실 때까지 거기서 기다리세요. 아, 저기 오시네요! 아버지와 바로 의논하시면 되겠네요."

몸집이 커다랗고 나이가 지긋해 보이는 한 남자가 골목길을 걸어오고 있었다. 맥머도는 그에게 용건을 간단히 설명했다. 시카고에 있을 때 머피라는 사내가 이 주소를 알려주었고, 머피 역시 또 다른 사람에게 이곳을 추천받았다고 했다. 섀프터 노인은 맥머도에게 흔쾌히 방을 내주기로 결정했다. 새로 들어오고자 하는 이 남자가 자기가 제시한 하숙 조건을 모두 받아들인 데다, 돈도 넉넉히 가지고 있는 듯해서였다. 일주일에 7달러를 선불로 받기로 하고, 식사도 제공하기로 했다.

법망을 피해 도망 다니는 맥머도, 그는 이렇게 섀프터의 지붕 아래에 거처를 정했다. 하지만 그는 자신의 앞날에 어두운 사건이 줄지어 기다리고 있으리라고는 상상도 못했다. 게다가 끝내 멀고 먼 타국으로 도망치게 되고 말 운명이라는 사실은 더욱더…….

The Bodymaster

제2장 보디마스터

맥머도는 남들에게 자신의 존재를 쉽게 각인시키는 사람이었다. 어디를 가나 주위 사람들은 그 점을 곧 인정했다. 섀프터 하숙집에 들어온 지 일주일도 안 지났지만 맥머도는 어느새 그곳에서 가장 중요한 인사가 되었다. 하숙집에는 맥머도 이외에도 10여 명이 함께 머무르고 있었다. 대부분 성실하게 일하는 현장 노동자나 상점 점원으로, 아일랜드 젊은이 맥머도와는 전혀 다른 부류의 사람들이었다. 일을 마치고 돌아온 하숙인들이 모두 모이는 저녁 시간이 되면 맥머도는 재치 있는 농담과 수준 높은 대화, 그리고 단연 최고의 노래 실력으로 모임의 분위기를 주도했다. 그는 주위에 있는 모든 이를 유쾌하게 만드는 마력을 가지고 태어난 사람 같았다. 하지만 객차 안에서처럼 순간 불같이 화를 내는 경우가 잦았다. 그럴 때면 주변 사람들은 그를 두려워하고 그의 말에 무조건 따르는 수밖에 없었다. 특히 그는 법은 물론이고 법과 관련된 세상의 모든 사람을 경멸하는 태도를 보였다. 이 때문에 일부 하숙인들은 통쾌하게 생각하기도 했지만, 다른 이들은 불안함을 느끼기도 했다.

맥머도는 아름답고 기품 있는 하숙집 딸에게 첫눈에 반했다는 사실을 주위에 공공연히 알렸다. 그는 사람들 앞에서도 그녀를 흠모하는 기색을 서슴없이 드러냈다. 그는 구애하는 데 있어 무척 적극적이었다. 하숙집에 도착한 이튿날부터 그녀에게 사랑한다고 고백할 정도였다. 그는 여자가 무슨 말로 거절하든 전혀 아랑곳하지 않고 끈질기게 사랑을 고백했다.

"다른 남자가 있다니요?" 맥머도가 소리쳤다. "불쌍한 놈, 운도 없지! 앞으로 조심하라고 전해주시오! 그깟 놈 때문에 일생일대의 내 사랑을 포기할 것 같소? 지금은 나를 거절해도 좋아요. 하지만 에티! 언젠가 당신이 내 사랑을 받아줄 날이 올 거요. 난 아직 젊어요. 그때까지 얼마든 기다릴 수 있어요."

맥머도는 상대방의 마음을 묘하게 흔들어놓는, 아일랜드 사람 특유의 뛰어난 말솜씨를 가지고 있었다. 그는 사랑을 얻기 위해서라면 무슨 짓이라도 할 것 같았다. 사실 맥머도에게는 묘한 매력이 있었고, 삶의 경험도 풍부했다. 이 때문에 에티는 점차 그에게 관심을 갖고 마침내 사랑에 빠지게 되었다. 맥머도는 자기가 살던 모너건 군의 아름다운 계곡과 아득히 멀리 떨어진 환상적인 섬, 낮은 언덕과 푸른 초원에 대해 즐겨 이야기했다. 검댕으로 범벅이 된 눈 덮인 이곳에서 상상하면 더없이 아름답게 여겨지는 곳이었다.

고향에 대한 이야기를 마치고 나면 미 북부에 있는 디트로이트와 미시간의 벌목 캠프에 대한 이야기를 들려주고, 시카고의 제재소에 대한 이야기로 끝을 맺었다. 나중에는 연애담도 슬쩍 들려주었다. 시카고에서 일어났던 일에 한해서는 너무나 이상하고 사적인 일이라 자세히 들려주기를 꺼리는 듯했다. 맥머도는 그곳을 갑자기 떠나버린 일이며 옛 친구들과 연락을 끊게 된 일 등 낯선 땅으로 도망쳐서 결국 이곳까지 오게 된 사연을 들려주며 애석해했다. 맥머도의 이야기를 듣고 있으면 에티의 검은 눈동자는 그에 대한 연민과 동정심으로 젖어 들어갔다. 그리고 연민과 동정심이라는 이 두 감정은 자연스럽게 사랑으로 변해갔다.

맥머도는 회계 담당 임시직을 얻을 수 있었다. 교육을 제법 받았던 터라 그나마 쉽게 일을 구한 것이다. 그런데 하루 종일 일터에서 지내야 했기 때문에 프리맨의 보디마스터에게 신고할 기회를 갖지 못했다. 그러던 어느 날 밤이었다. 기차에서 만났던 마이크 스캔런이 맥머도를 찾아왔다. 작은 체구에 모난 얼굴, 불안한 듯한 검은 눈동자의 스캔런은 맥머도를 다시 만나 반가운 기색이었다. 위스키 한두 잔을 마시고 나자 스캔런은 방문한 용건을 털어놓았다.

"맥머도, 당신 하숙집 주소를 기억한 덕에 이렇게 무턱대고 찾아왔소. 그런데 아직 보디마스터를 찾아가지도 않았다니, 그게 사실이오? 왜 여태 그를 만나지 않았소?"

"실은 일자리를 찾느라 그동안 바빴어요."

"다른 일은 다 제쳐두고라도 당장 가서 그를 만나시오. 세상에, 이 사람! 아니 미치지 않고서야 어떻게 아직까지 조합에 등록도 안 할 수가 있소? 이곳에 오자마자 다음 날 바로 조합에 가서 이름을 올렸어야지! 그 사람 기분을 건드리기라도 하는 날에는……. 아무튼 그런 일이 없도록 하시오, 알겠소?"

맥머도는 약간 당황한 듯했다. "스캔런 씨, 내가 단원으로 활동한 지 벌써 2년이나 되었지만 그 일이 그렇게 급한 건지는 몰랐습니다."

"여기는 시카고가 아니지 않소!"

"이곳도 같은 조직 아닙니까?"

"정말 그럴까?"

스캔런은 맥머도를 한참 동안 뚫어져라 쳐다보았다. 그의 눈빛에서 알 수 없는 불길함이 느껴졌다.

"그럼 다르다는 말인가요?"

"앞으로 한 달쯤 지나면 알게 될 거요. 듣자하니 내가 기차에서 내리고 나서 경찰관 두 명이랑 실랑이를 벌였다던데."

"어떻게 아셨습니까?"

"벌써 소문이 쫙 퍼졌소. 이 동네가 그래요. 좋은 일이든 나쁜 일이든 삽시간에 소문이 나버리지."

"그렇군요. 그 사냥개 같은 놈들에게 내가 놈들을 어떻게 생각하는지 똑똑히 말해줬을 뿐이에요."

"당신, 맥긴티 마음에 쏙 들겠어!"

"왜요, 그 사람도 경찰을 싫어하는 모양이지요?"

스캔런이 갑자기 박장대소하며 말했다. "가서 만나보면 알게 될 거요." 그러고는 자리에서 일어나 떠날 준비를 했다. "어쨌든 그렇게 오랫동안 찾아가지 않았다간 그가 싫어하는 게 경찰이 아니라 당신이 될지도 모르오! 내 충고를 잊지 말고 어서 가서 만나시오. 당장!"

그날 밤, 맥머도는 에티의 아버지와 긴 얘기를 나눈 끝에 맥긴티를 서둘러 찾아가야 할 또 다른 이유를 갖게 되었다. 에티에 대한 맥머도의 관심이 지나치게 노골적이어서 그런지, 아니면 마음씨 좋은 독일인 하숙집 주인이 자기 딸에 대한 맥머도의 태도에 신경이 곤두서서 그런지, 이유야 어쨌든 하숙집 주인은 맥머도를 자기 방으로 불러들였다. 그러고는 단도직입적으로 이야기를 꺼냈다.

"내 딸한테 지나치게 관심을 갖는 것 같던데, 내가 잘못 봤나?"

"아닙니다, 사실입니다."

"한 가지만 말해두겠네. 다 쓸데없는 짓이야. 이미 정해진 사람이 있단 말일세."

"에티에게 들었습니다."

"그 애 말이 사실이야. 그런데 상대가 누군지도 말하던가?"

"아니요, 물어봤지만 말하지 않더군요."

"그랬겠지, 바보 같은 녀석! 아마 자네가 두려워하며 도망칠까 봐 그랬을 거야."

"두려워하다니요!" 맥머도는 이내 불같이 화를 냈다.

"진정하게, 맥머도. 그 사람을 무서워한다고 해서 부끄러워할 필요는 없어. 딸아이의 약혼자는 바로 테드 볼드윈이라네."

"그 자식이 대체 누군데요?"

"스코러즈의 우두머리지."

"스코러즈! 저도 들어본 이름입니다. 여기저기 온통 스코러즈 얘기뿐이더군요. 모두들 늘 수군거리기만 하던데, 대체 뭐가 무서워서

들 그러는 거죠? 도대체 뭐 하는 놈들입니까?"

하숙집 주인은 그 무시무시한 조직에 대해 이야기할 때면 누구나 그렇듯이 자신도 모르게 목소리를 낮추었다. "스코러즈가 바로 프리맨이라네!"

맥머도는 멍하니 노인을 쳐다보았다. "저도 프리맨 단원입니다."

"자네! 그런 줄 알았으면 절대로 우리 집에 들이지 않았을 걸세. 설령 일주일에 100달러를 준다 해도 말이야."

"우리 조직이 뭐가 잘못됐다는 거죠? 우리 조직의 목적은 자선과 친목인걸요. 규약에도 그렇게 나와 있어요."

"다른 곳에서는 그럴지도 모르지. 하지만 여기는 아니야!"

"여기는 어떻다는 겁니까?"

"놈들은 살인 집단이야."

맥머도는 어처구니없다는 듯 피식 웃었다. "증거가 있습니까?" 맥머도가 물었다.

"증거가 있느냐고? 자그마치 50차례나 살인이 일어났는데도 증거가 더 필요하단 말인가? 밀먼과 밴 쇼스트, 니컬슨 가족과 하이엄 노인, 어린 빌리 제임스, 이들 말고도 수없이 많은 사람이 죽었는데 증거를 대라고 하는 겐가? 남녀노소를 막론하고 이 계곡에서 그걸 모르는 사람이 한 명이라도 있는 줄 아나?"

"섀프터 씨!" 맥머도는 진지하게 말했다. "방금 한 말씀을 취소하시든가 아니면 확실한 증거를 대세요. 그때까지 이 방에서 한 발자국도 움직이지 않겠습니다. 제 입장에서 생각해보세요. 저는 이곳이 처음이에요. 제게는 낯설기만 한 이곳에도 나름대로 가치 있는 조직이라고 생각하여 가입한 프리맨이 있기에 큰 위안이 됐지요. 미국 전역어디를 가도 깨끗한 조직입니다. 이제 이곳에서 조직원으로 활동하려던 참이었는데 그 조직이 스코러즈와 같은 살인 집단이라니요! 제게 사과를 하시든지 아니면 알아듣게 설명해주십시오."

"나는 그저 세상 사람들이 다 아는 사실을 말했을 뿐이네. 이쪽 두목이 저쪽 두목이기도 하다는 걸 말일세. 그러니 한쪽의 비위를 건드리면 다른 한쪽에서 보복을 당하게 된다는 뜻이야. 그런 일을 한두번 본 게 아니라니까."

"그냥 뜬소문이지 않습니까! 증거를 대세요!" 맥머도가 다그쳤다.

"자네도 여기서 좀 지내다 보면 두 눈으로 똑똑히 볼 수 있을 거야. 참, 자네가 그 조직의 일원이라는 사실을 잊었군. 자네도 머지않아 놈들처럼 변하겠군그래. 이제 이 집에서 나가줘야겠어. 안 그래도 놈들 중 하나가 우리 딸에게 청혼하는 것도 거절 못하고 있는 판인데 또 한 놈을 내 집에 들여놓다니 말이 되나? 암, 그럴 수야 없지. 그러니 여기서 자는 건 오늘 밤이 마지막인 줄 알게!"

맥머도는 하루아침에 안락한 숙소와 사랑하는 여인으로부터 쫓겨날 신세가 되었다. 같은 날 밤 에티는 거실에 혼자 앉아 있었다. 맥머도는 그녀에게 다가가 자신의 곤란한 상황을 구구절절이 쏟아냈다.

"당신 아버지가 나를 쫓아내려고 하는군요. 그저 이 집에서 쫓겨

나는 거라면 아무런 상관도 없어요. 에티, 진심이오. 당신을 알게 된 지 일주일밖에 되지 않았지만 당신은 내 인생의 전부나 다름없어요. 당신 없이 이제 어떻게 살란 말이오!"

"맥머도 씨, 그렇게 말하지 마세요!" 에티는 맥머도를 말렸다. "이미 너무 늦었다고 말씀드리지 않았나요? 정해진 사람이 있다고요. 당장 그 사람이랑 결혼하겠다고 약속하지는 않았지만, 그렇다고 제가 다른 사람과 미래를 약속할 수 있는 처지도 아니에요."

"에티, 내가 조금만 더 빨리 당신을 만났더라면 내게도 기회가 있었을까요?"

에티는 두 손에 얼굴을 묻고 흐느껴 울었다. "당신이 좀 더 빨리 찾아왔더라면 얼마나 좋았을까요!"

맥머도는 대뜸 에티 앞에 무릎을 꿇고 앉았다. "부탁이오, 에티! 제발이지 그냥 그렇게 생각해버려요!" 맥머도가 소리쳤다. "그깟 약속 하나 때문에 당신의 인생과 내 인생을 망칠 셈이오? 당신 마음 가는 대로 따라요. 어쿠슐라Acushla(애정이 담긴 아일랜드식 표현으로 '내 사랑'이라는 의미—옮긴이)! 당신의 약속이 무엇을 의미하는지도 모르면서 그것을 지키려 하다니, 차라리 내 말에 따르는 게 훨씬 안전할 거요."

맥머도는 햇볕에 그은 억센 두 손으로 에티의 가늘고 하얀 손을 꼭 그러쥐었다.

"제발 내 사람이 되어줘요. 우리가 함께라면 어떤 어려움도 이겨낼 수 있어요."

"이곳은 아니겠지요?"

"아니, 바로 이곳에서."

"안 돼요. 잭, 안 돼요!"

맥머도가 에티를 감싸 안았다.

"여기서는 절대로 안 돼요. 제발 날 데리고 여기서 떠나줘요."

맥머도의 얼굴이 잠시 고통으로 일그러졌지만 이내 돌처럼 굳은 표정을 지으며 말했다. "안 돼요. 이곳이어야만 해요. 무슨 일이 있어도 이 세상으로부터 당신을 지켜준다고 약속할 거요. 에티, 바로 여기 우리가 있는 곳에서 말이오."

"왜 함께 떠나면 안 된다는 거죠?"

"에티, 난 여기를 떠날 수 없어요."

"왜죠?"

"쫓겨났다는 생각으로 더 이상 살기 싫어요. 다시는 고개를 들고 살지 못할 거요. 게다가 대체 겁낼 것이 뭐가 있어 그래요? 우리는 자유로운 나라에 사는 자유로운 사람들 아니오? 내가 당신을 사랑하고 당신이 날 사랑한다면 누가 감히 우리 둘을 갈라놓겠소?"

"몰라서 하는 말이에요, 잭. 여기에 온 지 얼마 안 돼서 모르는 거예요. 볼드윈이라는 자가 누구인지도 모르잖아요. 맥긴티와 그의 스코러즈 일당이 어떤 사람들인지도."

"맞아요. 그들이 누군지 몰라요. 하지만 전혀 두렵지 않아요. 그런 놈들 알고 보면 별것 아니에요! 내 주위엔 항상 거친 사람투성이었지요. 내가 놈들을 두려워했을 것 같아요? 되레 놈들이 나를 두려워하도록 만들었소. 에티, 그들은 겉보기만 무서운 놈들이라고요! 당신 아버지 말처럼 그자들이 정말 이 계곡에서 수십 번이나 살인을 저질렀다면, 그리고 그들이 살인범이라는 걸 누구나 안다면, 어떻게 지금까지 아무도 처벌받지 않을 수가 있지요? 대답 좀 해봐요, 에티!"

"증인으로 나서겠다는 사람이 아무도 없었기 때문이에요. 그랬다가는 살아남기 어렵다는 걸 누구나 알고 있거든요. 그리고 그들은 항상 자기 쪽 사람들을 내세워 범인이 현장에 없었다는 알리바이를 꾸며내지요. 잭, 당신도 신문에서 기사를 읽어본 적이 있을 거예요. 미국의 모든 신문에서 이 사건을 떠들어댔으니까요."

"물론 그런 기사를 읽은 적이 있어요. 하지만 그냥 누군가 지어낸 이야기라고 생각했어요. 한편으로는 그자들이 그런 짓을 저지른 데에는 그럴 만한 이유가 있겠거니 했지요. 설사 잘못한 일이긴 하더라도 어쩔 수 없는 상황이었을지도 모르고."

"잭, 당신이 그런 말을 하다니 믿을 수가 없군요! 그 사람도 그렇게 말했어요. 그 남자 말이에요!"

"볼드윈이란 자가…… 그렇게 말했단 말이오?"

"네. 그래서 난 그 사람이 싫어요. 이제 사실대로 다 말할게요. 나는 그 사람이 끔찍할 정도로 싫어요. 게다가 두렵기까지 해요. 나도 나지만 솔직히 아버지가 무사하실까 걱정이에요. 내 감정을 솔직히 드러내면 우리 부녀에게 어떤 일이 벌어질지 뻔해요. 그래서 결혼 약속을 차일피일 미루면서 계속 그를 피하는 중이에요. 그렇게 해야 우리가 무사할 수 있기 때문이죠. 그러니 잭, 나와 함께 아버지를 모시고 먼 곳으로 떠나요. 그런 끔찍한 인간들의 손아귀에서 벗어나 먼 곳에서 영원히 행복하게 살아요, 네?"

맥머도의 얼굴은 다시 한 번 일그러졌다. 하지만 이내 냉정을 되찾으며 말했다. "에티, 당신에게 아무 일도 생기지 않도록 내가 지켜줄게요. 물론 당신 아버지도 마찬가지요. 솔직히 악당으로 치자면 나도 놈들 못지않을 거라는 것을 당신도 곧 알게 될 거요."

"아니요, 거짓말 말아요. 잭, 난 당신을 믿어요!"

맥머도가 씁쓸한 미소를 보이며 말했다. "이런, 나에 대해서 이렇게나 모르다니! 당신처럼 순수한 영혼을 가진 사람이 내가 무슨 생각을 하고 사는지 알 턱이 없지. 쉿, 밖에 누가 왔나 봐요."

갑자기 현관문이 활짝 열리더니 한 남자가 마치 이 집 주인인 양 거들먹거리며 집 안으로 걸어 들어왔다. 맥머도와 비슷한 나이와 체격으로 매부리코이긴 하지만 제법 잘생긴 젊은이였다. 그는 챙이 넓은 검정 펠트 모자를 벗지도 않은 채 난로 옆에 앉아 있는 두 사람을 이글거리는 눈으로 사납게 노려보았다.

순간 에티는 놀라고 당황한 나머지, 자리에서 벌떡 일어났다. "어서 오세요, 볼드윈 씨. 생각보다 일찍 오셨네요. 이리 와서 앉으시죠."

볼드윈은 허리에 양손을 올려놓은 채 맥머도에게서 눈을 떼지 않았다. "누구지?" 볼드윈이 퉁명스럽게 물었다.

"친구예요. 우리 집에서 새로 하숙하게 되었어요. 맥머도 씨, 볼드윈 씨와 인사 나누세요."

두 젊은이는 무뚝뚝하게 고개만 까딱했다.

"우리가 어떤 사이인지는 에티 양에게 들어서 알고 있겠지?"

"두 사람이 무슨 사이라도 되나요? 그런 게 있는지 전혀 몰랐는데요."

"그래? 그럼 이제 똑똑히 들으시지. 여기 이 여자는 내 여자야. 참, 오늘 밤공기가 아주 상쾌하더군. 그러니 밖에 나가서 산책이나 하시지."

"고맙지만 지금은 산책할 기분이 아니오."

"그래?" 볼드윈은 분노에 찬 눈빛으로 맥머도를 쏘아보았다. "하숙인 양반, 그렇다면 한판 붙어볼 기분은 드나?"

"그야 얼마든지!" 맥머도가 소리치며 벌떡 일어섰다. "듣던 중 반

가운 소리군!"

"제발! 이러지 마세요, 잭. 제발!" 가엾은 에티는 어쩔 줄 몰라 하며 소리쳤다. "잭, 잭! 당신을 가만두지 않을 거예요!"

"잭이라고? 벌써 이름까지 부르는 사이가 됐나?" 볼드윈이 울컥해서 말했다.

"아, 테드. 오해하지 마세요. 그냥 넘어가주세요. 나를 봐서라도 제발요. 나를 사랑한다면 제발 너그러운 마음으로 용서하세요!"

"에티, 당신은 여기서 빠져요. 우리 두 사람이 해결할 수 있어요." 맥머도가 침착하게 말했다. "괜찮다면, 볼드윈 씨, 나와 함께 밖으로 나갑시다. 밤공기도 좋다 하시니 길 옆 공터로 갑시다."

"너 같은 놈 하나쯤은 내 손을 더럽히지 않고도 끝장낼 수 있어." 볼드윈이 말했다. "나한테 혼 좀 나보면 이 집에 발을 들인 걸 후회하게 될 거야."

"그렇다면 지금 당장 한번 해보시지!" 맥머도가 소리쳤다.

"시간은 내가 정한다. 그 전에 이걸 한번 보시지!" 그가 소매를 걷어 올리자 팔뚝에 낙인처럼 찍힌 이상한 표식이 드러났다. 동그라미 안에 삼각형이 있는 문양이었다. "이게 무슨 뜻인지 알고 있나?"

"모르겠지만 알고 싶지도 않군!"

"이제 곧 알게 될 거야, 내가 약속하지. 그리 오래 걸리지 않을 거야. 어쩌면 에티가 말해줄지도 모르겠군. 에티, 머지않아 내게 와서 무릎 꿇고 빌 날이 올 거요. 알겠어, 아가씨? 반드시 내 앞에서 무릎 꿇고 싹싹 비는 날이 올 거라고! 그때가 되면 당신이 어떤 대가를 치러야 하는지 알려주지. 당신이 뿌린 씨는 당신이 거둬야지, 안 그래?"

볼드윈은 분노에 찬 눈으로 두 사람을 노려보았다. 이내 몸을 휙하고 돌려 나가더니 잠시 후 바깥문이 쾅 하고 닫히는 소리가 들렸다.

맥머도와 에티는 아무 말도 하지 않고 그대로 서 있었다. 이윽고 에티가 두 팔로 맥머도를 감싸 안았다.

"잭, 정말 용감했어요. 하지만 다 부질없는 일이에요. 도망쳐야 해요. 오늘 밤, 오늘 밤 당장 말이에요! 그 길만이 살길이에요. 그 사람은 분명히 당신을 죽이려 들 거예요. 그 무시무시한 눈빛만 봐도 알 수 있어요. 당신이 상대해야 할 사람은 그 사람만이 아니에요. 맥긴티와 지부의 지원을 받는 그 많은 사람들을 상대로 어떻게 이기겠어요?"

맥머도는 자기를 끌어안고 있는 에티의 손을 풀더니 그녀에게 입을 맞추었다. 그러고는 그녀를 살며시 의자에 앉히며 말했다.

"사랑하는 에티, 진정해요! 나 때문에 걱정하거나 두려워하지 말아요. 나도 프리맨 단원이에요. 당신 아버지께도 이미 말씀드렸어요. 나라고 그들보다 나을 것이 없을지도 몰라요. 그러니 나를 무슨 성자인 양 생각지 말아요. 지금 내 말을 들었으니 이제 나도 싫어지지 않았나요?"

"싫어진다고요, 잭? 내가 살아 있는 한 그런 일은 절대로 없을 거예요! 다른 지역에서는 프리맨이 되어도 전혀 해가 될 게 없다고 들었어요. 그러니 당신이 프리맨 단원이라고 해서 나쁘게 생각할 이유가 없지 않겠어요? 그런데 프리맨 단원이라면서 왜 아직까지 맥긴티를 찾아가지 않았지요? 잭, 서둘러요. 빨리 가세요! 당신이 먼저 가서 말하세요. 그들이 사냥개처럼 몰려들기 전에요."

"나도 그러려던 참이었어요. 지금 당장 가서 빨리 끝내고 올게요. 오늘 밤만 여기서 머무르고 내일 다른 숙소를 알아보겠다고 아버지께 전해줘요."

맥긴티의 술집은 여느 때처럼 발 디딜 틈이 없었다. 시내에서 거칠기로 소문난 사람들이 죄다 모여 흥청거리고 있었기 때문이다. 맥긴티는 시원시원한 성격으로 인해 사람들 사이에서 인기가 좋았다. 하지만 그런 성격은 한낱 가면에 불과했다. 그 뒤에는 거칠고 난폭한 본연의 모습이 숨어 있었다. 사람들은 그를 두려워했다. 그 공포심은 도시 전체와 50킬로미터에 이르는 버미사 계곡 전체와 더 나아가 계곡 너머에까지 번져 나갔다. 덕분에 그의 술집은 언제나 사람들로 북적거렸다. 그의 뜻을 함부로 무시할 수 있는 이는 아무도 없었기 때문이다.

맥긴티는 비밀 세력을 등에 업고 인정사정없이 권력을 휘두를 뿐만 아니라, 고위 공직까지 한자리 차지하고 있었다. 나중에 청탁을 할 목적으로 그에게 표를 찍어준 파렴치한 이들의 도움으로 그는 시의원에다 철도 이사라는 직함까지 거머쥘 수 있었다. 그는 시민들에게 엄청난 세금을 부과했다. 과세 평가액과 세금은 상상을 초월했다. 그가 공공사업을 무시하는 것은 누구나 알고 있었다. 그는 감사관들에게 뇌물을 주어 회계 조사를 피하기도 했다. 선량한 시민들은 맥긴티 일당의 공공연한 공갈 협박에 재산을 갈취당하기 일쑤였지만 후환이 두려워 누구 하나 입도 뻥긋하지 못했다.

해가 갈수록 맥긴티의 다이아몬드 핀은 더욱 커졌고 화려한 조끼에 달린 금줄은 나날이 무거워졌다. 그의 술집은 점점 확장되어 마켓 광장의 한쪽을 전부 차지할 정도였다.

맥머도는 술집의 반쪽 회전문을 열어젖히고 안으로 들어섰다. 그는 자욱한 담배 연기에 술 냄새가 진동하는 가운데, 북적거리는 사람들을 뚫고 지나갔다. 술집 안의 불빛은 휘황찬란하게 번쩍거리는 데다 사방에 걸려 있는 거대한 금테 거울에 반사되어 눈이 부실 정도로 화려한 빛을 내뿜었다. 웃옷을 벗고 셔츠만 입은 바텐더들은 널따랗고 육중한 철판 카운터에 앉은 손님들에게 주문 음료를 만들어주느라 정신이 없었다.

카운터 끝 쪽에 비스듬히 몸을 기댄 채 입 가장자리에 시가를 물고 있는 한 남자가 눈에 들어왔다. 큰 키에 기골이 장대한 모습이 한눈에 봐도 그 유명한 맥긴티가 틀림없었다. 턱수염은 광대뼈까지 나 있고 검은 머리카락이 옷깃까지 길게 늘어져 있는 모습이 마치 시커먼 갈기가 난 거인 같았다. 피부는 이탈리아 사람처럼 거무데데했고 눈이 약간 사팔뜨기인 데다 눈동자 색깔까지 기분 나쁠 정도로 새카매서 음흉하고 사악한 인상을 풍겼다.

하지만 비교적 잘생긴 얼굴과 당당한 풍채 그리고 거리낌 없는 태도는 남들과 유쾌하고 솔직하게 어울리는 그의 모습과 잘 맞아 보였다. 사람들은 그를 두고 말투가 다소 무례하게 들릴지는 몰라도 알고 보면 믿을 만하고 솔직하고 화통한 사람이라고들 했다. 그러나 잔인하고 소름 끼치는 그 검은 눈빛과 마주치기라도 하면 누구라도 몸을 움츠릴 수밖에 없었다. 한눈에 봐도 그는 세상에 두려운 게 아무것도 없는 대담한 악인인 데다 그 배후에 막강한 권력을 두고 있어, 끝도 없이 비열하고 잔인한 짓을 일삼을 수 있는 사람임을 느낄 수 있었다.

맥머도는 상대방을 찬찬히 살피고 나서는 여느 때처럼 거침없이 앞으로 당당하게 걸어 나갔다. 그러고는 힘센 두목 곁에서 별것 아닌 농담에 배꼽을 쥐고 깔깔 웃어대며 비위를 맞추느라 정신없는 아첨꾼들을 옆으로 밀어냈다. 그는 눈에 힘을 주고 안경 너머로 맥긴티의

검은 눈동자를 대담하게 쳐다보았다. 그러자 맥긴티는 날카로운 시선으로 자기 앞에 겁 없이 서 있는 젊은이를 쏘아보며 말했다.

"이봐, 젊은이, 처음 보는 얼굴인데."

"이곳에 온 지 얼마 안 됐습니다, 맥긴티 씨."

"맥긴티 씨의 정식 직함을 모를 정도로 갓 온 것 같지는 않은데."

"젊은이, 맥긴티 의원님이라고 불러야지." 모여 있는 무리 중에서 누군가가 말했다.

"죄송합니다, 의원님. 이곳 방식에 아직 익숙지 않아서 그랬습니다. 의원님을 만나보라고들 하더군요."

"그래? 잘 봐두게. 지금 자네 눈앞에 있는 모습 그대로야. 어떤가, 나를 만난 느낌이?"

"아직 만나 뵌 지 얼마 안 됐지만 의원님의 마음이 그 커다란 풍채만큼이나 넓고, 그 잘생긴 얼굴처럼 훌륭하다면 더 이상 바랄 게 없겠습니다." 맥머도가 말했다.

"흠, 누가 아일랜드 출신 아니랄까 봐 말 한번 유창하군." 맥긴티는 이 용감무쌍한 방문객의 말에 맞장구를 쳐주며 좋아해야 할지 위엄을 지켜야 할지 잠시 망설였다.

"그렇다면 내 외모는 자네 마음에 든단 말이군?"

"당연하지요." 맥머도가 대답했다.

"나를 만나라는 말을 들은 모양이지?"

"네."

"누가 그러던가?"

"버미사 341지부의 스캔런 형제입니다. 의원님의 건강과, 의원님과의 보다 나은 관계를 위해 건배를 제안하고 싶은데요." 맥머도는 먼저 입에 갖다 대었던 술잔을 높이 들어 올린 뒤 술을 들이켜면서 새끼손가락을 들어 올렸다.

그런 맥머도를 유심히 살피던 맥긴티는 굵고 짙은 눈썹을 치켜세우며 말했다. "흠, 그렇단 말이지? 자세히 알아봐야겠군. 그런데 이름이⋯⋯."

"맥머도라고 합니다."

"맥머도, 자네에 대해 좀 더 알아봐야겠어. 이곳에서는 남들을 무턱대고 믿거나 남들이 한 말을 곧이곧대로 믿어주지 않는다네. 카운터 뒤쪽으로 잠깐 와보게."

카운터 뒤로 가니 작은 방이 있었고, 방 안에는 술통이 줄지어 놓여 있었다. 맥긴티는 조심스럽게 문을 닫고 술통 위에 걸터앉았다. 그러고는 깊은 생각에 빠진 듯 입에 시가를 물었다. 그는 한참 동안 기분 나쁜 시선으로 맥머도를 관찰하듯 뚫어지게 쳐다보며 한 마디도 하지 않았다. 맥머도는 한 손을 코트 주머니에 넣고 다른 한 손으로는 갈색 콧수염을 꼬아대며 상대방의 눈길을 기꺼이 받아주었다. 불현듯 맥긴티가 몸을 구부리더니 흉물스러운 리볼버를 꺼내 들었다.

"이봐, 어디서 장난질이야?" 맥긴티가 말했다. "허튼수작 부렸다가는 살아남지 못할 줄 알아!"

"프리맨의 보디마스터가 타 지역에서 온 형제를 환영하는 방법치고는 좀 색다르군요."

"그래? 그렇다면 네놈이 단원이라는 것을 증명해보시지." 맥긴티가 말했다. "증명하지 못하면 어떻게 되는 줄 알겠지? 입단한 곳이 어디야?"

"시카고 29지부입니다."

"언제?"

"1872년 6월 24일."

"보디마스터 이름은?"

"제임스 H. 스콧입니다."

"지구 책임자는?"

"바솔로뮤 윌슨입니다."

"흠! 대답은 그럴듯하군. 그런데 여기는 뭐하러 왔나?"

"일거리를 찾아서 왔습니다. 저도 의원님처럼 일을 하니까요. 물론 보잘것없는 일이긴 하지만요."

"대답 한번 재빠르군."

"네, 항상 말을 빨리 하는 편이지요."

"행동도 빠른가?"

"저를 잘 알고 있는 사람은 다들 그렇다고 하더군요."

"조만간 한번 시험해봐야겠군. 이곳 지부에 대해서 뭐 들은 말은 없나?"

"진정한 남자라면 형제로 받아준다고 들었습니다."

"그건 사실이야, 맥머도. 그런데 시카고는 왜 떠났지?"

"무슨 일이 있어도 말할 수 없습니다."

맥긴티는 눈을 크게 떴다. 누구도 감히 자기에게 그런 식으로 대답한 적이 없기 때문에 오히려 호기심이 일었다. "왜 말할 수 없다는 거지?"

"형제에게는 거짓말을 하면 안 되니까요."

"사실대로 말하면 안 될 정도로 나쁜 일이었나?"

"좋을 대로 생각하십시오."

"이봐, 자기 과거도 밝히려 하지 않는 자를 보디마스터인 내가 단원으로 받아들일 것 같은가?"

맥머도는 당황했지만 이내 안쪽 주머니에서 오래된 낡은 신문지 조각을 꺼내 들었다.

"제 비밀을 다른 사람에게 떠들고 다니진 않으시겠지요?" 맥머도가 물었다.

"나한테 그따위 말을 지껄이다니, 얼굴을 한 대 갈겨줘야 정신을 차리겠나!" 맥긴티가 발끈해서 소리쳤다.

"제가 실수한 것 같군요, 의원님." 맥머도는 순순히 잘못을 인정했다. "사과드리겠습니다. 제 생각이 부족했습니다. 의원님께서는 무슨 말씀을 드려도 괜찮을 줄 잘 알고 있습니다. 이 기사를 한번 읽어보세요."

맥긴티는 기사를 죽 훑어보았다. 1874년 새해 첫날에 시카고 마켓 스트리트의 레이크 술집에서 조너스 핀토라는 남자가 살해됐다는 내용이었다.

"자네가 한 짓인가?" 신문지 조각을 돌려주며 맥긴티가 물었다. 맥머도가 고개를 끄덕였다.

"왜 죽였지?"

"저는 정부에서 달러를 찍어내는 일을 도와주고 있었습니다. 제가 만드는 금화의 질이 조금 떨어지기는 했어도 모양도 진짜와 똑같았고, 무엇보다도 단가가 싸게 먹혔지요. 그런데 이 핀토라는 자가 나를 도와 위조 금화를 돌리다가……."

"뭘 했다고?"

"그러니까, 위조 금화를 시중에 유통시키는 일을 말하는 겁니다. 그런데 어느 날 저를 밀고하겠다고 협박하더군요. 정말로 경찰에 밀고했을지도 모르지요. 어쨌든 놈이 무슨 짓을 할지 몰라서 가만히 앉아 보고만 있을 수가 없었습니다. 그래서 그냥 놈을 죽이고 바로 탄광촌으로 도망 온 겁니다."

"그런데 왜 하필 탄광촌인가?"

"신문을 보니 이곳에서는 그런 일을 그리 따지지 않는다고 하더군요."

맥긴티가 소리 내어 웃었다.

"처음에는 화폐를 위조하더니 그다음엔 사람을 죽였다? 그러고도 이곳에 오면 환영받을 줄 알았다 이건가?"

"대충 그런 셈이지요." 맥머도가 대답했다.

"좋아, 그 정도라면 여기서도 잘 지내겠군. 그런데 지금도 위조 달러를 만들 수 있나?"

맥머도는 주머니에서 금화 대여섯 개를 꺼내 보였다. "이 돈은 워싱턴 조폐국에서 제조한 화폐가 아닙니다." 맥머도가 말했다.

"말도 안 돼!" 맥긴티는 고릴라처럼 잔뜩 털이 난 커다란 손으로 돈을 쥐고는 불빛에 비춰보았다. "감쪽같군. 뭐가 다른지 전혀 모르겠어. 세상에! 자네 도대체 왜 이제야 나타난 건가, 응? 우리 조직이 제대로 돌아가려면 자네 같은 친구가 한둘은 필요해. 맥머도, 우리가 나서지 않으면 안 될 때가 올 테니 말이야. 우리를 압박해오는 놈들을 밀어내지 않으면 결국 우리가 궁지로 밀릴 수밖에 없게 되거든."

"저도 다른 형제들과 함께 놈들을 물리치는 데 한몫하고 싶습니다."

"보아하니 배짱 한번 두둑하군그래. 아까 내가 권총을 들이대는데 눈 하나 깜짝하지 않더군."

"위험한 건 제가 아니었거든요."

"그렇다면 누가 위험했다는 건가?"

"의원님이었습니다." 맥머도는 재킷 주머니에서 미리 공이치기를 잡아당겨놓은 권총을 꺼내 보였다. "아까부터 계속 의원님을 향해 총을 겨누고 있었지요. 빠르기로 치자면 아마 의원님보다 제가 더 빨랐을 겁니다."

"아니!" 맥긴티는 순간 끓어오르는 분노로 얼굴이 시뻘겋게 달아올랐다. 그러더니 갑자기 껄껄거리며 큰 소리로 웃기 시작했다. "야, 자네 보통이 아니군. 요 몇 년 자네처럼 무서운 친구는 본 적이 없어. 우리 지부의 자랑거리가 되겠는걸. 이봐, 대체 무슨 일이야? 여기 손님과 얘기하고 있는 거 안 보이나? 5분도 안 돼서 방해를 하다니, 뭐야?"

바텐더는 꼼짝 않고 서서 무안한 표정을 지었다. "죄송합니다, 의원님. 테드 볼드윈 씨가 당장 만나고 싶답니다."

바텐더가 메시지를 다 전하기도 전에 그의 어깨 너머로 잔인한 표정을 한 볼드윈의 얼굴이 보였다. 볼드윈은 바텐더를 방 밖으로 밀어내고 문을 닫아버렸다.

"이런!" 볼드윈은 이글거리는 분노의 눈빛으로 맥머도를 노려보았다. "나보다 한발 빨랐군그래. 의원님, 이자에 관해서 따로 말씀드릴 게 있습니다."

"할 말이 있으면 지금 내 앞에서 하시지그래!" 맥머도가 소리쳤다. "언제 어떻게 말하든 그건 내가 결정할 문제야."

"잠깐, 잠깐만!" 맥긴티가 앉아 있던 술통에서 내려오며 말렸다. "이러면 안 되지. 방금 새로 맞은 형제라네, 볼드윈. 그런 식으로 형제를 대하는 건 예의가 아니지. 자, 서로 악수하고 화해하게나."

"싫습니다!" 볼드윈은 화가 나서 고함을 쳤다.

"내가 잘못했다고 계속 우기기에 한번 붙자고 했습니다." 맥머도가 말했다. "맨주먹으로 붙든가, 그게 싫으면 저자가 원하는 어떤 방법으로든 좋습니다. 의원님께 달렸습니다. 보디마스터로서 이 문제를 판결해주시지요."

"도대체 무슨 일인데 그래?"

"어떤 젊은 여인과 관련된 일입니다. 하지만 어느 쪽을 택하든 선택은 그녀에게 달렸지요."

"여자한테 달렸다고?" 볼드윈이 외쳤다.

"우리 지부의 두 형제와 관련된 일이니 나도 여자의 선택을 따르겠네." 맥긴티가 말했다.

"아니, 이런 식으로 나오실 겁니까!"

"그렇다, 테드 볼드윈." 맥긴티가 못마땅한 눈길로 쳐다보며 말했다. "자네 이의 있나?"

"생전 처음 보는 저따위 놈 때문에 지난 5년 동안 당신을 지켜준 사람을 저버린단 말입니까? 이봐요, 잭 맥긴티! 평생 보디마스터로 살아갈 줄로 착각하는 것 같은데, 다음 선거에서는……."

볼드윈이 말을 채 끝내기도 전에 맥긴티는 볼드윈에게 성난 호랑이처럼 달려들었다. 그는 한 손으로 볼드윈의 목을 잡고 술통 위로 던져버렸다. 화가 치밀어 오른 맥긴티가 볼드윈의 목을 누르며 숨통을 조이자 맥머도가 황급히 달려들어 맥긴티를 잡아끌었다.

"진정하세요, 의원님! 제발 참으세요!" 맥긴티를 말리면서 맥머도가 외쳤다.

맥긴티가 손을 놓자 볼드윈은 죽음의 문턱까지 다녀온 사람처럼 숨을 헐떡거리며 온몸을 부들부들 떨었다. 그는 휘청거리며 자기가 쓰러져서 넘어뜨린 술통 가장자리에 걸터앉았다.

"네놈은 전부터 손을 좀 봐줘야 했어. 테드 볼드윈, 이제 똑똑히 알아들었겠지." 맥긴티는 큰 가슴을 들썩이며 숨을 몰아쉬었다. "내가 선거에서 떨어져 보디마스터 자리에서 내려오면 네놈이 그 자리

를 대신 꿰찰 줄 알았나 보지? 그건 지부에서 결정할 문제야. 내가 지부의 우두머리로 있는 이상, 내 앞에서 목소리를 높이거나 반대하는 놈은 누구라도 가만두지 않겠어."

"의원님께 거스르려는 생각은 추호도 없습니다." 볼드윈이 자기 목을 어루만지면서 중얼거렸다.

"자, 그렇다면" 맥긴티는 아무 일도 없었다는 듯이 안색을 바꾸고 밝은 목소리로 외쳤다. "이제 다시 둘도 없는 동지가 되었군. 이 문제는 여기서 끝내기로 하지."

그는 선반에서 샴페인 병을 꺼내 코르크 마개를 비틀어서 뚜껑을 땄다. 그러고는 세 개의 잔에 술을 따르며 말을 이었다. "화해의 축배를 들도록 하지. 우리 사이에 남아 있는 나쁜 감정은 남김없이 털어 버리자고. 자, 이제부터 내 결후(성인 남자의 목 중간에 튀어 나와 있는 부분—옮긴이)에 왼손을 대고 묻겠다. 테드 볼드윈, 자네가 화가 난 이유는 무엇인가?"

"구름이 잔뜩 끼어 있기 때문입니다." 볼드윈이 대답했다.

"그러나 영원히 맑게 갤 것이다."

"나 또한 그리 맹세합니다."

두 사람은 잔을 비웠고 볼드윈과 맥머도도 같은 의식을 치렀다.

맥긴티가 양손을 비비며 외쳤다. "자! 이것으로 이제 나쁜 감정은 모두 사라졌다. 이 문제가 더 길어지면 지부의 통제를 받게 된다는 사실을 잊지 말게. 볼드윈 형제는 이미 알고 있을 테지만 그 통제라는 것이 무척 엄격하거든. 맥머도 형제, 자네도 문제를 일으키면 거기서 자유로울 수 없다는 점을 명심하도록!"

"믿어주십시오. 여간해선 문제를 일으키지 않을 겁니다." 맥머도는 볼드윈을 향해 손을 내밀었다. "나는 싸움을 할 때도 주저하지 않지만 용서도 빠르지요. 뜨거운 아일랜드 피 때문에 그렇다고들 하더군요. 어쨌든 나는 여기서 끝내고 싶습니다. 더 이상 어떤 감정도 없습니다."

볼드윈은 할 수 없이 맥머도가 내민 손을 잡았다. 맥긴티가 무시무시한 눈빛으로 자기를 노려보고 있었기 때문이다. 하지만 잔뜩 부루퉁한 얼굴로 보아서는 맥머도의 어떤 말에도 분이 풀리지 않을 거라는 것을 알 수 있었다.

맥긴티는 두 사람의 어깨를 툭툭 치며 말했다. "쯧쯧! 여자들, 여자들이 항상 문제야!" 맥긴티가 두 사람을 번갈아 보며 큰 소리로 말했다. "내 사람들이 한 여자를 가운데 놓고 싸우다니! 이게 도대체 무슨 운명이람! 이 문제의 해결은 전적으로 아가씨 마음에 달린 것 같군. 보디마스터의 권한으로 어찌해볼 수 없는 문제니 말이야. 흠, 아무튼! 여자 문제가 아니더라도 할 일은 산더미같이 많아. 맥머도 형제, 341지부의 가입을 허락하겠네. 여기선 시카고와 달리 우리들만의 규칙과 방법대로 모든 것이 돌아가고 있다네. 토요일 밤에 모임이 있어. 그때 참석하면 버미사 계곡을 자유롭게 돌아다닐 수 있도록 해주지."

Lodge 341, Vermissa

제3장 버미사 341 지부

여러 흥미로운 사건이 일어난 다음 날, 맥머도는 제이컵 섀프터 노인의 하숙집에서 나와 읍내 외곽에 위치한 맥너매라 부인의 하숙집으로 거처를 옮겼다. 얼마 지나지 않아 기차에서 알게 된 스캔런이 버미사로 옮겨 왔고, 둘은 같은 집에서 지내게 되었다. 하숙집에는 이 두 사람 외에 다른 하숙인이라고는 한 명도 없었다. 하숙집 주인아주머니는 그다지 까다롭지 않은 아일랜드인이어서 두 사람에게 간섭하지 않았다. 그래서 같은 비밀을 간직한 두 사람은 이곳에 살면서 마음대로 말하고 행동할 수 있는 자유를 실컷 누릴 수 있었다.

섀프터 노인은 맥머도가 원하면 언제든지 하숙집에 들러 함께 식사를 할 수 있도록 허락했다. 덕분에 맥머도는 에티와의 관계를 지속해나갈 수 있었다. 오히려 둘의 관계는 시간이 지날수록 더욱 깊어져만 갔다.

새 하숙집의 침실은 금화 주조 틀을 꺼내두어도 괜찮을 만큼 안전했다. 그래도 맥머도는 지부의 형제들에게 비밀을 누설하지 않겠다는 서약을 받고 나서야 방에 들어가서 볼 수 있게 해주었다. 그들은 모두 주머니에 금화를 조금씩 넣고 돌아갔는데 어찌나 정교하게 만들어졌는지 아무도 눈치채지 못할 정도여서 시중에 유통시켜도 위험하지 않겠다는 확신이 들었다. 이렇게 기막힌 기술을 갖고도 맥머도가 왜 힘들게 일을 하는지 지부의 패거리들에게는 수수께끼가 아닐 수 없었다. 맥머도는 자기가 확실한 일자리 없이 지내면 바로 경찰에게 의심을 사게 되기 때문이라고 말해주었다.

사실 벌써부터 맥머도의 뒤를 캐고 다니는 경관이 있었다. 그런데 어찌 된 일인지 맥머도에게 위협이 되기는커녕 오히려 좋은 결과를 안겨다 주었다. 맥머도는 맥긴티와 처음으로 인사를 나눈 후에 하루가 멀다 하고 맥긴티의 술집에 들렀다. 그곳에서 그는 서로를 '친구boys'란 유쾌한 별칭으로 부르는 위험한 패거리들과 가깝게 지내게 되었다. 맥머도는 당찬 태도와 대담한 이야기 솜씨 때문에 그들 사이에서 인기가 대단했다. 또한 술집에서 싸움이 나기라도 하면 상대방을 재빠르고 멋진 기술로 하나하나 모두 제압해 보여, 그 거친 조직에서 존경의 대상이 되기도 했다. 그런 그의 가치를 더욱 높인 사건이 또 하나 있었다.

어느 날 술집이 손님들로 북적이던 밤 시간에 푸른색 제복 차림에 끝이 뾰족한 모자를 쓴 광산 경찰이 문을 활짝 열어젖히면서 술집 안으로 들어섰다. 광산 경찰대는 이 지역을 위협하는 갱 조직에게 어떠한 제재도 가하지 못하고 속수무책으로 당하고만 있는 일반 경찰들을 돕기 위해 철도와 광산 소유주들이 고용해서 조직한 특별 기구였다. 광산 경찰이 들어서자 갑자기 사방이 조용해졌고, 술집 안에 있던 사람들은 궁금한 듯 내내 그를 지켜보았다. 미국에서는 경찰과 범죄자의 관계가 특이해서인지 카운터 뒤에 서 있던 맥긴티는 사람들 사이로 걸어오는 경찰을 보고도 전혀 놀라는 기색이 없었다.

"위스키 한 잔 주시오. 오늘 밤은 날이 몹시 차군요." 경위가 말했다. "처음 뵙겠습니다, 의원님."

"새로 부임한 대장입니까?" 맥긴티가 물었다.

"그렇습니다. 이 지역의 법과 질서를 세우는 데 있어 의원님과 다른 지도층 인사들이 도와주실 것으로 기대하겠습니다. 저는 마빈 경위입니다."

"마빈 경위, 당신 없이도 우린 잘하고 있소." 맥긴티가 차갑게 대꾸했다. "시내에 이미 경찰들이 있으니 외부에서 또 다른 경찰을 데리고 올 필요가 없다고 생각하오. 당신들은 고작 그 자본가들이 돈을 주고 고용한 도구나 다름없지 않소? 불쌍한 시민들을 몽둥이로 때리고 총으로 쏘라는 명령이나 받드는 자들에 불과하지."

"글쎄요. 그런 이야기로 괜히 다투지 맙시다." 경위가 넉살 좋게 대꾸했다. "각자 자기 일이라고 생각되는 임무를 최선을 다해서 수행하면 그만일 테지만, 그 임무에 대한 관점이 다 다르다는 게 문제지요."

마빈 경위가 술잔을 비우고 돌아서려는데 바로 옆에서 잔뜩 인상을 찌푸리고 있는 맥머도를 발견했다. "안녕하시오! 안녕하시오!" 경위는 맥머도를 위아래로 쳐다보며 인사했다. "오래전부터 알던 분이 여기 계시군!"

맥머도는 경관의 눈길을 피하며 말했다.

"당신과 친한 적은 단 한 번도 없을뿐더러, 빌어먹을 경찰이 내 인생에 끼어들 일도 없소."

"알고 지내는 사이라고 해서 꼭 친하라는 법은 없지." 경관은 입가에 엷은 미소를 흘리며 말했다. "시카고의 잭 맥머도 아닌가? 아니라고는 못할 텐데!"

맥머도는 어깨를 으쓱했다. "아니라고 한 적 없소. 내가 내 이름을 부끄럽게 여기는 것 같소?" 맥머도가 말했다.

"뭐 그럴 만한 이유는 충분한 걸로 아는데."

"그게 대체 무슨 뜻이지?" 맥머도는 주먹을 불끈 쥐며 고함을 질렀다.

"아니, 잭. 그렇게 불같이 화를 낼 것까지는 없지 않소. 내가 이 지독한 석탄 지대로 오기 전까지는 시카고 경찰이었으니 시카고 사기꾼들은 누구든지 한눈에 알아볼 수 있지."

맥머도는 난감한 표정을 감추지 못했다. "설마 시카고 중앙경찰서의 그 마빈은 아니겠지?" 맥머도가 소리쳤다.

"그 옛날의 테디 마빈이 틀림없수다. 잘 부탁하오. 조너스 핀토 총살 사건을 잊은 건 아니겠지?"

"내가 쏜 게 아니야."

"자네 짓이 아니라고? 그것 참 설득력 있는 증언이군그래. 그가 죽음으로써 상황이 뜻밖에도 당신에게 유리하게 돌아가게 되었어.

그렇지 않았으면 위조 금화를 유통시킨 죄로 잡혀갔을 테니까. 하지만 이미 다 지난 일이니 모두 잊도록 하지. 자네와 나 사이니까 하는 말일세. 그리고 사실 내 직분에 이런 말을 해서는 안 되는 일인 줄 알면서도 해주는데, 아무튼 자네를 잡아들일 수 있는 증거가 불충분하기 때문에 이제 시카고로 돌아가도 괜찮을 거야."

"난 지금 이곳에서 잘 지내고 있소."

"몰래 귀띔해주었건만, 부루퉁한 개처럼 고맙다는 인사 한 마디 못하는구먼."

"좋은 뜻으로 받아들이지. 고맙소, 진심이오." 하지만 맥머도의 태도는 전혀 고마워하는 사람 같지 않았다.

"자네가 앞으로 떳떳하게 사는 한, 나도 그 일에 대해서는 입도 뻥 긋하지 않겠네. 하지만 맹세코, 앞으로 또다시 허튼짓을 하면 그때는 이야기가 달라질 거야! 자, 그럼 잘 있게. 의원님도 안녕히 계십시 오."

경위는 이렇게 그 지역에 새로운 영웅 하나를 만들어놓고서 술집 을 떠났다. 사람들은 맥머도가 그 먼 시카고에서 한 일을 가지고 얼 마 전부터 수군대고 있던 차였다. 맥머도는 그들이 이런저런 것을 캐 물어도 그저 웃음으로 답할 뿐이었다. 그는 사람들이 자기를 무슨 대 단한 일이라도 한 사람인 양 영웅 취급 하는 게 달갑지 않았다. 하지 만 이제 사람들도 모든 진실을 알게 되었다. 술집 건달들은 맥머도의 주위로 몰려들어 진심으로 그의 손을 잡아보고 싶어 했다. 그때부터 맥머도는 그 지역에서 누구의 제지도 받지 않고 자유롭게 지낼 수 있 었다. 맥머도는 원래 아무리 술을 마셔도 얼굴에 전혀 티가 나지 않 는 사람이었다. 그러나 그날 밤에는 스캔런이 부축해서 집으로 데려 다 주지 않았으면, 이 축제의 영웅은 술집 카운터 아래에 쓰러진 채 로 밤을 새우고 말았을 것이다.

토요일 밤 맥머도는 드디어 정식으로 지부에 입단하게 되었다. 이미 시카고 단원이었으므로 공식적인 의식은 생략될 것이라고 그 는 생각했다. 그러나 버미사 지부에서만큼은 그들이 자랑스러워하 는 특별 의식이 있었다. 청원자라면 반드시 이 의식을 거쳐야 입단 할 수 있었다. 집회는 입단식을 위해 마련한 조합 건물의 큰 방에서 열렸다. 약 60명가량의 버미사 지부 회원이 모였지만 이들이 조직원의 전부는 아니었다. 버미사 계곡에만도 여러 개의 지부들이 있고 계곡 양쪽 산 너머에도 또 다른 지부들이 있는데, 중요한 일이 생길 때면 서로 회원들을 바꿔서 일 처리를 하곤 했다. 따라서 범죄가 일어날 경우, 해당 구역이 아닌 외부에서 온 사람들의 소행인 때가 많았다. 탄광촌에 흩어져 있는 단원의 수를 모두 합쳐보면 500명에 다다를 정도였다.

실내장식이 없어 썰렁한 회의실 한가운데에 놓인 긴 테이블 주위로 단원들이 둘러앉았다. 한쪽의 다른 테이블에는 술병과 술잔이 놓여 있었는데 벌써부터 몇몇 단원은 거기서 눈을 떼지 못했다. 맥긴티는 상석에 앉아 있었다. 길고 헝클어진 곱슬머리 위에 납작한 검은색 벨벳 모자를 쓰고 목에는 화려한 보라색 숄을 두른 모습이 마치 악마의 의식을 주관하는 사제처럼 보였다. 그의 양옆에는 지부의 고위 간부들이 앉아 있었다. 그 가운데 잘생긴 얼굴에 잔인한 인상을 풍기는 테드 볼드윈의 모습도 보였다. 간부들은 목에 스카프를 두르거나 자신의 지위를 나타내는 메달을 달고 있었다.

그들 대다수는 어느 정도 나이가 있어 보였지만 나머지 일반 단원들은 18세에서 25세가량의 젊은이였다. 이 젊은이들은 상부에서 명령만 내리면 언제든지 수행할 수 있는 만반의 준비와 능력을 갖춘 유능한 단원들이었다. 나이 든 단원 가운데 사나운 무법자처럼 생긴 사람들도 있었다. 그러나 일반 단원들을 보면, 천진난만한 얼굴에 열성적인 젊은 단원들이 위험한 살인자 패거리에 섞여 있다는 것이 쉽사리 믿기지 않았다. 그 살인자들은 자신이 맡은 일을 능숙하게 해내는 것을 자랑스럽게 생각할 정도로 도덕성이라고는 전혀 찾아볼 수 없는 이들이었다. 그뿐만 아니라 자기들끼리 부르는 '깨끗한 청소'를 한 걸로 유명세를 탄 사람을 진심으로 존경하고 선망하기도 했다.

그들은 또한 자기들에게 해를 끼친 적이 없는 사람이나 얼굴 한 번 본 적 없는 사람이라도 자진해서 해치우는 것이 용감하고 정의로운 일이라고 생각할 정도로 비뚤어진 사고를 갖고 있었다. 범행을 저지른 뒤에도 서로 자기가 가장 치명적인 상해를 입혔다며 다툼을 벌이기도 했다. 그러고는 자기들에게 살해당한 사람이 고통에 울부짖고 괴로워하는 모습을 흉내 내며 낄낄거리기까지 했다.

처음에는 그들도 일을 처리하는 데 있어 비밀을 지켰다. 하지만 시간이 갈수록 자기들이 저지른 일을 아무렇지도 않게 여기저기 떠벌리고 다녔다. 여러 차례 법을 어기고 범죄를 저질렀지만 언제나 법망을 손쉽게 빠져나올 수 있었기 때문이다. 누구도 감히 자기들과 맞서 증인으로 나서려 하지 않은 반면, 언제든지 자기들에게 유리한 증언을 해주는 확실한 증인을 내세울 수 있었다. 그것만이 아니었다. 두둑한 주머니 덕분에 미국에서 가장 유능한 변호사를 선임할 수도 있었다. 이 때문에 10년이라는 긴 세월 동안 수많은 범죄를 저질렀건만 단 한 명도 유죄판결을 받지 않고 그냥 넘어갔다. 굳이 스코러즈를 위협하는 게 있다면 그것은 싸우다가 다치는 일이 전부일 것이다. 아무리 많은 수의 사람이 한꺼번에 급습하더라도 상대방이 죽을 각오를 하고 달려들 때는 경우에 따라 상처를 입기도 하기 때문이다. 실제로 그런 일이 종종 생기곤 했다.

맥머도는 이제 곧 시련을 겪게 될 거라는 말은 들었지만 그것이 정확히 무슨 의미인지 아무도 말해주지 않았다. 그는 엄숙한 표정을 한 형제 두 명에게 이끌려 바깥쪽에 있는 방으로 들어갔다. 커다란 널빤지 칸막이 너머로 회의실 안에 모인 사람들이 웅얼거리는 소리가 들려왔다. 한두 차례 자기 이름이 들리는 것을 보니 입단 자격을 놓고 의논하는 모양이었다. 조금 있다가 가슴에 초록색과 황금색 띠를 두른 친위대원이 들어왔다.

"밧줄로 묶고 눈을 가린 채 들여보내라는 보디마스터의 명령이다!"

잠시 후, 친위대원 세 명이 그의 코트를 벗기고 오른팔 셔츠를 말아 올리더니 마지막으로 팔꿈치 위로 밧줄을 감아 단단히 묶었다. 그러고 나서 두꺼운 검은색 천으로 된 두건을 머리에 뒤집어씌웠다. 맥머도는 아무것도 볼 수 없는 상태에서 회의실 안으로 끌려갔다.

두건을 쓰고 있으니 앞이 캄캄하고 숨이 막힐 지경이었다. 맥머도의 귀에 들리는 것은 주변 사람들이 낮게 웅성대는 소리와 뭔가 바스락거리는 잡음뿐이었다. 잠시 후, 맥긴티의 목소리가 들렸다. 머리에 씌운 두건 때문인지 그의 목소리가 희미하고 멀게 느껴졌다.

"잭 맥머도, 그대는 프리맨 단원이 맞는가?" 맥긴티가 물었다.

맥머도는 그렇다는 대답 대신 고개를 끄덕였다.

"시카고 제29지부가 맞나?"

맥머도는 다시 한 번 고개를 끄덕였다.

"어두운 밤은 불쾌하도다." 맥긴티가 말했다.

"그렇다. 낯선 자가 다니기에." 맥머도가 화답했다.

"먹구름이 잔뜩 덮여 있도다."

"그렇다. 폭풍우가 다가오고 있다."

"형제들이여, 모두 만족하는가?" 보디마스터가 물었다.

모두들 낮은 목소리로 그렇다고 답했다.

"형제여, 우리는 그대와 성공적으로 암호를 주고받은 것으로 그대를 우리의 형제로 받아들이기로 했다." 맥긴티가 말했다. "그 전에한 가지 알아둘 것이 있다. 이 지역에 있는 모든 지부에서는 우리들만의 특별한 의식을 치르고 있다. 자네는 이제 그 의식을 치러야 할것이다. 훌륭한 단원에게는 특별한 의무가 주어진다. 이제 그 시험을치를 준비가 되었나?"

"네, 준비됐습니다."

"용기는 있겠지?"

"물론입니다."

"그렇다면 당당히 앞으로 걸어 나와 보여주도록 해라."

말이 떨어지자마자 단단하고 뾰족한 것이 눈에 닿는 느낌이 들었다. 두 눈을 날카롭게 누르고 있는 느낌이 한 발자국만 더 앞으로 나갔다간 당장에라도 찔릴 것만 같았다. 하지만 그는 용기를 내어 단호하게 한 발자국 더 내디뎠다. 그러자 두 눈을 짓누르고 있던 뾰족한느낌이 이내 사라졌다. 주위에서 탄성을 지르는 사람들의 나지막한소리가 들렸다.

"용기 한번 대단하군." 맥긴티의 목소리가 들렸다. "고통을 참을 수 있겠나?"

"그 어떤 고통도 이겨낼 수 있습니다."

"시험하라!"

갑자기 그의 팔뚝에 참을 수 없는 아픔이 스며들었다. 맥머도가 할 수 있는 일이라고는 비명을 참기 위해 죽을힘을 다하는 것뿐이었다. 생각지도 못한 충격에 거의 정신을 잃을 것 같았지만, 그는 입술을 깨물고 주먹을 움켜쥐면서 자신의 고통을 남들에게 들키지 않으려 애썼다.

"이보다 더한 고통도 참을 수 있습니다."

맥머도의 말에 우레와 같은 박수 소리가 터져 나왔다. 지금까지 맥머도보다 더 강한 인상을 남긴 단원은 단 한 명도 없었다. 어느새

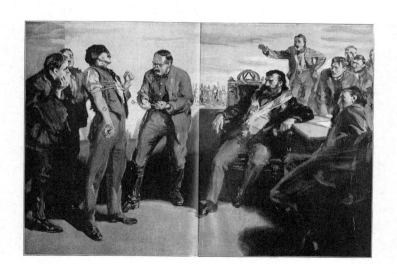

단원들이 몰려와 그의 등을 두드리고 머리에 씌운 두건도 벗겨주었다. 맥머도는 미소를 지어 보이며 사람들의 축하를 받았다.

"맥머도 형제, 마지막으로 한 마디만 더 하겠다. 이미 그대는 비밀을 엄수하고 충성을 맹세하는 서약을 했다. 하지만 그것을 어길 시에는 당장의 죽음을 면치 못할 것이다. 알겠나?" 맥긴티가 말했다.

"알겠습니다."

"당분간 어떤 상황에서도 보디마스터의 명령에 복종해야 한다는 것을 잊지 말도록."

"물론입니다."

"자, 이제 버미사 341지부의 이름으로 그대의 입단을 환영한다. 그대는 단원으로서의 특권과 회의 발언권을 얻게 되었다. 스캔런 형제, 어서 술을 준비하게. 훌륭한 새 단원을 맞아들이게 됐으니 다 함께 건배를 해야지."

누군가 맥머도에게 외투를 가져다주었다. 그는 외투를 걸치려다 말고 오른쪽 팔뚝을 살펴보았다. 아직까지 욱신거리는 팔뚝의 살갗에는 삼각형을 둘러싼 동그라미 낙인이 선명하게 찍혀 있었다. 철제 낙인이 남긴 흉터는 깊고 붉었다. 옆에 있던 다른 동료들이 셔츠를 걷어 올리고는 자기들의 팔뚝을 내밀어 보였다. 거기에도 그들만의 지부를 상징하는 낙인이 찍혀 있었다.

"우리 모두 다 한 번씩 겪어봤지. 그런데 자네처럼 대담하게 끝낸 사람은 한 명도 없었어." 누군가 말했다.

"쳇, 별것 아니던걸요." 말은 이렇게 했지만 화끈거리며 뼛속까지 욱신거리는 고통은 이루 말할 수가 없었다.

입단식이 끝나고 준비해두었던 술이 동나자, 지부 사업에 대한 논의가 시작되었다. 시카고에서 따분하리만치 단조로운 모임에만 참석했던 맥머도에게는 생각지도 못한 놀랄 만한 사안들이었다. 그는 하나라도 놓칠세라 열심히 귀를 기울였다.

"회의 진행 순서 중에서 첫 번째 안건은 머튼 주 249지부 보디마스터인 윈들이 보낸 편지 내용과 관련이 있다. 먼저 편지를 읽어보겠다.

친애하는 동지들,

이 지역 '레이와 스터매시'의 탄광주인 앤드루 레이를 처치해야 할 일이 생겼습니다. 지난가을 순찰 경관 문제로 우리 쪽 형제들이 그쪽에 도움을 주었던 것을 잘 기억하시리라 믿습니다. 이제 우리에게도 도움을 주셨으면 하는 바람입니다. 실력 있는 형제 두 명만 보내주십시오. 우리 지부의 회계 담당자 히긴스가 이쪽 책임자입니다. 주소는 이미 알고 계시리라 생각됩니다. 히긴스가 시간과 장소와 관련하여 행동 내용을 전해줄 것입니다.

— 프리맨 보디마스터 J. W. 윈들

이제껏 윈들은 우리의 부탁을 단 한 번도 거절한 적이 없다. 일이 있을 때마다 형제 한두 명을 보내줬으니 우리도 이번 부탁을 거절할 수 없다." 맥긴티는 잠시 말을 멈추고는 칙칙하고 사악한 눈길로 방 안을 둘러보았다. "누구 지원자 없나?"

젊은이들 가운데 몇 명이 손을 높이 들었다. 보디마스터는 흡족한 듯이 미소를 지으며 그들을 바라보았다.

"타이거 코맥, 좋아. 자네가 지난번처럼만 해준다면 문제없겠어. 그리고 윌슨, 자네도 잘 해낼 거야."

"그런데 저는 총이 없습니다." 이제 겨우 10대로 보이는 앳된 얼굴의 소년이 말했다.

"이런 일은 처음이지? 너도 언젠가는 피를 봐야 할 거야. 이번이 첫 경험으로 좋은 기회가 되겠지. 내가 알기로 총은 네 몫으로 벌써 준비되어 있을 거다. 월요일까지 저쪽에 도착하는 거라면 아직 시간은 충분하겠군. 돌아오면 너희들을 위해 성대한 환영식을 올려 주지."

"이번엔 어떤 보상도 없습니까?" 코맥이 물었다. 몸집이 떡 벌어지고 얼굴이 거무죽죽하여 험악한 인상을 하고 있는 이 젊은이는 불 같은 성미 때문에 '호랑이'라는 별명으로 통했다.

"보상 따위는 기대도 마라. 이번 일은 단지 우리 지부의 명예를 위해 하는 것이다. 일을 성공적으로 마치면 기껏해야 몇 달러 정도 손에 쥘 수 있을지 모르겠다."

"그자가 무슨 짓을 저질렀습니까?" 어린 윌슨이 물었다.

"무슨 짓을 했든 간에 너 따위 어린놈이 궁금해할 문제가 아니야! 저쪽에서 그놈을 해치우기로 결정했으니 더 이상 우리가 상관할 바가 아니지. 우리는 그저 저쪽에서 원하는 대로 해주기만 하면 돼. 그들이 우리에게 해주었듯이 말이야. 그러고 보니 다음 주에 머튼 지부에서 우리 일을 처리해주기 위해 형제 둘이 오기로 되어 있다."

"누가 오는데요?" 누군가 불쑥 물었다.

"잘 들어라. 그런 건 묻지 않는 게 좋다. 아는 게 없으면 나중에 증언할 것도 없고, 귀찮은 일도 생기지 않아 좋지. 어쨌든 일을 맡았다 하면 빈틈없이 처리해줄 사람이 오는 것만큼은 확실하다."

"때맞춰 잘 오는군!" 테드 볼드윈이 외쳤다. "이 지역 사람들이 점점 말을 듣지 않습니다. 지난주만 해도 우리 단원 중에 세 명이나 블레이커 감독관에게 해고를 당했어요. 그동안 너무 오래 참아왔습니다. 참는 데도 한계가 있지요. 놈이 대가를 단단히 치를 때가 됐습니다."

"어떻게 대가를 치른다는 겁니까?" 맥머도가 옆에 있는 단원에게 소곤대듯 물었다.

"총알을 퍼부어서 지옥으로 날려버리는 거지!"

그는 껄껄 웃으며 큰 소리로 대답했다. "어때, 우리 방식이 마음에 드나?"

죄인의 영혼을 타고난 맥머도는 이미 자기가 몸담고 있는 조직의 사악한 기운을 온몸으로 받아들인 듯했다. "끝내주는군." 맥머도가 말했다. "이곳은 피 끓는 젊은이들이 몸담기에 아주 그만이야."

맥머도의 말에 근처에 모여 있던 몇몇 단원이 크게 박수를 치며 환호했다.

"무슨 일이야?" 테이블 끝에 앉아 있던 검은 머리칼의 맥긴티가 소리쳤다.

"오늘 새로 들어온 이 형제가 우리 방식이 자기 입맛에 딱 맞는다고 하는데요!"

맥머도가 즉시 자리에서 일어섰다. "드릴 말씀이 있습니다. 존경하는 보디마스터님, 혹시 사람이 필요하다면 저를 선택해주십시오. 지부를 위해 일하는 것을 영광으로 생각하겠습니다."

이 말이 끝나자 여기저기서 환호가 들려왔다. 마치 지평선 위로 새로운 태양이 솟아오르는 것 같은 느낌이었다. 하지만 연장자들은 맥머도의 행보가 지나치게 빠르다는 생각에 우려를 나타냈다.

"내 생각에 맥머도 형제는 지부가 결정을 내릴 때까지 기다리도록 하는 게 좋을 것 같소이다." 맥긴티 옆에 앉아 있던 매 같은 얼굴에 희끗희끗한 턱수염을 기른 노인이 말했다. 그 노인은 보디마스터의 비서인 허러웨이였다.

"저도 그렇게 생각합니다. 여러분의 의사에 따르도록 하겠습니다." 맥머도가 말했다.

"자네에게도 때가 올 테니 기다리게, 맥머도 형제." 맥긴티가 말했다. "자네 의지를 이미 충분히 알고 있으니 이 지역에서 일을 잘 처리할 거라 믿네. 오늘 밤에 처리할 작은 문제가 있는데 자네만 좋다면 일단 한번 참석해보게."

"좀 더 가치 있는 일이 생길 때까지 기다리도록 하겠습니다."

"어쨌든 오늘 밤에 참석하도록 해. 이 지역에서 우리 위치가 어느 정도인지 단번에 알 수 있을 거야. 일단 그 일은 나중에 알려주도록 하지. 그건 그렇고……." 맥긴티는 회의 안건을 훑어보았다. "회의를 시작하기 전에 한두 가지 짚고 넘어갈 문제가 있다. 우선 재정 담당, 우리 은행 잔고가 얼마나 남아 있지? 짐 커너웨이 부인에게 연금을 지급해야겠어. 짐이 지부 일을 하다 죽었으니 그 부인이 경제적으로 어렵지 않도록 우리가 보살펴야 할 의무가 있다."

"짐은 지난달에 말리 크리크의 체스터 윌콕스를 없애려다 총에 맞아 죽었지." 맥머도의 옆 사람이 그에게 설명했다.

"아직까지 자금은 넉넉한 편입니다." 재정 담당이 앞의 장부를 살펴보며 말했다. "요즘에는 회사들이 돈을 잘 내고 있습니다. 막스 린더사는 간섭하지 않는 조건으로 500달러를 보내왔습니다. 워커 브러더스사가 100달러를 보내왔는데 제 선에서 그냥 돌려보냈습니다. 대신 500달러를 보내라고 했습니다. 수요일까지 아무 소식이 없으면 놈들의 권양기를 박살 내버릴 계획입니다. 작년에도 놈들이 말을 듣지 않아 파쇄기를 불태워버렸지요. 그 후 서부 지구 석탄 회사는 해마다 충실히 기부금을 내고 있습니다. 어쨌든 돈은 충분하니 필요한 곳이 있으면 말씀만 하십시오."

"아치 스윈던은 어떻게 되었소?" 한 형제가 물었다.

"그는 자기 사업체를 팔고 이곳을 떠났소. 그 늙은이가 우리에게 편지를 남겼더군요. 공갈단에게 협박을 받으며 탄광 주인 노릇을 하느니 차라리 뉴욕 길거리에서 청소부를 하더라도 자유롭게 사는 게 낫겠다고 합디다. 그 편지가 우리 손에 들어오기 전에 영감이 튀었으니 망정이지! 앞으로 이 계곡에는 코빼기도 들이밀지 못할 거요."

그때 탁자 끝 맥긴티 반대편에 앉아 있던 나이 지긋한 남자가 자리에서 일어났다. 말끔히 면도한 얼굴에 눈썹이 잘생기고 인상이 온화해 보였다. "재정 담당님, 그자의 재산을 누가 샀는지 물어봐도 될까요?" 그 남자가 물었다.

"스테이트 앤드 머튼 철도 회사가 사들였습니다."

"그렇다면 토드먼 광산과 리 광산은 누가 샀지요? 작년에 그런 식으로 시장에 나왔던 것으로 알고 있는데요."

"그 역시 같은 회사가 사들였어요, 모리스 형제."

"그러면 최근에 폐업한 맨선, 슈먼, 밴 데어, 애투드 같은 제철소들은 모두 어떻게 되었지요?"

"웨스트길머턴 광업회사에서 전부 사들였습니다."

"이게 다 무슨 관련이 있다는 건지 도무지 모르겠군, 모리스 형제." 의장이 말했다. "어차피 이 지역 회사를 다른 곳으로 옮겨 가는 것도 아닌데 말이야. 누가 사들였는지가 뭐가 그리 중요한 거요?"

"외람되지만 존경하는 보디마스터님, 이 문제는 우리에게 아주 중요합니다. 이런 일들이 지금까지 10년 동안 계속해서 반복되고 있습니다. 우리는 소규모 사업주들이 회사를 유지하지 못하게 몰아넣고 있는 중입니다. 그런데 그 결과가 어떻습니까? 그들이 떠난 자리에 철도 회사나 제너럴 제철소 같은 큰 회사들이 들어서지 않았습니까? 대부분 뉴욕이나 필라델피아와 같은 대도시에 본사를 두고 있는 거대 기업이라서 우리의 협박에는 눈 하나 깜짝하지 않습니다. 설령 우리가 지사장들을 없앤다 하더라도 본사에서 보낸 누군가가 대신 그 자리를 맡게 될 테지요. 결국 우리가 스스로 무덤을 파는 격이 되는 겁니다. 소규모 사업주들은 우리에게 절대로 해를 끼치지 못했지요. 돈도 없고 힘도 없으니까요. 너무 가혹할 정도로 쥐어짜지만 않는다면 우리 밑에서 그럭저럭 잘 견뎠습니다. 하지만 큰 기업들은 얘기가 다릅니다. 만약 우리와 이권 문제로 얽혀 있다는 것을 알게 되면, 어떤 고통과 비용도 감수하며 끝까지 우리를 추적해서 법정에 세우려 할 겁니다."

이 불길한 말에 갑자기 사방이 찬물을 끼얹은 것처럼 조용해졌다. 사람들의 표정은 금세 어두워졌고 서로서로 걱정스러운 눈길을 주고받았다. 이들은 지금까지 함께 지내오면서 누구로부터 보복을 당할 수도 있다는 생각을 한 번도 하지 못했다. 자신들의 막강한 세력을 철석같이 믿고 있었기 때문이다. 그런 그들에게 모리스의 말은 충격 그 자체였다. 가장 난폭한 단원이라도 이 말에 바짝 긴장할 정도였다.

"제가 하고 싶은 말은 이제부터라도 소규모 사업주들을 좀 살살 다루자는 것입니다." 모리스는 계속 말을 이어갔다. "그들이 모두 쫓겨나는 날 우리 조직도 끝장이라는 사실을 명심해야 합니다."

늘 그렇듯이 반갑지 않은 진실은 귀에 거슬리는 법이다. 모리스가 자기 자리로 돌아가자 여기저기서 성난 고함 소리가 들려왔다. 맥긴티는 잔뜩 인상을 찌푸린 채 자리에서 일어섰다.

"모리스 형제, 자네는 항상 비관적인 게 탈이야. 우리 지부의 단원들이 서로 힘을 모으는 한, 이 나라에서 그 어떤 놈도 우리를 건드릴 수 없을 거야. 이미 법정에서 여러 차례 증명된 일이 아닌가? 대기업들도 소규모 기업들처럼 우리와 싸우느니 돈으로 해결하는 편이 훨씬 쉽다는 것을 깨닫게 될 걸세. 자, 이제 형제들이여……."

맥긴티는 쓰고 있던 벨벳 모자와 숄을 벗으며 말했다.

"오늘 밤은 이것으로 마치겠다. 작은 일 하나가 남아 있기는 하지만 나중에 해산할 때 다시 말하겠다. 이제 남은 시간 동안 휴식을 취하면서 형제간의 친목을 도모하도록."

사람의 본성이란 참으로 이상하다. 이곳에 모인 대부분의 남자는 사람 죽이는 일을 밥 먹듯이 하는 이들이었다. 마땅한 이유나 원한도 없이 무조건 사람들을 죽였다. 한 집안의 가장들의 목숨을 끊임없이 앗아가면서, 남편과 아빠의 죽음에 흐느끼는 부인과 자식들을 보면서도 일말의 동정심이나 죄책감도 나타내지 않았다. 그런데 희한하게도 애절하고 감미로운 음악을 들으면 감동에 북받쳐 눈물을 흘리는 것이 아닌가. 맥머도는 기가 막힌 테너의 음성으로 노래를 부르곤 했다. 입단식이 있던 날 그는 〈메리, 나는 계단 위에 앉아 있다오〉와 〈앨런 강둑 위에서〉를 부르며 단원들의 마음을 단숨에 사로잡았다.

입단식이 열린 첫날 밤, 형제들 사이에서 맥머도의 인기는 하늘을 찌르는 듯했다. 벌써 맥머도가 곧 고위직으로 승진할 거라는 얘기가 공공연히 나돌 정도였다. 그러나 프리맨 단원으로 성공하기 위해서는 형제들과의 친목 외에도 별도의 자질을 갖추어야 했다. 그것이 무엇인지 그날 밤 맥머도는 자기 두 눈으로 똑똑히 확인할 수 있었다. 단원들이 위스키 여러 병이 동날 정도로 마셔대며 거나하게 취해 슬슬 술주정을 부릴 때가 되자 맥긴티가 다시 자리에서 일어섰다.

"형제들이여, 우리 구역에 손볼 사람이 하나 생겼다. 그자를 처리하는 것은 형제들의 몫이다. 그자는 바로 《헤럴드》의 제임스 스탱어 기자다. 그동안 그가 우리를 얼마나 비방해왔는가? 여러분 모두 잘 알고 있으리라 믿는다."

여기저기서 웅성거리는 소리가 새어 나왔다. 그중 몇몇 단원은 기분 나쁜 듯이 침을 뱉으며 욕설을 퍼붓기도 했다. 맥긴티는 조끼 주머니에서 신문지 조각 하나를 꺼내 들었다.

"「법과 질서」, 놈이 자기 기사에 붙인 제목이다. 읽어볼 테니 잘 들어라.

석탄과 철광 지대를 지배하는 공포
이 지역에 암살 사건이 처음으로 발생한 지 어느덧 12년이 흘렀다. 그 사건을 계기로 이 지역에 범죄 조직이 존재한다는 사실이 세상에 알려지게 되었다. 그날 이후로 그들의 악랄한 범죄행위는 끊이지 않고 계속되어 오늘날 문명사회에 치욕스러운 모습을 보이는 꼴이 되고 말았다. 과연 우리는 이런 결과를 보려고 유럽의 전제정치에서 벗어나 도망쳐 온 외부인들을 넓은 가슴으로 받아주었던 것일까? 그들은 그 은혜도 모르고 폭군이 되어 자기들에게 삶의 터전을 마련해준 이들의 머리 꼭대기에서 군림하며 자유를 짓밟고 공포를 조장하고 있다. 이들의 행태를 그대로 보고만 있어야 할 것인가? 자유의 상징인 성조기가 그런 억압의 땅에서 휘날린다는 것은 상상만으로도 족히 두려운 일이다. 굳이 밝히지 않아도 우리는 그들이 누군지 잘 알고 있다. 그 조직의 존재는 이미 널리 알려져 있다. 도대체 우리는 언제까지 참고만 있어야 하는가? 우리들이 영원히 살아갈…….

제길, 이런 쓰레기는 더 읽을 필요도 없어!"

보디마스터는 읽던 신문 조각을 테이블에 내팽개치며 버럭 소리를 질렀다. "잘 들었나? 놈이 우리에 대해 이렇게 지껄여놨다. 형제들에게 묻겠다. 놈에게 우리가 어떻게 대꾸해주면 좋겠는가?"

"죽여버립시다!" 불같이 화가 난 단원들이 고래고래 소리를 질렀다.

"저는 반대합니다." 멀끔한 얼굴의 모리스 형제가 끼어들었다. "형제들에게 한마디 하겠습니다. 그동안 우리는 이 계곡을 지나치리만치 혹독하게 관리해왔습니다. 만약 저들이 자기방어를 위해 함께 힘을 모으는 날에는 우리 조직도 무사하지 못할 수 있습니다. 제임스 스탱어는 힘없는 노인에 불과합니다. 그렇지만 이 지역 사람들에게 매우 존경받는 인사지요. 그의 신문은 이 지역을 기반으로 하는 대표적인 여론이기도 하고요. 만약 그가 살해라도 당하는 날에는 이 지역 사람들이 가만있지 않을 거예요. 결국 우리 조직은 붕괴되고 말 겁니다."

"이봐, 겁쟁이 형씨! 대관절 놈들이 우리를 어떻게 무너뜨릴 수 있다는 거야?" 맥긴티가 외쳤다. "경찰이라도 동원한다는 건가? 어디 한번 해보라고 해. 경찰들 반은 우리에게 돈을 받아 쓰고 있고, 나머지 반은 우리가 두려워 꽁무니를 빼는 놈들이니 말이야. 아니면 법원이나 재판으로 한번 해보겠다는 건가? 그렇다면 지금까지 해왔던 것처럼 얼마든지 상대해주지. 결과가 빤하다는 것을 몰라서 그런 말을 하는 건가?"

"린치라는 판사가 있습니다. 만에 하나 그가 재판을 맡게 되는 날에는……." 모리스가 말했다.

그러자 모두들 성난 목소리로 아우성을 쳤다.

"내가 손가락 하나만 까딱하면 모두 끝장이야!" 맥긴티가 소리 높여 말했다. "한 200명 정도 동원해서 이 시내를 모조리 쓸어버릴 수도 있다고!" 그러더니 갑자기 굵고 시커먼 눈썹을 무섭게 치켜뜨고는 목소리를 높였다. "이봐, 모리스 형제! 오래전부터 당신을 지켜보고 있었는데 말이야……. 당신은 용기라고는 손톱만큼도 없는 사람이더군. 게다가 시도 때도 없이 다른 사람들의 사기마저 꺾어놓고 말이지. 모리스 형제, 당신 이름이 회의 안건에 올라가는 날에는 재수없는 하루가 될 거라는 걸 명심하게. 사실 지금도 당신 이름을 올려야 하지 않을까 하고 고민하고 있는 중이거든."

모리스의 얼굴이 순식간에 창백해졌다. 마치 무릎에서 힘이 빠져나간 듯 그는 의자에 털썩 주저앉았고, 떨리는 손으로 술잔을 잡고는 한 모금 입에 대고 나서 입을 열었다.

"존경하는 보디마스터님, 그리고 지부의 형제 여러분. 여러분 모두에게 진심으로 사과드립니다. 제가 지나쳤다면 용서해주십시오. 모두들 아시겠지만 저는 충실한 단원입니다. 단지 우리 지부에 안 좋은 일이 닥칠까 봐 노파심에서 한 말입니다. 이제부터는 존경하는 보디마스터님의 의견을 충실히 따르겠습니다. 앞으로는 절대 귀에 거슬리는 말을 하지 않도록 하겠습니다."

모리스가 겸허하게 자신의 잘못을 인정하자 맥긴티는 찌푸린 인상을 펴며 말했다.

"좋아, 모리스 형제. 당신을 처벌하는 건 나로서도 안타까운 일이니 이것으로 끝내지. 하지만 내가 이 자리에 있는 한 우리 지부는 말이나 행동에 있어서 모든 단원이 일치단결하는 모습을 보여야 한다. 자, 형제들이여!"

단원들을 쭉 둘러보며 맥긴티가 말을 이었다.

"마지막으로 말하겠다. 스탱어를 죽이면 우리가 필요 이상으로 곤란을 겪게 될 수 있다. 신문 편집자들과 언론들이 단결해서 경찰과 군 병력까지 동원할 게 틀림없다. 그렇다고 놈을 그냥 내버려둘 수만은 없다. 적어도 따끔한 경고는 해주어야 할 것이다. 볼드윈 형제, 이 일을 맡아주겠나?"

"물론입니다!" 볼드윈은 기다렸다는 듯이 대답했다.

"몇 명이나 데리고 갈 생각인가?"

"대여섯 명이면 충분합니다. 그리고 현관에서 망볼 사람 두 명만 더 있으면 됩니다. 가워, 맨설, 스캔런, 그리고 윌러비 형제, 자네들이 함께 가주게."

"맥머도 형제도 함께 갈 거라고 말해두었으니 같이 가게." 맥긴티가 말했다.

맥머도를 바라보는 볼드윈의 눈길은 아직도 지난번 일을 잊지 못하고 있는 듯했다. "본인이 원한다면 그렇게 하겠습니다." 볼드윈은 냉랭한 목소리로 대답했다. "이제 인원은 이것으로 충분합니다. 서둘러 일에 착수해야 할 것 같습니다."

술에 취한 고함 소리가 여기저기서 터져 나왔고 흥에 겨운 노랫가락도 들렸다. 술집은 아직도 흥청거리는 손님들로 붐벼댔다. 대다수의 형제들은 여전히 술집에 남아 자리를 지키고 있었다. 술집에서 오늘 밤 일을 처리하기로 한 무리는 두셋씩 짝을 지어 흩어져서 남들의 눈에 띄지 않게 보도를 따라 걸어갔다. 살을 에는 추운 밤이었다. 별들이 반짝이는 차가운 밤하늘에 반달이 밝게 떠 있었다. 볼드윈 일당은 목적지에 다다르자 걸음을 멈추고 앞에 있는 높은 빌딩을 올려다보았다. 빛이 새어 나오는 창문 사이에 황금색 글씨로 '버미사 헤럴드'라고 쓰인 간판이 보였다. 건물 안에서 철컥거리며 인쇄기 돌아가는 소리가 들려왔다.

"이봐, 거기!" 볼드윈이 맥머도를 불렀다. "자네는 현관문 앞을 맡도록 해. 우리가 빠져나갈 때 방해가 되지 않도록 해야 해. 아서 윌러비와 함께 있도록. 나머지는 나를 따라와. 겁낼 것 없어. 우리가 지금 조합 술집에 있다고 알리바이를 대줄 사람이 열 명도 더 되니까."

자정이 가까운 시각이었다. 거리에는 술에 취해 휘청거리며 집으로 향하는 취객 한두 명이 있을 뿐 무척이나 한산했다. 볼드윈과 그 무리는 길을 건넜다. 그들은 신문사 건물 현관문을 활짝 열어젖히고 안으로 들어갔다. 맥머도와 아서 윌러비는 현관 앞에 남았고, 볼드윈과 나머지는 계단을 뛰어올라 2층으로 향했다. 조금 있다가 2층 방에서 살려달라는 비명 소리가 들렸다. 구둣발이 쿵쾅거리는 소리와 함께 의자 넘어지는 소리가 요란하게 울렸다. 얼마 지나지 않아 머리가 희끗희끗한 노인이 사무실 밖으로 정신없이 뛰쳐나왔다.

노인은 멀리 못 가서 다시 볼드윈 일당에게 붙잡히고 말았다. 쓰고 있던 안경이 맥머도의 발치에 툭 떨어졌다. 갑자기 쿵 하고 쓰러지는 소리와 함께 고통으로 신음하는 소리가 들렸다. 노인이 바닥에 얼굴을 처박고 쓰러지자 대여섯 명의 남자들이 몰려와 몽둥이로 온몸을 내리치기 시작했다. 노인은 온몸으로 몽둥이질을 받아내면서 기다랗고 여윈 팔다리를 꿈틀거렸다. 잠시 후 사내들은 사정없이 내

리치던 몽둥이질을 멈췄다. 하지만 볼드윈은 악마 같은 미소를 지으며 잔인한 표정으로 계속해서 노인의 머리를 내리쳤다. 노인은 필사적으로 머리를 감싸며 막으려 해보았지만 아무 소용이 없었다. 그의 희끗희끗한 머리칼이 붉은 피로 물들기 시작했다. 볼드윈은 노인을 내려다보며 빈틈이 보이기라도 하면 여지없이 철썩철썩 내리쳤다. 맥머도가 계단을 뛰어 올라가 볼드윈을 뒤로 밀쳐냈다.

"그만해! 그러다 사람 죽겠어!" 맥머도가 소리쳤다. 볼드윈은 당황한 얼굴로 맥머도를 보았다. "저리 꺼져!" 볼드윈이 외쳤다. "네까짓 게 뭔데 감히 끼어들어…… 풋내기 주제에. 저리 물러서지 못해!" 볼드윈은 들고 있던 몽둥이를 높이 쳐들었다. 그때 맥머도가 바지 뒷주머니에서 권총을 재빨리 빼 들었다.

"물러서!" 맥머도가 소리 질렀다. "내 몸에 손끝 하나 대지 마. 안 그러면 네놈 머리를 박살 내버릴 테다. 보디마스터가 이 노인 목숨은 살려놓으라고 하지 않았던가? 그런데 넌 지금 저자를 죽이려 하고 있잖아!"

"맥머도의 말이 맞아." 무리 중에서 누군가 말했다.

"젠장! 어서 서둘러!" 누군가 밑에서 소리쳤다. "집집마다 창문에 불이 켜지기 시작했어. 몇 분 안에 사람들이 몰려들 거라고!"

정말로 거리에서 사람들의 고함 소리가 들렸고, 아래층 홀에서는 조판공과 식자공들이 잔뜩 긴장한 채 한바탕 싸울 태세를 갖추고 있었다. 볼드윈 일당은 축 늘어져 꼼짝도 못하는 편집장을 계단 위쪽에 버려둔 채 황급히 계단을 내려가 정신없이 거리로 내달렸다. 그중 몇 명이 조합 건물에 도착하자마자 맥긴티의 술집에 들어가 그에게 임무를 성공적으로 마쳤다고 보고했다. 맥머도와 다른 이들은 달아나다가 샛길로 접어들어 일부러 멀리 빙 돌아서 각자의 집으로 돌아갔다.

The Valley of Fear

제4장 공포의 계곡

다음 날 아침 맥머도는 눈을 뜨자마자 어제 입단식 때의 일을 떠올렸다. 술 때문에 머리가 지끈거리고 낙인이 찍힌 팔은 아직까지 욱신거리며 부어올라 있었다. 그는 자기만의 수입원이 있었으므로 일터에 나가지 않는 경우가 잦았다. 이날 아침에도 맥머도는 늦은 아침 식사를 마치고 친구에게 긴 편지를 쓰며 집에서 시간을 보냈다. 그러고 나서 《데일리 헤럴드》를 읽었다. 마감 직전에 급하게 실은 듯한 특집 기사에 다음과 같은 내용이 실렸다.

　　헤럴드 신문사 괴한에 피습
　　편집장 중상

　　기자보다도 맥머도에게 더 익숙한 사건을 간략하게 설명해놓은 기사는 다음과 같은 문단으로 끝을 맺었다.

　　이제 사건은 경찰의 손에 달려 있다. 그러나 지금까지 경찰의 행태로 보아 어떤 결과를 기대할 수 있는지 의문이다. 범인들 가운데 일부는 신원이 밝혀져 구속되어 유죄판결을 받을 것으로 보인다. 괴한들이 속한 조직의 정체는 따로 설명할 필요가 없을 정도로 오랫동안 이 지역을 탄압해온 극악무도한 조직이다. 본지는 그동안 이 조직과 비타협적인 태도를 취해왔다. 어제의 난동으로 본지의 스탱어 편집장이 무참하게 구타를 당했다. 머리에 심각한 부상을 입었으나 다행히 생명에는 지장이 없다.

이 기사 밑에는 광산 경찰대가 윈체스터 소총으로 무장하고 신문사를 철저히 경비하고 있다는 내용이 더해졌다.

맥머도는 읽던 신문을 내려놓고 파이프 담배에 불을 붙였다. 간밤에 지나치게 술을 많이 마신 탓인지 손이 덜덜 떨렸다. 그때 밖에서 문 두드리는 소리가 들렸다. 하숙집 아주머니가 어떤 청년이 가지고 왔다면서 편지 한 통을 건네주었다. 편지에는 보낸 사람의 서명도 없이 다음과 같은 내용이 적혀 있었다.

당신에게 급한 용건이 있습니다. 지금 얘기를 나누고 싶지만 그곳 하숙집은 피하고 싶습니다. 밀러 힐의 국기 게양대 옆에서 기다리고 있겠습니다. 당신과 나에게 중대한 안건이 될 것으로 믿습니다. 지금 그곳으로 나와주시기 바랍니다.

맥머도는 당황스러운 마음에 편지를 두 번이나 읽었다. 도대체 누가 이런 편지를 보낸 것인지, 편지 내용이 무엇을 뜻하는지 종잡을 수가 없었다. 여자의 필체였다면 지금껏 많은 경험으로 미루어 사랑의 시작을 알리는 신호가 틀림없겠지만 이 편지는 남자의 필체가 분명했다. 게다가 교양 있는 사람의 어투였다. 순간 망설여졌지만 맥머도는 이내 직접 가서 무슨 일인지 알아봐야겠다고 생각했다.

읍내 한가운데에 위치한 밀러 힐은 관리가 제대로 되지 않은 공원이었다. 여름이면 사람들이 많이 찾아들지만 겨울에는 인적을 찾아보기 힘들 만큼 황량하기 이를 데 없는 곳이었다. 언덕 꼭대기에서 아래를 내려다보니 멀리 지저분하고 초라한 읍내 전경이 한눈에 들어왔다. 한쪽으로는 구불구불한 계곡 양옆으로 산맥이 이어져 있었다. 산꼭대기는 새하얀 눈이 두텁게 쌓였지만 그 밑으로는 나무들이 빽빽이 우거져 있었다. 계곡 아래로 여기저기 산재해 있는 수많은 광산과 공장들은 주변에 쌓인 하얀 눈을 시커멓게 물들이고 있었다.

맥머도는 상록수가 줄지어 늘어선 구불구불한 길을 지나 썰렁한 음식점 쪽으로 다가갔다. 여름에만 영업을 하는 곳이라 음식점 안에는 아무도 없는 것 같았다. 음식점 바로 옆으로 깃발이 없는 게양대가 보였다. 그 아래 외투 깃을 바짝 세우고 모자를 푹 눌러쓴 남자가 서 있었다. 남자는 얼굴을 돌리고 맥머도를 바라보았다. 그는 전날 밤 보디마스터 맥긴티의 노여움을 샀던 모리스 형제였다. 두 사람은 우선 조직의 암호를 주고받으며 서로를 확인했다.

"맥머도 형제, 전부터 얘기 좀 하고 싶었소." 나이 든 모리스가 주

춤대는 것을 보니 뭔가 난처한 상황에 놓인 게 틀림없었다. "이렇게 나와줘서 고맙소."

"왜 편지에 이름을 밝히지 않았지요?"

"항상 조심해야지. 특히 요즘 같은 때 무슨 일로 보복을 당하게 될지 모를 일이니까. 게다가 누구를 믿고 누구를 믿지 말아야 할지 도무지 종잡을 수가 없기도 하고."

"지부의 형제들은 당연히 서로 믿어야지요."

"아니, 아니야. 꼭 그렇지만은 않다네." 모리스가 단호하게 말했다. "우리가 어떤 말을 하고 어떤 생각을 하는지, 어떻게든 맥긴티의 귀로 흘러 들어가는 것을 보면 말이야."

"이보세요!" 맥머도가 눈을 부릅뜨며 소리쳤다. "당신도 아시겠지만, 제가 보디마스터에게 충성을 맹세한 게 바로 어젯밤 일입니다. 그런데 오늘 저보고 그 맹세를 저버리라는 말입니까?"

"자네가 그렇게 나온다면 나도 할 말이 없네. 수고스럽게 여기까지 나오라고 해서 미안하군. 자유 시민이 자기 생각도 마음대로 털어놓을 수 없게 됐으니, 세상 참 큰일이군."

모리스가 이렇게 나오는 통에 맥머도는 흥분한 목소리를 못내 누그러뜨릴 수밖에 없었다.

"물론 제 입장에서 한 말입니다. 이 지부는 처음이라서 이곳 상황이 어떻게 돌아가는지 아직 잘 모릅니다. 아직 제가 뭐라고 할 입장이 아닌 것 같습니다. 하지만 모리스 씨, 제게 특별히 하실 말씀이 있다면 얼마든지 들어드릴 수 있습니다."

"그러고는 보디마스터에게 모두 일러바치려는 것인가?" 모리스가 씁쓸한 표정으로 물었다.

"정말이지 말도 안 되는 말씀을 하시는군요." 맥머도가 소리쳤다. "저는 프리맨의 충실한 단원으로 있는 그대로 말씀드린 것뿐이에요. 그렇다 하더라도 당신이 털어놓은 비밀을 맥긴티에게 일러바치기나 하는 그런 파렴치한은 아닙니다. 어쨌든 비밀을 지키겠다고 약속은 할 수 있지만, 제게 도움이나 동정 따위는 구하지 않는 게 좋을 겁니다."

"그런 건 꿈에도 생각해본 적이 없다네." 모리스가 말했다. "내가 지금부터 하는 얘기 때문에 내 목숨이 자네 손에 달리게 될지도 모르지. 이제 곧 자네도 다른 이들처럼 악질로 변해가겠지만, 아무리 나쁜 사람이라도 자네는 이제 막 조직에 들어온 데다 아직까지는 양심이 살아 있을 거라는 생각이 들더군. 그래서 자네에게 의논해야겠다고 마음먹게 된 걸세."

"그렇다면 대체 하실 말씀이 뭡니까?"

"비밀을 누설하는 날에는 저주를 받게 될 줄 알아!"

"약속했잖아요."

"먼저 한 가지 묻겠네. 시카고에서 프리맨에 가입해 자비와 충성을 맹세할 때 그것이 범죄의 세계로 들어서는 길이라는 생각은 들지 않던가?"

"그걸 범죄라고 본다면……." 맥머도가 대답했다.

"범죄가 아니면 대체 뭐란 말인가!" 모리스는 노여움에 목소리가 부르르 떨렸다. "자네가 아는 게 별로 없는 모양이군. 아직까지 그런 짓이 죄를 짓는 일이라고 생각지 못하다니. 어젯밤 일도 그래. 자네 아버지뻘 되는 노인을 몽둥이로 두들겨 패서 백발이 피투성이가 되는 것을 보고도 그게 죄가 아니란 말인가? 죄가 아니라면 뭐란 말인가?"

"전쟁이라고 말하는 사람도 있겠지요. 두 계급 간의 전쟁 말입니다. 그래서 서로가 온 힘을 다해 상대를 공격하는 것이지요." 맥머도가 대답했다.

"그렇다면 시카고에서 프리맨에 가입할 당시 그런 일이 있을 거라고 생각해본 적 있나?"

"아니요, 그런 생각을 해본 적은 없습니다."

"나도 그랬다네. 나는 필라델피아에서 프리맨에 처음 가입했지. 그때는 단순한 공제조합이나 친목 장소 정도로만 생각했어. 그때 처음으로 이곳 이야기를 들었네. 이곳 이름을 듣지 말았어야 했는데! 더 잘살아보겠다고 여기로 오다니! 아내와 자식 셋을 데리고 이곳에 와서는 마켓 광장에서 옷감 가게를 시작했는데 처음엔 장사가 꽤 잘되는 편이었지. 그러다 어느새 내가 프리맨 단원이라는 소문이 퍼지는 바람에 어쩔 수 없이 이곳 지부에 들어가게 되었어. 어젯밤 자네처럼 말일세. 내 팔뚝에 치욕스러운 표식을 찍게 되었지만 내 마음은 그보다 더한 수치심으로 물들었지. 결국 범죄 조직에 걸려들어 그때부터 악당의 명령을 받으며 사는 악의 하수인이 된 셈이니 말이야. 하지만 달리 어쩌겠나? 어젯밤에도 보았겠지만 내가 조직을 위해 제안하는 모든 말들 때문에 나는 그동안 배신자 취급을 당해왔다네. 나는 다른 곳으로 도망갈 수도 없는 신세야. 내가 가진 재산이라고는 달랑 이 가게가 전부거든. 조직을 떠나면 나 역시 죽은 목숨이나 다름없게 된다는 것을 잘 알고 있다네. 그렇다면 아내와 아이들은 또 무슨 일을 당할지 불을 보듯 뻔한 일이지. 세상에, 끔찍해, 정말 끔찍해!"

모리스는 말이 끝나기도 전에 두 손으로 얼굴을 가리며 울음을 참지 못하고 온몸을 들썩거렸다.

맥머도는 어찌할 바를 모르고 어깨만 으쓱했다. "아무래도 이런 조직에 있기엔 모리스 형제의 마음이 너무 여린 것 같네요. 이런 일과는 어울리지 않아요."

"나는 양심뿐만 아니라 종교도 가지고 있는 사람이었다네. 그런 나를 자기들처럼 범죄자로 만들어버렸어. 결국 내게도 임무가 주어졌다네. 그런데 그 일을 거절했다가는 무슨 봉변을 당하게 될지 불을 보듯 뻔했기 때문에 거절할 수가 없었지. 어쩌면 이런 내가 비겁한 사람인지도 몰라. 아내와 아이들 때문에 그들과 한패가 되었으니 말이야. 어쨌든 임무에 가담했는데 그 일은 평생 나를 따라다니며 괴롭힐 것 같아.

우리가 갔던 곳은 여기서 30킬로미터 떨어진 외딴집이었어. 내가 맡은 일은 어젯밤 자네처럼 문을 지키는 일이었네. 내가 미덥지 못했던지 그 일을 맡기더군. 나를 뺀 나머지 사람들은 집 안으로 들어갔어. 얼마 있으니까 모두들 손목까지 시뻘겋게 피로 물들어 나오는 거야. 우리가 그곳을 떠나려는데 갑자기 집 안에서 어린아이가 울부짖는 소리가 들려오더군. 다섯 살 난 남자아이가 아버지가 살해당하는 것을 보았던 거야. 나는 너무나 끔찍하고 무서워서 기절할 것만 같았지. 나머지 다른 사람들은 아무 일도 아니라는 듯 얼굴에 미소까지 지어 보이더군. 하지만 나는 아무 내색도 하지 않았지. 그렇게라도 하지 않았다면 손에 피를 묻힌 놈들이 다음엔 우리 집에 찾아와 똑같은 짓을 하고 말겠지. 그러면 이번엔 내 아들 프레드가 자기 아빠의 죽음을 보며 울부짖을 테고.

아무튼 그 일로 나는 범죄자나 다름없는 인간이 되었어. 살인에 가담한 것이나 마찬가지니까. 이 세상에서도 죄인이고 저세상에서도 영원히 구원받을 수 없는 죄인이 되었네. 나는 독실한 천주교 신자였지. 그런데 신부님은 내가 한때 스코러즈였다는 사실을 알고부터 나에게 말도 하지 않으시려 한다네. 나는 지금 천주교에서 파문당한 상태가 되었어. 어쩌다 내 처지가 이렇게 되어버렸는지. 그런데 보아하니 자네가 나와 같은 길을 걷고 있는 것 같아 안타까운 생각이 들더군. 이 길의 끝이 어떨 것 같은가? 자네도 냉혹한 살인마가 되려는 것은 아니겠지? 그게 아니라면 우리가 함께 이들을 막을 수는 없는 걸까?"

"뭘 어쩌시려고요?" 맥머도가 다짜고짜 물었다. "경찰에 신고라도 하겠다는 겁니까?"

"큰일 날 소리! 물론 이런 생각을 하는 것만으로도 내 목숨이 위태로워질 수 있다는 것을 잘 알고 있어."

"좋아요. 당신은 약해빠진 데다가 별것 아닌 문제를 지나치게 심각하게 받아들이는 것 같군요."

"지나치다니! 자네가 아직 그 세계에서 덜 살았군. 저 아래 계곡을 내려다봐! 수백 개의 굴뚝에서 뿜어져 나오는 연기가 온 계곡을 뒤덮고 있지 않나! 그런데 저것보다 더 끔찍한 건 자욱이 덮여 있는 살인의 구름이야. 사람들 머리 위로 더 가까이, 더 짙게 드리워진 죽음의 구름 말일세. 저것은 그야말로 공포의 계곡이지, 죽음의 계곡이란 말이야! 사람들은 해가 뜰 때부터 해가 질 때까지 한시도 두려움에서 벗어나지 못하고 있어. 두고 보게, 젊은이. 자네도 머지않아 알게 될 테니까."

"글쎄요, 좀 더 겪어보고 나서 그때 말씀드리지요." 맥머도는 건성으로 대꾸했다. "아무튼 모리스 당신은 이곳 체질이 아닌 게 분명해요. 하루빨리 가게를 정리하세요. 단돈 한 푼밖에 못 건지더라도 그 편이 당신을 위해 훨씬 현명한 방법이라는 생각이 드는군요. 지금까지 저한테 얘기한 것은 비밀로 할게요. 그런데 만약 당신이 밀고자라면……."

"말도 안 되는 소리 말게!" 모리스는 맥없이 손을 내저었다.

"그렇다면 이쯤 해서 그만 얘기하지요. 해주신 말씀은 잘 기억해둘게요. 언제 다시 그 같은 얘기를 꺼내게 될지도 모르죠. 저에게 호의로 이런 얘기를 해주셨으리라 생각합니다. 이제 가봐야겠습니다."

"가기 전에 한 마디만 더 하고 싶네. 우리가 함께 있는 것을 누군가 봤을지도 몰라. 그럴 경우 분명히 우리가 무슨 대화를 했는지 캐

물을 거야."

"아, 그럴 수 있겠군요."

"내가 자네에게 우리 가게 점원 자리를 제안했다고 해두면 좋을 것 같군."

"그리고 제가 거절한 걸로 하죠. 그게 우리가 만났던 이유라고 하면 되겠네요. 자, 몸조심하세요, 모리스 형제. 앞으로 원하는 대로 일이 풀리길 바랍니다."

그날 오후, 맥머도는 거실 난로 옆에 앉아서 담배를 피우며 깊은 생각에 잠겼다. 갑자기 문이 활짝 열리더니 거대한 몸집의 맥긴티가 들어섰다. 그는 암호를 대고 나서 맥머도의 맞은편에 자리 잡고 앉았다. 그러고는 한참 동안 한 마디도 하지 않고 맥머도의 얼굴만 뚫어져라 쳐다보았다. 맥머도 역시 맥긴티의 시선을 피하지 않고 그를 똑바로 응시했다.

"맥머도 형제, 다른 사람을 내가 직접 찾아다니는 것은 아주 드문 일이지." 마침내 맥긴티가 입을 열었다. "나를 찾아오는 사람들을 만나는 일만으로도 정신없이 바쁘거든. 그런데 오늘은 특별히 자네를 만나러 일부러 이렇게 찾아왔네."

"이곳까지 와주시다니 고맙습니다, 의원님." 맥머도는 가슴이 벅찬 듯 대답했다. 그러고는 선반에서 위스키 한 병을 꺼내 왔다. "생각지도 못했는데 찾아주시니 정말 영광입니다."

"팔은 좀 어떤가?" 맥긴티가 물었다.

맥머도는 아직 통증이 있다는 듯 얼굴을 찡그려 보였다. "통증이 계속되긴 하지만 가치 있는 일이니 괜찮습니다." 맥머도가 대답했다.

"아무렴, 가치 있는 일이고말고. 이렇게 자기의 충성을 맹세한 사람들이야말로 우리 조직에 도움이 되는 이들이야. 그런데 오늘 아침에 밀러 힐에서 모리스와 무슨 얘기를 나눴지?"

갑작스러운 질문에 맥머도는 흠칫 놀랐다. 하지만 미리 대답을 준비해둔 덕분에 껄껄 웃으며 태연하게 대답할 수 있었다.

"글쎄, 모리스 형제는 제가 집에서도 돈을 벌고 있다는 사실을 몰랐나 봐요. 물론 알 필요도 없지만요. 저 같은 사람을 상대하기엔 지나치게 양심적인 사람이니 말입니다. 아무튼 마음씨 착한 노인네라는 것만큼은 알겠더라구요. 제가 할 일 없이 노는 줄 알고 자기 가게에서 점원 일을 해보지 않겠느냐고 묻더군요."

"그랬어?"

"네."

"그래서, 거절했나?"

"당연하지요. 제 방에서 네 시간만 일하면 열 배나 되는 돈을 벌수 있는데 제가 왜 그깟 가게 점원으로 일하겠어요?"

"그건 그렇군. 그런데 모리스와 너무 가깝게 지내지는 말게."

"그건 왜죠?"

"내가 하지 말라고 하면 하지 마! 여기선 내 말 한 마디면 다른 이유가 따로 필요 없어."

"남들은 그럴지 몰라도 저는 다릅니다, 의원님." 맥머도가 당차게 대꾸했다. "사람을 잘 판단할 줄 아시는 분이라면 그 정도는 짐작하셨으리라 믿습니다."

가무잡잡한 피부에 거대한 몸집의 맥긴티는 맥머도를 무섭게 쏘
아보았다. 순간 털이 시커멓게 난 큰 손으로 술잔을 움켜쥐고는 상대
방의 머리를 향해 던질 듯하더니 이내 껄껄 웃기 시작했다. 그는 사
방이 떠나갈 듯 마음에도 없는 웃음을 큰 소리로 터트리고 있었다.

"정말이지 자넨 진정한 별종이야. 이유를 알고 싶다면 알려주지.
혹시 모리스가 우리 조직에 반하는 말은 하지 않던가?"

"안 했습니다."

"나에 대해서도?"

"네."

"그렇다면 그 노인네가 아직까지 자네를 믿지 못하는 모양이군.
모리스는 알고 보면 우리 조직에 충성하는 마음이 전혀 없어. 우리
모두 잘 알고 있는 사실이지. 그래서 계속 감시 중이야. 때가 되면 본
때를 보여줄 생각이거든. 그 때가 그리 멀지 않은 것 같아. 그렇게 약
해빠진 인간을 우리 조직에 그냥 내버려둘 수 없어. 그런데 자네가
그런 자와 함께 어울린다면 자네도 같은 취급을 당할 수밖에 없지.
알겠나?"

"모리스 형제와 어울릴 일은 없을 겁니다. 사실 그 노인이 마음에
들지 않거든요." 맥머도가 대답했다. "의원님이 아닌 다른 사람이 제
충성심에 대해서 이러쿵저러쿵하는 소리를 했다면 다시는 그런 말
을 입에 올리지 못하도록 벌써 손을 봐줬을 겁니다."

"좋아, 그럼 됐어." 맥긴티가 말하며 술을 들이켰다. "더 늦기 전

에 충고해주고 싶어서 온 거야. 그뿐이네."

"그런데 제가 모리스 형제를 만났다는 건 어떻게 아셨습니까?"

맥긴티가 껄껄 웃으며 말했다. "이곳에서 무슨 일이 일어나고 있는지 모두 꿰뚫고 있는 게 내가 할 일이야. 이곳에서 벌어지는 일은 전부 내 귀에 들어온다고 생각하면 될 거야. 아니, 시간이 벌써 이렇게 됐군. 그럼……."

맥긴티가 자리를 뜨려고 일어날 때였다. 갑자기 문이 활짝 열리더니 경찰 모자를 쓴 남자 세 명이 잔뜩 인상을 쓰면서 험악한 얼굴을 하고 방 안으로 들이닥쳤다. 맥머도는 자리에서 벌떡 일어나 주머니에서 권총을 빼 들려 했지만 이미 두 명의 경찰이 원체스터 소총을 머리에 겨누는 바람에 하는 수 없이 멈추고 말았다. 그 뒤로 제복을 입은 경찰 하나가 6연발 권총을 들고 방 안으로 들어섰다.

한때 시카고에서 근무하다 지금은 광산 경찰대에 소속되어 있는 마빈 경위였다. 맥머도의 얼굴을 보더니 금세 입가에 쓴웃음을 지으며 고개를 가로저었다.

"네놈이 언젠가는 사고 칠 줄 알았다, 이 시카고 악당! 그 버릇이 어디 가겠어? 옷 입고 따라와!"

"반드시 대가를 치르게 해줄 테니 기다리고 있으라고, 마빈 경위." 맥긴티가 소리쳤다. "대체 당신이 뭐기에 이런 식으로 남의 집에 함부로 들어와서 정직하고 선량한 시민을 괴롭히는 건가?"

"맥긴티 의원님, 당신은 이 일에서 빠지십시오. 우리가 체포하러 온 사람은 의원님이 아니라 맥머도니까요. 경찰의 업무를 돕지는 못

할망정 방해하려는 건 아니겠지요?" 마빈 경위는 빈정대듯 말했다.

"이 사람은 내 동료니, 그가 한 일에 대해서는 내가 책임지겠다." 맥긴티가 대답했다.

"맥긴티 의원님, 조만간 의원님 문제만으로도 책임지실 일이 많아질 텐데요." 경위가 말했다. "맥머도 이자는 이곳에 오기 전부터 범죄자였습니다. 물론 지금도 범죄자지만요. 경관, 내가 이자의 몸수색을 하는 동안 총을 겨누고 있도록."

"여기 내 권총이오." 맥머도는 권총을 내밀며 침착하게 말했다. "당신과 나, 이렇게 둘만 있었더라도 나를 쉽게 체포하지는 못했을 거요."

"그런데 영장은 가져왔나?" 맥긴티가 물었다. "세상에, 당신 같은 사람이 경찰이라니, 버미사가 러시아와 다를 게 뭐가 있어? 이게 바로 자본주의자들에 대한 횡포가 아니고 뭐야? 가만두지 않을 테니 두고 보시지."

"의원님, 의원님 본분이나 잘 지키시지요. 우리 일은 우리가 알아서 할 테니까요."

"무슨 죄로 나를 체포하는 거요?" 맥머도가 물었다.

《헤럴드》의 편집장 스탱어 씨 구타 사건과 연루된 혐의다. 살인 사건으로 기소된 게 아닌 걸 다행으로 여기시지."

"그 문제라면 그냥 여기서 맥머도 씨를 놔주는 게 좋을 걸세. 이 사람은 그날 밤 나와 자정까지 술집에서 포커를 했거든. 증언해줄 사람을 대라면 열 명도 더 데려올 수 있다고."

"알아서 하시지요. 내일 법정에서 밝히면 될 일 아닙니까? 맥머도! 그때까지 머리에 구멍 뚫리고 싶지 않다면 조용히 따라오는 게 좋을걸. 그리고 맥긴티 씨는 물러서세요. 경고컨대, 공무 집행 방해는 절대 용납할 수 없습니다."

경위의 태도가 완강했기 때문에 맥머도와 맥긴티는 그의 말을 따를 수밖에 없었다. 맥긴티가 헤어지기 전에 맥머도에게 간신히 몇 마디 속삭였다.

"그건 어떡하지?" 맥긴티는 엄지손가락으로 위쪽을 가리키며 위조지폐 제조기를 궁금해했다.

"걱정 마세요." 맥머도가 속삭이며 대답했다. 맥머도는 이미 마룻바닥 밑에다 물건을 안전하게 숨겨두었다.

"몸조심하게." 맥긴티가 손을 들어 작별 인사를 했다. "라일리 변호사를 만나 이 사건의 변호를 맡기겠네. 내 말만 믿고 있게. 저들은 자네를 붙잡아둘 수 없어."

"그런 장담은 하지 않는 게 좋을 겁니다. 자네 두 사람, 이자를 감시하도록. 허튼짓하면 즉각 사살해버려. 나는 집을 좀 수색해봐야겠어."

마빈 경위는 집 안 구석구석을 샅샅이 뒤졌으나 화폐 제조기를 숨겨놓은 흔적을 전혀 찾지 못했다. 경위는 별다른 소득 없이 부하들과 함께 맥머도를 끌고 경찰서로 돌아왔다. 사방에 어둠이 내리고 겨울 바람이 매섭게 휘몰아쳐 거리는 텅 비어 있었다. 그때 거리를 어슬렁거리며 지나던 행인들이 자기들의 얼굴이 보이지 않는 기회를 틈타 경찰들에게 끌려가는 맥머도에게 욕설을 퍼부었다.

"저주받을 스코러즈! 교수형에 처해라!"

그들은 맥머도가 경찰서로 들어가는 것을 보고 깔깔대고 웃으며 그에게 야유를 퍼부었다. 담당 경위는 맥머도에게 형식적인 질문을 하고 나서 곧바로 유치장에 가두었다. 그곳에는 볼드윈을 비롯해 전날 밤 범죄에 가담했던 다른 세 명이 갇혀 있었다. 하나같이 그날 오후에 잡혀 들어가 다음 날 아침에 있을 재판을 기다리는 중이었다.

그런데 프리맨의 위세가 얼마나 대단했던지, 법의 요새 안에도 그들의 손길이 뻗치고 있었다. 한밤중에 간수 한 명이 깔개로 쓸 짚 더미를 가져다준 것이다. 게다가 그 속에 위스키 두 병과 술잔 몇 개 그리고 카드 한 벌도 함께 넣어주었다. 맥머도와 나머지 일당들은 재판에 대해서는 아무 걱정 없이 즐거운 밤을 보낼 수 있었다.

다음 날, 피고인들의 범죄 가담 사실에 대한 증거가 불충분하다는 이유로 사건은 기각되었다. 특히 치안판사는 증거가 부족하다는 이유로 상급법원에 항소할 수 없다는 판결까지 내렸다. 먼저 식자공과 인쇄공들은 피고인들이 범인이 확실하다고 주장하면서도, 당시 불빛이 밝지 않고 자기들도 극도로 불안에 떨고 있었던 터라 범인의 얼굴을 정확히 가려낼 수가 없다고 진술했다. 더군다나 맥긴티가 선임한 변호사가 노련한 솜씨로 반대신문에 나서자 그들의 증언은 종잡을 수 없을 정도로 갈팡질팡했다.

증인으로 나온 편집장은 너무나 갑작스럽게 습격당했기 때문에 맨 처음 자기를 공격한 사람의 얼굴에 턱수염이 있었다는 사실 외에는 아무것도 기억하지 못한다고 증언했다. 하지만 그는 자신을 습격한 사람이 스코러즈 단원인 것만큼은 확실하다고 주장했다. 왜냐하면 그 지역에서 자기에게 원한을 품을 자는 그들뿐이라는 판단 때문이었다. 그가 프리맨에 관한 사설을 실은 이후로 그들에게 오랫동안 협박당한 사실에 대해서도 언급했다.

한편 맥긴티 의원을 포함해 여섯 명의 시민은 피고들이 사건이 일어난 시각보다 한참 늦은 시간까지 술집에서 포커를 쳤다고 증언했다.

맥머도와 그 일당들은 두말할 필요도 없이 그 자리에서 석방되었다. 게다가 재판관은 이들에게 괜한 수고를 끼쳐 미안하다며 사과까지 했다. 반면 마빈 경위와 그의 부하들은 지나치게 욕심이 앞서서 수사를 망쳤다는 비난을 들어야 했다. 판사가 무죄 선고를 내리자 방청석에서는 환호성이 터져 나왔다. 맥머도가 돌아보니 낯익은 얼굴들이 자리를 가득 메우고 있었다. 그들은 요란하게 손뼉을 치고 손을 마구 흔들어 보였다. 하지만 무죄판결을 받은 이들이 줄지어 통로를 빠져나오자 입술을 꽉 깨물고 어두운 표정으로 그 모습을 지켜보는 사람들도 있었다.

그중 체구가 작고 검은 턱수염에 단호한 인상의 한 남자가 석방된 자들이 자기 앞을 지나치자 동료들과 자신의 생각을 곱씹듯 말했다.

"이 살인마들! 죗값을 톡톡히 치르게 해주마!"

The Darkest Hour

제5장 암흑의 시간

헤럴드 신문사 난동 사건으로 체포되었다가 석방된 맥머도는 동료들 사이에서 인기가 하늘을 찌를 듯했다. 조직에 가입한 첫날 밤부터 판사 앞에 끌려가 재판을 받은 예는 지부가 세워진 이래로 이번이 처음이었다. 맥머도는 쾌활한 성격에다 누구와도 잘 어울렸기 때문에 이미 주위에 평판이 좋았다. 성격이 불같아 누구라도 자기를 모욕하면 절대로 참지 않아서 막대한 권력을 휘두르는 맥긴티에게도 걸핏하면 대들 정도였다. 하지만 비상한 두뇌와 능수능란한 솜씨를 가지고 있어 조직의 잔인한 임무를 계획하고 실행하는 데는 누구도 그를 능가할 자가 없었다. 이런 그를 보며 동료들은 늘 감탄을 금치 못했다.

"일 처리가 아주 완벽하단 말이야."

간부들은 맥머도의 일 처리에 만족해하며 그에게 적당한 일거리를 맡길 때를 기다렸다.

맥긴티는 이미 유능한 부하를 여럿 거느리고 있었지만 맥머도야말로 가장 탁월한 능력을 가진 부하라고 여겼다. 마치 사나운 사냥개 한 마리의 목줄을 잡고 있는 느낌이었다. 하찮은 일을 할 만한 똥개들은 얼마든지 있었지만 맥머도만큼은 달랐다. 언젠가 때가 되면 이 사냥개를 풀어서 확실한 먹잇감을 뒤쫓게 할 작정이었다. 테드 볼드윈을 포함해서 일부 단원들은 느닷없이 나타난 맥머도가 짧은 시간에 고속으로 승진하는 것에 대하여 불만이 이만저만이 아니었다. 그들은 맥머도가 못마땅하기는 했지만 오히려 슬슬 피해 다니기 일쑤였다. 맥머도의 싸움 실력이 워낙 뛰어났기 때문에 그의 비위를 거스르지 않으려고 애썼다.

맥머도는 동료들의 사랑을 한 몸에 받고 있었지만 아직까지 자신에게 진정으로 중요한 것을 얻지 못했다. 에티의 아버지는 맥머도를 상대하려 들지 않았을 뿐만 아니라 집 안에 한 발자국도 들여놓지 못하게 했다. 에티는 맥머도를 깊이 사랑하고 있어서 그를 완전히 포기할 수 없었다. 하지만 범죄자로 불리는 사람과 결혼하면 그 결과가 어떠하리라는 것을 알고 있었으므로 그를 멀리할 수밖에 없었다.

밤새도록 뜬눈으로 지새우며 고민하던 끝에 에티는 맥머도를 찾아가기로 마음먹었다. 어쩌면 마지막이 될지도 모르지만 그를 만나 그가 악의 구렁텅이에서 한시라도 빨리 벗어날 수 있도록 설득할 작정이었다. 그동안 맥머도가 여러 차례 초대했음에도 불구하고 그의 집을 직접 방문하기는 이번이 처음이었다. 에티는 맥머도가 거실로 쓰고 있는 방으로 들어갔다. 맥머도는 등을 보인 채 테이블에 앉아 편지를 쓰고 있었다. 에티는 갑자기 소녀의 장난기가 발동했다. 그녀는 이제 겨우 열아홉 살이었다. 에티는 까치발로 살금살금 다가가 맥머도의 굽은 어깨에 살며시 손을 얹었다.

맥머도는 그만 소스라치게 놀랐고, 그 바람에 에티까지 놀라 기절할 지경이었다. 맥머도를 놀랠 작정이었다면 그녀의 계획은 대성공이었다. 그런데 순간 맥머도는 호랑이처럼 몸을 돌려 에티에게 달려들더니, 한 손으로 그녀의 목을 누르고 다른 한 손으로는 쓰고 있던 편지를 구겨버렸다. 그는 그녀를 사납게 쏘아보았다. 에티는 흉포한 모습으로 돌변한 맥머도가 지금까지 알고 있던 맥머도와 전혀 다른 사람인 것만 같았다. 여리고 곱게 자란 에티는 처음 보는 그의 포악한 모습에 그만 두려움에 덜덜 떨었다. 맥머도는 자기 앞에 있는 사람이 에티라는 것을 깨닫자 뜻밖의 놀라움에 기쁨의 미소를 지었다.

"에티! 당신이었군." 맥머도는 멋쩍은 듯 눈썹을 쓰다듬으며 말했다. "당신인 줄도 모르고 목을 조르려 하다니! 이리 와요, 에티. 상처가 생겼을지 모르니 한번 봅시다." 맥머도는 에티를 향해 두 팔을 벌렸다. "어떻게 사과를 해야 할지 모르겠소."

에티는 방금 전에 보았던 맥머도의 표정이 머릿속에서 떠나지 않았다. 여자의 본능으로도 알 수 있었다. 그것은 갑작스러운 상황에 놀라서 느끼는 단순한 두려움이 아니었다. 죄책감! 그렇다. 죄책감과 두려움!

"잭, 무슨 일 있어요?" 에티가 물었다. "나를 보고 왜 그렇게 놀라죠? 잭, 양심에 걸리는 일이 없다면 나를 그런 눈으로 보지는 않았을 거예요!"

"맞아요, 지금 뭔가 딴생각을 하고 있던 중이었소. 그런데 당신이 그 요정 같은 발걸음으로 몰래 다가오는 바람에⋯⋯."

"아니요! 잭, 다른 이유가 있는 게 분명해요."

그때 에티는 탁자 위에 구겨져 있는 편지를 수상한 눈초리로 쳐다보았다. "쓰고 있던 편지 좀 보여주세요."

"그건 안 되오, 에티."

에티의 마음에 확신이 섰다. "다른 여자가 생겼군요!" 에티가 소리쳤다. "분명해요. 그렇지 않다면 나한테 숨길 이유가 뭐가 있겠어요? 혹시 부인에게 쓰고 있던 편지인가요? 이제 보니 당신이 유부남일 수도 있다는 생각을 왜 못했을까요? 당신은 어느 날 갑자기 이곳에 나타났고, 여기엔 당신을 알던 사람이 아무도 없잖아요?"

"난 유부남이 아니오, 에티. 자, 봐요. 맹세해요! 이 세상에서 내가 사랑하는 사람은 당신뿐이오. 십자가 앞에서 맹세할 수 있소!"

자신이 결백하다는 사실을 주장하는 맥머도의 모습이 무척이나 진지했으므로 에티는 더 이상 그를 의심할 수 없었다.

"좋아요, 그렇다면 이제 편지를 보여줄 수 있겠네요?"

"사실 이 편지를 아무에게도 보여주지 않겠다고 맹세했다오. 내가 당신과의 약속을 지키고 소중히 여기는 것처럼, 남들과의 약속도 깨고 싶지 않을 뿐이오. 프리맨 지부와 관련된 일이기 때문에 당신에게도 비밀이오. 어깨에 손이 닿자 깜짝 놀란 것도 다 그 때문이었소. 만약 수사관에게 들키기라도 한다면 어떻게 되겠소?"

맥머도가 거짓말을 하는 것 같지는 않았다. 그는 에티를 두 팔로 감싸 안으며 살며시 입을 맞추었다. 순간 에티의 마음에서 두려움과 의구심이 눈 녹듯이 사라졌다.

"이리 와서 앉아요. 당신같이 고귀한 여왕님이 앉을 만한 의자는 아니지만 당신의 가난뱅이 애인이 내줄 수 있는 최고의 자리요. 언젠가 더 멋진 것들로 당신을 행복하게 해주겠소. 자, 이제 마음이 좀 가라앉았소?"

"잭, 어떻게 내 마음이 가라앉을 수 있겠어요? 당신이 범죄자 중의 범죄자라는 사실을 알게 되었는데요. 언제 또다시 부둣가 살인범이라는 소리를 듣게 될지 알 게 뭐예요? 우리 집에서 하숙하는 사람이 당신을 '스코러즈 맥머도'라고 부르더군요. 그 말이 비수처럼 내가슴에 꽂혔어요."

"괜찮아요. 다 지나가는 말이니 신경 쓰지 말아요."

"하지만 사실이잖아요."

"에티, 그렇게 나쁜 것만은 아니오. 우리는 우리 식대로 권리를 찾으려는 가난한 사람들일 뿐이니까."

에티는 맥머도의 목에 매달리며 애원했다. "잭, 그만둬요. 정말이지, 이제 제발 그만둬요! 이 말을 전하려고 왔어요. 잭, 내가 이렇게 무릎 꿇고 빌게요. 이렇게 고개 숙여 애원할 테니 제발 그만두세요, 네?"

맥머도는 에티를 일으켜 세우고 그녀의 머리를 가슴에 꼭 끌어안고 쓰다듬었다.

"에티, 당신은 지금 아무것도 몰라서 하는 소리요. 내가 어떻게 맹세를 깨뜨리고 형제들을 저버릴 수 있겠소? 내가 처한 상황을 알게 된다면 나한테 그런 말을 하기 힘들 거요. 설령 내가 원한다 하더라도 그러기는 어려울 거요. 지부의 온갖 비밀을 다 알고 있는 사람을 그냥 순순히 놔줄 것 같소?"

"그 점은 나도 생각해봤어요, 잭. 그래서 계획을 세웠어요. 아버지가 모아둔 돈이 조금 있어요. 아버지도 이곳이 싫증 난 지 오래예요. 모두들 공포에 떨며 사는 모습에 우리의 삶도 어두워지는 것 같다고 하셨어요. 아버지는 언제든 이곳을 떠날 마음의 준비가 돼 있어요. 아버지를 모시고 함께 필라델피아나 뉴욕으로 도망쳐요. 그곳이라면 저들을 걱정하지 않고 안전하게 살 수 있을 거예요."

에티의 계획을 듣고 맥머도는 소리 내어 웃었다.

"에티, 저들의 손길이 닿지 않는 곳은 이 세상 어디에도 없어요. 필라델피아? 뉴욕? 거기라고 저들이 못 찾아올 것 같소?"

"그럼 저 멀리 서부로 가요. 아니면 영국이나 아버지의 고향인 독일로 가면 어떨까요? 어디가 됐든 이 공포의 계곡에서 벗어날 수만 있다면!"

순간 맥머도의 머리에 모리스 형제의 얼굴이 스쳐 지나갔다.

"이 계곡을 그렇게 부르는 사람은 당신이 두 번째요. 정말이지 우리 조직이 이곳 사람들을 공포의 구름으로 덮고 있는 게 아닌가 하는 생각이 드는군요."

"우리는 이 공포의 구름에서 단 한 순간도 벗어나지 못하고 있어요. 테드 볼드윈이 우리를 가만히 놔둘 거라고 생각해요? 당신이 두려운 존재가 아니었다면 어떤 일이 벌어졌을 거라고 생각하세요? 나를 바라보는 그 음흉하고 탐욕스러운 눈을 보았어요?"

"젠장! 내 눈에 띄었다면 가만두지 않았을 거요! 하지만 에티, 내 눈을 똑바로 보고 잘 들어요. 나는 여기서 한 발자국도 떠날 수 없소. 그것만큼은 절대 바뀌지 않아요. 어쨌든 나를 믿고 따라와준다면 언젠가는 이곳을 명예롭게 떠날 수 있는 방법을 마련하겠소."

"도망가는 일에 무슨 명예가 필요하겠어요?"

"모든 것은 당신이 생각하기 나름이에요. 나에게 6개월만 시간을 줘요. 그 정도면 다른 사람에게 부끄럽지 않게 여기를 떠날 방법을 찾을 수 있을 거요."

에티의 얼굴에 기쁨의 미소가 피어올랐다.

"6개월이라고요? 약속한 거죠?"

"어쩌면 그보다 한두 달 더 걸릴지도 몰라요. 어쨌든 적어도 1년 안에 이 계곡을 떠납시다."

맥머도의 제안에 에티도 더 이상 그를 졸라댈 수는 없었다. 그러나 그것만으로도 큰 의미가 있었다. 눈앞의 미래가 어둡기는 하지만 먼 곳에서부터 희망의 불빛이 서서히 비쳐오는 듯했다. 에티는 맥머도가 자기 인생에 들어온 이후 처음 느껴보는 평안한 마음을 안고 집으로 향했다.

한편 맥머도는 단원이 되기만 하면 조직이 돌아가는 모든 상황을 시시콜콜 알 수 있을 거라 생각했다. 하지만 버미사 지부는 다른 곳에 비해 규모나 조직 면에서 훨씬 더 크고 복잡했다.

심지어 맥긴티조차 모르는 일이 많았다. 기차로 조금 떨어진 곳에 있는 홉슨 패치에서는 '군都 대표'라는 사람이 그곳 지부들을 장악해 권력을 휘두르며 제멋대로 주무르고 있었다.

맥머도는 그 사람을 딱 한 번 본 적이 있었다. 작은 체구에 머리가 허옇게 센 모습이 마치 교활한 시궁쥐를 떠올리게 하는 외모였다. 게다가 그는 음흉하게도 계속해서 슬쩍슬쩍 곁눈질을 하며 주위를 살폈다. 에번스 포트라는 이름의 이 남자 앞에서는 위풍당당한 버미사의 맥긴티도 쩔쩔맸다. 마치 기골이 장대한 당통이 몸집은 작지만 위험하기 짝이 없는 로베스피에르를 혐오하면서도 두려워하는 모습과 흡사했다.

어느 날 맥머도와 함께 하숙하던 스캔런이 편지 한 통을 받았다. 맥긴티가 보낸 편지였는데 에번스 포트의 편지가 동봉되어 있었다. 편지에는 롤러와 앤드루스라는 단원을 버미사에 파견할 예정이며, 조직의 목적을 위해서 자세한 내막은 알려줄 수 없다고 쓰여 있었다. 또한 그들이 행동을 개시할 때까지 숙소를 제공하고 편안하게 지낼 수 있도록 보디마스터의 협조를 구한다는 내용이 들어 있었다. 맥긴티는 이 편지와 관련하여 스캔런과 맥머도의 협조를 구했다. 그들을 조합 건물에 머물게 했다가는 모든 비밀이 밖으로 새어 나갈 테니 맥머도와 스캔런이 머물고 있는 하숙집에 함께 머물게 해달라는 내용이었다.

그날 밤 두 남자가 손가방을 들고 하숙집으로 왔다. 나이가 좀 들어 보이는 롤러는 말수가 적었으며, 눈치가 빠르고 매우 독립적인 사람처럼 보였다. 중절모에 검정색 낡은 코트를 입고 나타난 그는 반백의 텁수룩한 턱수염 때문인지 왠지 순회목사 같은 인상을 풍겼다. 함께 온 앤드루스는 이제 겨우 소년티를 벗은 젊은이였다. 솔직한 표정에 명랑한 성격으로 마치 휴가를 나와 한껏 즐기려는 사람처럼 굴었다. 두 명 모두 술은 한 방울도 입에 대지 않고 조직에서 가장 모범적인 사람들처럼 무척 예의 바르게 행동했다. 그런데 이들은 이 살인 집단에서 가장 유능한 암살범으로서, 지금까지 롤러가 열네 차례, 앤드루스가 세 차례나 이와 같은 임무를 수행해왔다.

그들은 맥머도에게 자기들이 저지른 일을 늘어놓았다. 마치 정의를 구현하기 위해 자기 몸을 돌보지 않고 희생하기라도 한 양 자랑스럽게 떠벌렸다. 하지만 이번에 주어진 임무에 대해서는 일절 아무 말도 하지 않았다.

"우리가 이 일을 맡게 된 가장 큰 이유는 우리 둘 다 술을 마시지 않기 때문입니다."

롤러가 설명했다.

"입에 술을 대지 않으니 필요한 말 외에 쓸데없는 말을 하고 다니지 않을 거라고 믿은 거죠. 그러니 괜히 기분 나쁘게 생각하지 마시오. 우리는 군 대표의 명령을 따르는 것뿐이라오."

"그럼요. 우리 모두 한배를 탄 거나 다름없는걸요." 스캔런이 대답했다. 네 사람은 모두 식탁에 둘러앉아 저녁을 먹고 있었다.

"정말이오. 찰리 윌리엄스하고 사이먼 버드를 죽인 이야기나 이전에 있었던 비슷한 일들은 밤새도록 들려줄 수 있지만, 이번 일은 끝날 때까지 아무것도 알려줄 수 없소이다."

"이곳에도 손 좀 봐줘야 할 자들이 한 대여섯 명 정도 있지요." 맥머도는 확신에 찬 목소리로 말했다. "혹시 노리고 있는 놈이 아이언힐의 잭 녹스는 아니겠지요? 그놈을 잡는 일이라면 끝까지……."

"아니, 그놈은 아직 차례가 아니오."

"그렇다면, 헤르만 슈트라우스?"

"그놈도 아니오."

"말해주지 않으니 억지로 들을 수도 없는 노릇이군요. 그래도 알면 좋을 텐데."

롤러는 미소를 지으며 고개를 설레설레 저었다. 맥머도의 유도에도 그는 끝내 입을 열지 않았다. 롤러와 그의 동료 앤드루스가 끝까지 입을 열지 않았으므로 맥머도와 스캔런은 그들이 말하는 '재미있는 일'을 그냥 지켜보기로 했다. 그리고 며칠이 지난 어느 날 이른 아침, 밖에서 롤러와 앤드루스가 계단을 살금살금 내려가는 소리가 들려왔다. 맥머도는 곧바로 스캔런을 깨우고 서둘러 옷을 입고 방에서 나왔다. 하지만 두 남자는 이미 문을 열어놓은 채 집에서 빠져나가고 없었다. 바깥으로 나와보니 아직 동이 트기 전이라 거리에는 가로등이 켜져 있었다. 멀리 두 남자가 길을 따라 걸어가고 있는 모습이 보였다. 맥머도와 스캔런은 수북이 쌓인 눈을 소리 나지 않게 밟으며 조심스럽게 그들 뒤를 따라갔다.

하숙집이 읍내 끝자락에 위치해 있었기 때문에 롤러와 앤드루스가 읍내 외곽 사거리에 도착하기까지는 얼마 걸리지 않았다. 그곳에서 남자 세 명이 두 사람을 기다리고 있었다. 롤러와 앤드루스는 그들을 보자 급하게 간단히 몇 마디 나누고 다 함께 어디론가 향하기 시작했다. 분명히 여러 사람의 손이 필요한 일임에 틀림없었다. 이 사거리에는 여러 광산으로 통하는 좁은 길이 여러 갈래로 나 있었다. 다섯 명의 남자들은 그중에서도 크로힐 광산으로 향하는 길로 들어섰다. 그 광산은 꽤 규모가 큰 사업체로서 뉴잉글랜드 출신의 조사이어 H. 던이라는 현장감독이 책임지고 있는 곳이었다. 그는 원체 겁이 없고 정력적이어서 길고 긴 공포의 시대를 보내면서도 질서와 규율을 지킬 수 있었다.

날이 밝기 시작하자 광부들이 한 사람씩 또는 여럿이 함께 줄지어 시커먼 길을 따라 올라갔다. 맥머도와 스캔런은 다른 광부들 틈에 끼어 걸어가면서 뒤쫓던 다섯 명의 남자들에게서 시선을 떼지 않았다. 사방에 안개가 짙게 깔려 있는 가운데 어디선가 갑자기 날카로운 기적 소리가 귀를 찢을 듯이 울려 퍼졌다. 하루 일과를 시작하기 위해 갱도 속으로 광부들을 실어 내리는 승강기가 운행되기 10분 전이라는 신호였다.

갱도 주위의 넓은 공터에 도착하자 100여 명의 광부들이 벌써 주위에 모여 있었다. 살을 에는 듯한 차가운 날씨 속에서 광부들은 발을 동동 구르며 손가락에 호호 입김을 불어댔다. 기관실 그늘 아래에 한데 모여 있는 다섯 명의 남자들이 눈에 들어왔다. 스캔런과 맥머도는 앞이 훤히 보이는 석탄 더미로 올라갔다. 잠시 후 수염이 텁수룩하게 나고 덩치가 큰 스코틀랜드 기술자 멘지스가 기관실에서 나왔다. 그는 곧바로 호각을 불며 갱도로 향하는 승강기를 내리라는 신호를 주었다.

바로 그때였다. 키가 크고 말끔하게 수염을 깎은 얼굴에 제법 성실해 보이는 젊은 현장감독이 갱 입구를 향해 황급히 발걸음을 옮겼다. 기관실 아래에 서 있는 다섯 명의 낯선 남자들이 그의 눈에 띄었다. 다섯 명의 남자들은 아무 말도 없이 꼼짝하지 않고 서 있었다. 그들은 모자를 깊숙이 눌러쓰고 옷깃을 세워 얼굴을 가리고 있었다. 순간적으로 죽음을 예감한 현장감독은 심장이 얼어붙는 것만 같았다. 그러나 곧바로 불길한 예감을 떨쳐버리고 의무감을 앞세워 낯선 침입자들에게 말을 걸었다.

"댁들은 누구시오?" 현장감독은 한 걸음 더 다가서며 물었다. "왜 여기서 얼쩡대고 있는 거요?"

아무런 대답도 없었다. 갑자기 젊은 앤드루스가 앞으로 나오더니 그의 복부에 대고 방아쇠를 당겼다. 갱도로 들어가기를 기다리던 100여 명의 광부들은 순간 온몸이 얼어붙는 듯 우왕좌왕했다. 현장 감독은 두 손으로 배를 움켜쥐고는 몸을 굽혔다. 비틀거리며 피해보려고 애썼지만 또 한 명이 그에게 방아쇠를 당겼다. 그는 곧 옆으로 풀썩 쓰러지더니 손으로 땅바닥을 긁어대며 용재鎔滓 덩어리들 사이에서 발버둥 쳤다. 이 광경에 분노한 스코틀랜드 출신 기술자 멘지스가 악을 쓰며 스패너를 치켜들고 살인자들을 향해 돌진했다. 하지만이내 두 발의 총탄이 그의 얼굴을 뚫고 지나갔다. 결국 그 역시 살인자들의 발치에 쓰러지고 말았다.

광부 몇 명이 끓어오르는 분노와 연민을 감추지 못하고 그들에게 몰려들었다. 하지만 살인자 일당은 군중들 머리 위로 권총 여섯 발을 쏘아댔고, 이에 놀란 사람들이 뿔뿔이 흩어져 도망치기 시작했다. 대부분 겁에 질려 뒤도 돌아보지 않고 버미사 계곡에 있는 집을 향해 달려갔다.

겁 없는 사람 몇몇이 다시 광산으로 몰려오기도 했지만 살인자들은 이미 아침 안개 속으로 사라진 후였다. 100여 명의 증인들이 보는 가운데 두 사람을 살해한 살인 사건이었지만 살인범의 신분을 증언할 이는 하나도 없었다.

스캔런과 맥머도는 집으로 발걸음을 옮겼다. 스캔런은 한참 동안 침울해 있었다. 살인 장면을 직접 본 것은 이번이 처음이었지만 들은 것처럼 '재미있는 일'은 아니었다. 현장감독의 비참한 죽음에 그의 부인이 처절하게 울부짖는 소리가 읍내로 돌아가는 내내 귓전에서 맴돌고 있었다. 맥머도는 깊은 생각에 잠긴 듯 말이 없었다. 하지만 스캔런의 약해진 모습에는 전혀 동조하지 않았다.

"전쟁이 따로 없군요." 맥머도는 계속해서 같은 말을 되뇌었다. "우리와 저들 사이의 전쟁이 아니고 뭐겠어요. 전쟁에서는 전력을 다해 받아쳐야죠."

그날 밤 조합 건물 사무실에서 성대한 축하 파티가 열렸다. 크로힐의 현장감독과 기술자 한 명을 없애 본때를 보였으니, 이 회사도 그 지역의 여타 회사들처럼 이제부터 무릎을 꿇고 고분고분한 태도를 보일 것이라며 좋아했다. 또한 다른 지부에 파견했던 단원들이 임무를 성공리에 완수한 것에 대해서도 축배를 들었다.

알고 보니 홉슨 패치의 군 대표는 크로힐 임무를 위해 다섯 명의 대원을 파견해준 대가로 버미사 지부에서 세 명의 대원을 비밀리에 선정해 보내줄 것을 요구했다. 그는 길머턴 지구에 있는 스테이크 로열의 광산주 윌리엄 헤일스를 암살하려는 계획을 세웠다. 이 광산주는 모든 면에서 모범적인 인물일 뿐만 아니라 세상에 단 한 명의 적도 없을 정도로 사람들에게 사랑받는 고용주였다. 그가 탄광 작업의 능률을 떨어뜨리는 술주정뱅이와 게으름뱅이들을 해고시킨 적이 있었다. 알고 보니 그들은 모두 프리맨 단원들이었다. 그의 집 문 앞에 죽여버리겠다는 협박을 적은 푯말을 달아놔도 그의 단호한 뜻을 꺾을 수는 없었다. 결국 그것 때문에 자유 문명국가에서 살해당하는 비운을 맞이하게 된 것이다.

암살 계획은 예상대로 완수되었다. 암살단을 이끈 것은 보디마스터 맥긴티 바로 옆의 명예로운 자리에 활개를 펼치고 앉아 있는 테드 볼드윈이었다. 밤을 지새운 데다 술까지 마신 탓인지 그는 불쾌해진 얼굴로 빨갛게 된 토끼 눈을 게슴츠레 뜨고 있었다. 지난밤 테드 볼드윈은 다른 대원 두 명과 함께 산속에서 밤을 새웠다. 밤이슬을 맞으며 밤새도록 산속에서 지낸 탓인지 행색이 이루 말할 수 없이 지저분하고 초라했다. 그러나 헛된 희망을 품고 떠났다가 돌아온 그 어떤 영웅보다 더 열렬한 환영을 받았다.

그들은 자기들을 환영하기 위해 모인 동료들에게 자신들의 무용담을 들려주고 또 들려주었다. 사람들은 똑같은 얘기에도 여전히 환호성을 지르고 웃음을 터트리며 즐거워했다. 볼드윈 일당은 어두워질 무렵 마차 한 대가 지나가기를 기다렸다. 집으로 돌아가는 마차가 가파른 언덕에 다다르며 서서히 속도를 줄이자, 이 틈을 타 달려가서 마차 앞을 가로막았다. 광산주 헤일스는 황급히 권총을 꺼내려 했지만 추위 때문에 모피로 온몸을 둘둘 감고 있었던 탓에 손을 마음대로 움직일 수 없었다. 볼드윈 일당은 광산주를 마차에서 끌어 내린 뒤 그에게 마구 총질을 해댔다.

범행을 저지른 이들 가운데 광산주 헤일스를 아는 사람은 단 한 명도 없었다. 단지 그들은 사람을 죽이는 일에 극적인 매력을 느끼며 즐길 따름이었다. 또한 길머턴의 스코러즈가 버미사 지부의 대원들을 믿어도 될 만큼 실력이 탁월하다는 것을 보여주고 싶었다. 그런데 한 가지 뜻하지 않은 일이 발생했다. 세 명이 광산주 헤일스의 몸에 총을 난사하고 있는데, 갑자기 마차를 탄 부부가 옆을 지나가며 그 장면을 보고 말았다. 순간 볼드윈 일당은 그 부부도 함께 쏘아 죽여야 할지 말아야 할지를 놓고 잠시 말싸움을 벌였다. 이 목격자들을 함께 죽여버리자는 대원들도 있었지만 사실 그 부부는 헤일스의 광산과는 아무 관련도 없는 선량한 시민일 뿐이었다. 결국 그들은 이 광경을 목격한 부부에게 누구에게라도 이 사실을 발설하면 가만두지 않겠다고 엄포를 놓은 뒤 그대로 보내주었다. 그러고는 피투성이가 된 시체를 보란 듯이 버려두고 산속으로 도망쳤다. 순순히 말을 듣지 않는 다른 광산주들에게 본보기로 무언의 협박을 전하려는 의도였다. 그들은 광산의 용광로와 잿더미 너머에 있는 산속으로 들어갔다. 사람의 발길이 닿지 않는 곳이라 한동안 아무에게도 들키지 않고 몸을 숨길 수 있었다. 임무를 성공리에 마치고 나니 동료들의 박수갈채와 환호성이 벌써부터 귓전에 울리는 듯했다.

그날은 스코러즈에게 오래도록 기억될 만한 위대한 날이었다. 한편 계곡을 덮고 있던 검은 공포의 그림자는 갈수록 짙어져만 갔다. 현명한 장군은 적에게 재정비할 틈을 주지 않고 거듭 공격을 강화해 승리를 이끌어내는 법이다. 사악한 눈길로 반항 세력을 공격하는 모습을 지켜보면서 맥긴티는 항상 새로운 작전을 세워 그에게 반하는 무리들을 공격했다. 그날 밤 사람들이 술에 흥건히 취한 채 집에 돌아가자, 맥긴티는 맥머도의 팔을 잡아끌더니 처음 두 사람이 만나 이야기를 나누었던 구석방으로 데려갔다.

"이봐, 맥머도. 이제야 자네에게 걸맞은 일이 하나 생겼네. 자네 손으로 직접 처리하는 거야."

"영광입니다." 맥머도가 대답했다.

"두 명을 데리고 가게. 맨더스와 라일리, 그 두 사람에게는 이미 말해두었네. 체스터 윌콕스를 없애지 않는 한 우리가 이 지역을 제대로 손에 넣기 힘들겠어. 그놈만 처리해주면 이 지역 모든 지부가 자네에게 고마워할 거야."

"최선을 다하겠습니다. 그런데 그자가 누구죠? 어디 가면 찾을 수 있나요?"

맥긴티는 항상 입 가장자리에 물고서 반은 태우고 반은 씹어서 버리는 시가를 내려놓으며 종이를 찢어 간단하게 약도를 그리기 시작했다.

"놈은 아이언 다이크사의 현장감독이야. 참전 경험이 있는 퇴역 군기호위 하사관(전장에서 연대의 기를 들고 다니는 하사관—옮긴이) 출신으로 겁대가리 없는 놈이지. 온몸이 상처투성이인 백발성성한 늙은이야. 이미 두 번이나 단원들을 보내 놈을 없애려 했지만 모두 실패했네. 짐 커너웨이가 그때 목숨을 잃었지. 자, 이제 자네가 나설 차례야. 여기 지도에 나와 있는 것처럼 아이언 다이크 사거리에 있는 외딴집이 놈의 집이야. 주변에 인가라곤 없으니 총소리가 나도 안전할 거야. 낮 시간은 피하는 게 좋아. 놈은 단단히 무장을 하고서 조금이라도 의심이 들면 무조건 쏴버리거든. 그런데 밤에는 아내와 세 아이, 그리고 유모 한 명이 집에 함께 있어. 그러니 그놈 하나만 골라 죽일 수도 없는 노릇이고 모두 없애버리는 수밖에. 현관에 폭탄을 장치해놓고 불을 붙이기만 하면⋯⋯."

"그자가 무슨 짓을 했죠?"

"짐 커너웨이를 죽인 놈이라고 하지 않았나?"

"죽인 이유가 뭔데요?"

"그건 알아서 뭐하려고 그래? 놈은 저녁이면 집에 들어가니까 그때 가서 쏴버리면 끝날 일이야. 더 이상 말해줄 것도 없으니 더 알려고 하지 마. 알아서 잘 처리하도록!"

"여자 둘과 아이 셋은 어쩌고요? 그들도 없애버리는 겁니까?"

"할 수 없잖아, 함께 보내버리는 수밖에. 안 그러고서 어떻게 놈만 골라 처치할 수 있겠나?"

"아무 짓도 하지 않은 사람들한테 너무하지 않습니까?"

"무슨 바보 같은 소리야! 지금 꽁무니를 빼는 건가?"

"진정하세요, 의원님! 제가 보디마스터님의 명령에 꽁무니를 뺄 만한 말이나 행동을 한 적이 있습니까? 제 행동이 옳은지 그른지 잘 아시잖습니까."

"그럼 시키는 대로 하겠나?"

"물론이죠."

"언제가 좋겠나?"

"하루 이틀 말미를 주세요. 그 집을 살펴보고 와서 계획을 세워야 하니까요. 그런 다음에……."

"좋았어." 맥긴티는 맥머도와 악수를 했다. "그럼 모든 걸 자네 에게 맡기지. 좋은 소식 전해주길 기대하겠네. 우리 모두에게 최고 의 날이 될 거야. 이건 놈들을 우리 앞에 무릎 꿇릴 마지막 일격이 될 걸세."

너무나 갑작스럽게 주어진 일이라 맥머도는 한참 동안 곰곰이 생각해보았다. 계곡 근처에 있는 윌콕스의 집은 약 7킬로미터 정도 떨어진 곳에 위치한 외딴집이었다. 맥긴티로부터 명령을 받자마자 그는 계획을 세우기 위해 그날 밤 혼자 그 집에 가보았다. 아침이 밝 고 나서야 집으로 돌아왔으며, 다음 날 함께 일을 수행하게 될 부하 두 명을 만나보았다. 맨더스와 라일리는 무모하기 짝이 없는 젊은 이들이었다. 그들은 마치 사슴 사냥이라도 하러 가는 것처럼 들떠 있었다.

이틀이 지나고 세 사람은 다시 읍내 외곽에서 만났다. 모두들 무기를 지니고 있었는데, 그중 하나는 채석장에서 쓰는 폭약이 든 자루를 들고 있었다. 세 명은 새벽 2시 무렵 그 외딴집에 도착했다. 밤새도록 바람이 몹시 불더니 하늘에는 토막구름들이 이지러진 달 표면 위를 빠르게 지나가고 있었다. 이미 블러드하운드(범인을 추적하는 데 탁월한 경찰견—옮긴이)를 조심하라는 경고를 받았던 터라 공이치기를 젖혀놓은 권총을 쥐고 조심스럽게 앞으로 나아갔다. 그런데 웬일인지 사나운 바람 소리 말고는 어떤 소리도 들리지 않고, 머리 위에서 흔들거리는 나뭇가지 외에 어떤 움직임도 느껴지지 않았다.

맥머도는 외딴집의 문에 귀를 바짝 대보았다. 아무런 인기척도 없고 쥐 죽은 듯 조용했다. 그는 폭약이 든 자루를 문에 기대어놓고 칼로 자루에 구멍을 뚫은 뒤 도화선을 꽂았다. 도화선에 불이 붙자 맥머도와 두 대원은 부리나케 그 자리를 떠나 멀리 떨어진 곳으로 달렸다. 눈앞에 도랑이 보이자 그곳으로 기어 들어가 안전하게 몸을 피했다. 잠시 후 폭음과 함께 집이 와르르 무너지는 소리가 들렸다. 성공이었다. 조직의 피비린내 나는 기록에서 어떤 일도 이렇게 말끔히 처리된 적이 없었다.

그렇지만 치밀한 계획을 가지고 과감하게 일을 처리했다고 믿었던 모든 노력이 안타깝게도 수포로 돌아가고 말았다. 체스터 윌콕스는 여기저기서 맥긴티와 불편한 관계를 유지하던 많은 사람이 살해당하는 것을 보고, 바로 전날 밤 남들이 찾을 수 없는 안전한 곳으로 거처를 옮겼다. 게다가 새로운 거처에서 경찰관 한 명의 경호까지 받고 있었다.

결국 세 사람이 폭탄으로 날려버린 건 빈집뿐이었던 것이다. 퇴역 하사관은 여전히 살아남아 아이언 다이크의 광부들에게 엄격히 군기를 잡고 있었다.

"제게 맡겨주십시오. 제가 처리하겠습니다. 1년이 걸리더라도 제 손으로 반드시 처리하겠습니다." 맥머도가 자신 있게 말했다.

맥머도의 말에 조직원들은 그에게 감사와 신뢰를 보내며 그의 뜻을 받아주기로 했다. 그렇게 해서 윌콕스 처리 문제는 일단락 짓게 되었다.

몇 주가 지나자 신문마다 윌콕스가 습격을 당했다는 기사가 실렸다. 당시 맥머도가 윌콕스를 호시탐탐 노리고 있다는 것은 공공연히 알려진 비밀이었다.

프리맨은 늘 이런 식이었다. 오랜 세월에 걸쳐 그들은 대규모의 부유한 지역에 공포를 드리웠고, 사람들은 스코러즈라는 가공할 존재의 위협에 시달려왔다. 이보다 더 많은 범죄 사실을 담아 이 책을 더럽힐 필요가 있을까? 이 정도면 그들이 어떤 사람들이고, 어떻게 일 처리를 하는지 충분히 보여주고도 남지 않았을까?

여기에 적힌 그들의 행위는 이미 역사에 기록으로 남아 있어서, 누구나 그 기록을 통해 자세한 내용을 손쉽게 찾아볼 수 있을 것이다. 기록에는 프리맨 단원 두 명을 체포한 헌트와 에번스 경관이 후에 저격당한 사건도 나오는데, 그것은 단원의 체포에 분노를 참지 못한 버미사 지부가 계획한 일이었다. 그들은 비무장 상태에 있던 두 사람을 무참히 살해했다. 또 구타당해 죽기 직전까지 간 남편을 간호하던 라비 부인이 보디마스터 맥긴티의 명령으로 살해당한 일도 있었다. 그뿐만 아니라 동생이 피살된 후에 형 젱킨스가 살해당한 사건, 제임스 머독이 토막 난 채 죽은 사건, 스탭하우스네가 폭파당한 사건, 슈텐달 부부 살해 사건 등 모두가 같은 해 겨울에 연쇄적으로 일어난 사건들이었다.

공포의 계곡에는 여전히 어둠의 그림자가 드리워져 있었다. 봄이 오자 얼었던 시냇물이 녹기 시작하고 나뭇가지마다 꽃들이 피어났다. 오랫동안 꽁꽁 얼어붙어 있던 자연에는 새봄의 희망이 찾아들었건만, 공포의 그늘 밑에 살고 있는 사람들에게는 실낱같은 희망도 보이지 않았다. 그러던 1875년 초여름, 사람들의 머리 위에는 공포와 두려움이 가득한 검은 구름이 그 어느 때보다 한층 짙게 드리워졌다.

Danger

제6장 위기

공포 분위기는 극으로 치달았다. 그사이 맥머도
는 맥긴티의 보좌관으로 임명되었다. 맥머도의 도움과 조언 없이는
맥긴티의 조직이 제대로 돌아가지 않을 정도가 되었다. 어느 면에서
보더라도 차기 보디마스터 자리를 이어받을 후계자는 맥머도가 될
것이라는 예상이 지배적이었다. 프리맨 단원들 사이에서 그의 인기
가 높아질수록 버미사 거리를 지나는 사람들은 더욱더 그에게 이를
갈았다. 압제자의 횡포가 마냥 두렵기만 했던 사람들은 용기를 내어
뭉쳐서 압제자에 대항하기 시작했다. 헤럴드 신문사에서 비밀 집회
가 열린다거나 일반 시민들에게 무기를 나누어주었다는 소문이 돌
기 시작했다. 이윽고 이 소문이 프리맨 지부에까지 전해졌다. 이러
한 소문에도 맥긴티와 그의 부하들은 눈 하나 깜짝하지 않았다. 수
적으로도 우세할 뿐만 아니라 무기도 충분하고 단원들의 사기도 드
높았기 때문이다. 그에 반해 일반 시민들은 사방에 흩어져 있어 세
력을 집결시키기가 어려웠다. 결국 그들은 지금까지 그래 왔듯이 부
질없는 입씨름이나 하다가 아마도 무력하게 저지당하고 말 것이다.

제6장 위기

맥긴티도 맥머도도 또 가장 용감하다고 인정받는 몇몇 단원도 모두 그들의 계획이 수포로 돌아갈 게 뻔하다고 믿었다.

5월의 어느 토요일 저녁이었다. 토요일이면 항상 지부 모임이 있는 터라 맥머도는 모임에 나가기 위해 집을 나설 준비를 했다. 그때 나약한 모리스 형제가 맥머도를 찾아왔다. 무슨 걱정이라도 있는지 수척한 얼굴을 잔뜩 찌푸린 채 어두운 표정이었다.

"맥머도 형제, 잠깐 얘기 좀 할 수 있을까?"

"그러시죠."

"지난번 자네에게 솔직하게 내 마음을 털어놓았을 때 자네가 비밀을 지켜주었다는 걸 잊지 않고 있네. 맥긴티가 자네에게 와서 직접 우리가 만난 일을 캐묻고 갔을 때도 말이야."

"저를 믿고 말씀하셨는데 당연히 비밀을 지켜야지요. 그렇다고 제가 모리스 형제의 생각에 동의한다는 것은 아니지만 말입니다."

"잘 알고 있네. 하지만 내가 믿고 비밀을 털어놓을 수 있는 형제는 자네뿐이야. 그래서 말인데 자네에게 털어놓고 싶은 또 다른 비밀이 있어 이렇게 왔네."

모리스는 두 손을 가슴에 댔다.

"이것 때문에 나는 불안해서 죽을 지경이야. 나 혼자 감당하기엔 너무 벅차. 내가 비밀을 누설하게 되면 틀림없이 살인이 일어날 거야. 그렇다고 입을 다물고 있자니 우리 모두가 끝장나게 될지도 모르고. 하느님, 굽어살피소서. 이제 이 갈등에서 벗어나고만 싶어!"

맥머도는 모리스의 얼굴을 뚫어지게 쳐다보았다. 모리스는 온몸

을 사시나무 떨듯이 떨고 있었다. 맥머도는 잔에 위스키를 따라 그에게 건네주었다.

"당신 같은 사람에게는 이게 약입니다. 마시고 진정이 좀 되면 한번 얘기해보세요."

모리스가 위스키를 한 모금 들이켜자 창백한 얼굴에 붉은 기운이 돌았다.

"간단하게 말하지. 우리 뒤를 캐고 있는 탐정이 있다네."

맥머도는 황당하다는 듯 모리스를 빤히 쳐다보았다. "이런, 당신 제정신이 아니군요! 이곳은 항상 경찰과 탐정들로 우글거리는 곳 아닙니까. 그들이 지금까지 우리에게 해로운 짓을 한 적이 있던가요?"

"아니, 이 지역 탐정이 아니야. 자네 말대로 이 지역 경찰이나 탐정들은 모두 우리 손바닥 안에 있다고 해도 과언이 아니지. 하지만 핑커턴 탐정 사무소라고 들어봤나?"

"신문에서 그런 이름을 몇 번 본 것 같아요."

"장담컨대 일단 그놈들 손아귀에 잡혔다가는 벗어날 방법이 없을 거야. 경찰들이야 일이 잘되건 안되건 신경도 안 쓰지. 하지만 놈들은 일이 해결될 때까지 끝까지 물고 늘어지거든. 그들에게 포기란 없어. 일단 핑커턴 놈이 이 일에 깊이 관여하고 있는 한 우리는 모두 끝장난 거나 다름없다네."

"당장 없애버려야겠군요."

"자네도 별수 없군. 처음부터 그런 생각을 하다니! 지부의 결정도 크게 다를 게 없을 듯싶네. 내가 말하지 않았나? 결국 살인이 벌어질 거라고."

"그랬지요. 그런데 살인이 뭐 어때서요? 이 지역에서 살인이 무슨 대수입니까?"

"그렇기는 하지. 하지만 죽여야 할 사람을 내 손으로 지목하고 싶지는 않다는 얘기야. 그랬다간 평생 마음 편히 살지 못할 게 뻔하다고. 그렇지만 우리 목숨이 달려 있으니 이를 어쩌면 좋단 말인가?"

모리스는 괴로운 듯 몸을 앞뒤로 흔들며 어쩔 줄 몰라 했다.

맥머도 역시 모리스의 말에 동감하기 시작했다. 이제 곧 위험한 상황이 닥쳐올 테니 대처할 필요가 있었다. 맥머도는 모리스의 어깨를 꽉 잡고 흔들었다.

"이봐요, 정신 차리고 날 좀 봐요." 지나치게 흥분했는지 맥머도의 목소리에서 쇳소리가 섞여 나왔다. "남편 잃은 여자처럼 무덤 앞에서 울어봐야 다 부질없는 짓입니다. 정신 똑바로 차리고 현실을 직시해야죠. 그자에 대해서 자세히 말해보세요. 지금 어디 있는지 알아요? 그자와 관련된 정보는 어디서 들은 겁니까? 게다가 저한테 온 이유가 뭐지요?"

"내게 조언해줄 수 있는 사람은 자네뿐이라고 믿었어. 전에도 말했지만 여기 오기 전에 나는 동부에서 가게 하나를 꾸리고 있었네. 내가 떠난 후에도 친한 친구 몇몇은 그곳에 계속 살고 있지. 그런데 그중 전신국에 근무하고 있는 친구 하나가 어제 나한테 이 편지를 보내왔더군. 편지 맨 윗부분에 그 이야기가 적혀 있으니 직접 읽어보게나."

맥머도가 읽은 편지 내용은 다음과 같았다.

그곳 스코러즈 상황은 요즘 어떤가? 신문에서 여러 차례 관련 기사를 읽어 익히 알고 있다네. 자네니까 일러두겠네만, 그 지역에 뭔가 심상치 않은 일이 벌어지고 있어. 대기업 다섯 곳과 철도 회사 두 곳이 스코러즈를 단단히 벼르고 있어. 이번에는 그냥 넘어갈 기세가 아니야. 장담컨대 곧 일이 터질 거라구! 스코러즈 문제에 아주 깊이 관여하고 있는 게 분명해. 그들이 핑커턴 탐정 사무소에 직접 의뢰했다는 소문이 돌고 있어. 최고의 실력자라는 버디 에드워즈 탐정이 조사를 맡고 있다는군. 스코러즈 활동을 당장 멈추는 게 좋을 거야.

"추신도 읽어보게."

물론 이 정보는 업무 중에 알게 된 내용이니 절대로 다른 사람에게 발설하지 말게. 반드시 자네만 알고 있어야 해. 그들이 전하는 내용에 이상한 암호가 너무 많아서 뜻을 정확히 알 수 없었네. 아무튼 여기까지가 내가 알고 있는 전부라네.

맥머도는 자리에 앉아 얼마 동안 아무 말도 하지 않았다. 편지를 들고 있는 그의 손이 맥없이 축 늘어졌다. 안개가 일순간 자욱하게 피어오르더니 끝도 없는 심연으로 빠져드는 기분이었다.
"이 사실을 알고 있는 사람이 우리 둘 말고 더 있나요?" 맥머도가 물었다.

"자네 말고는 아무에게도 말하지 않았다니까."

"그런데 이 친구라는 사람이 다른 사람에게 같은 내용의 편지를 보냈을 수도 있지 않을까요?"

"음, 내가 알기로는 스코러즈로 활동하는 친구가 한두 명 더 있기는 하지."

"우리 지부 단원일 수도 있을까요?"

"가능한 일이지."

"혹시 그 친구라는 분이 버디 에드워즈라는 탐정의 인상착의에 대한 정보를 알려주지 않았을까 해서 묻는 겁니다. 그렇다면 그자를 잡는 일은 식은 죽 먹기일 테니까요."

"그렇겠군. 그런데 내 친구는 그 탐정을 모를 거야. 그저 업무 중에 알게 된 사실을 나한테 알려줬을 뿐이니까. 핑커턴 소속의 탐정을 어떻게 알겠어?"

순간 맥머도가 몸을 움찔하더니 목소리를 높였다.

"그래!" 그가 외쳤다. "놈을 다 잡은 거나 다름없어요. 왜 여태 그 생각을 못했을까. 오, 하느님! 우린 운이 좋았네요. 당하기 전에 먼저 놈을 잡아야 해요. 모리스 형제, 이제 저한테 모두 맡기세요."

"정말이지 난 이 일에서 빠지고 싶네."

"제가 다 알아서 해결할 테니, 저한테 맡기고 안심하세요. 모리스 형제 이름은 절대 입에 올리지 않을게요. 애당초 이 편지 자체가 나한테 온 것으로 할 테니까요. 괜찮지요?"

"그거야말로 내가 바라던 바네."

"자, 그럼 그렇게 하는 것으로 알고 이제 이 일에 대해선 모두 잊어버리세요. 일단 지부로 가봐야겠어요. 그 핑커턴 놈이 단단히 후회하도록 만들어줘야겠습니다."

"그자를 죽일 셈은 아니겠지?"

"모리스 형제, 양심의 가책을 덜 느끼고 싶으면 모르는 편이 나아요. 그러니 더 이상 묻지 마세요. 그래야 잠도 잘 오지요. 이제부터 아무것도 묻지 말고 그냥 되는 대로 놔두세요. 잘 해결될 거니까요. 제가 나서서 해결할게요."

모리스는 슬픈 표정을 짓더니 머리를 흔들었다.

"내 손에 그자의 피가 묻어 있는 느낌이야." 모리스는 고통스러운 듯 말했다.

"자기방어를 살인이라고 할 수는 없지요." 맥머도의 웃음에 싸늘함이 묻어났다. "그놈 아니면 우리예요. 그자를 살려두면 언젠가 우리 모두 끝장날 게 뻔해요. 그런데 모리스 형제, 조직을 구하는 데 이렇게 중요한 일을 해냈으니 마땅히 다음 보디마스터로 뽑혀야겠습니다."

말하는 품으로 봐서는 태연했지만, 행동을 보니 맥머도 역시 새로운 침입자에 대해서 심각하게 생각하고 있는 듯했다. 단순히 양심 때문인지, 핑커턴의 명성 때문인지, 부유한 대기업이 스코러즈 소탕에 깊이 관여하고 있다는 것을 알게 되어서인지는 모르겠지만, 맥머도는 최악의 상황을 염두에 두고 있는 사람처럼 행동했다.

맥머도는 집을 나서기 전에 스코러즈와 관련이 있는 문서들을 모조리 태워버렸다.

그리고 비로소 그는 안도의 한숨을 길게 내쉴 수 있었다. 이제 좀 안심이 되는 것 같았지만 여전히 남아 있는 위기감이 그를 짓누르고 있었다. 그래서 지부로 가는 길에 섀프터 노인의 집에 들렀다. 섀프터가 맥머도의 출입을 금지시켰지만 에티를 만날 수 있는 방법은 있었다. 맥머도가 에티의 창문을 두드리자 에티가 집 밖으로 나왔다. 에티는 맥머도의 눈빛에서 생기가 사라진 것을 보고 뭔가 위험이 닥쳤음을 직감했다.

"무슨 일이 있군요!" 에티가 큰 소리로 물었다. "잭, 혹시 위험한 일에 빠졌나요?"

"글쎄, 그렇게 심각한 일은 아니니 마음 놓아요, 에티. 하지만 상황이 더 나빠지기 전에 이곳을 뜨는 게 좋을 것 같소."

"여기를 떠난다고요?"

"예전에 약속했잖소. 언젠가 때가 되면 여기를 떠나겠다고. 이제 그 때가 온 것 같아요. 실은 오늘 밤에 좋지 않은 소식을 들었소. 아무래도 곧 일이 터질 것 같아."

"경찰이 쫓고 있나요?"

"실은 핑커턴 문제요. 당신은 그게 뭔지도 모를 거요. 나 같은 사람들한테 무슨 일이 벌어질지 상상조차 할 수 없잖소. 나도 이 일에 제법 깊이 관련되어 있기 때문에 한시라도 빨리 도망쳐야 해요. 나와 함께 떠나겠다고 한 약속 기억하고 있소?"

"잭, 당신을 구할 수 있는 일이라면 뭐든지 다 하겠어요."

"나는 나름대로 정직한 사람이라고 생각하오, 에티. 무슨 일이 있어도 당신 손끝 하나 다치게 하지 않을 거라고 약속하오. 아니, 내가 항상 당신을 바라볼 수 있는 저 구름 위의 황금빛 왕좌에서 당신이 한 치도 떨어지지 않도록 지켜주겠다고 약속하겠소. 나를 믿어 줄 테요?"

에티는 말없이 맥머도의 손을 잡았다.

"그럼 이제부터 내가 하는 말 잘 들어요. 그리고 내가 시키는 대로 하겠다고 약속해요. 우리에게 남은 건 이 방법밖에 없소. 버미사 계곡의 분위기가 심상치 않아요. 머지않아 큰일이 벌어질 거요. 내 예감은 틀린 적이 없소. 아마도 많은 사람이 바짝 긴장하고 몸을 사려야 할 거요. 나도 그중 한 사람이지. 낮이든 밤이든 내가 떠날 상황이 되면 반드시 당신과 함께여야 하오!"

"잭, 당신이 먼저 떠나요. 나는 뒤따라가겠어요."

"안 돼, 반드시 나와 함께 가야 하오. 내가 다시는 이 계곡에 돌아오지 못할 수도 있는데 어떻게 당신을 두고 가겠소? 어쩌면 경찰의 눈을 피하느라 당신에게 편지 한 통 보내지 못할지도 몰라요. 반드시 나와 함께 떠나야 하오. 내가 살던 곳에 친절한 부인이 있어요. 우리가 결혼할 때까지 그 부인과 함께 지내는 게 좋을 것 같소. 나와 함께 가는 거요. 알았소?"

"네, 당신과 함께 가겠어요, 잭."

"나를 믿어주어 고맙소. 당신의 믿음을 저버린다면 난 정말 죽일 놈이오. 자, 에티! 잊지 말고 잘 들어요. 당신에게 소식을 전하리다. 그 소식을 듣자마자 하던 일을 즉각 중단하고 곧장 정거장 대합실에 가서 나를 기다려요."

"낮이든 밤이든, 소식을 듣자마자 당장 가겠어요."

그곳을 떠나기로 결심한 맥머도는 에티의 말을 듣고 나자 어느 정도 마음이 진정되었다. 지부에 도착하니 벌써 다들 모여 있었다. 출입문을 엄격하게 지키고 있어 외부 및 내부 경비대와 복잡한 암호를 주고받은 후에야 통과할 수 있었다.

기다란 방에 들어서자 맥머도를 환영하는 환호성이 방 안 가득 울려 퍼졌다. 자욱한 담배 연기와 북적이는 사람들 가운데 헝클어진 검은 머리털의 맥긴티, 잔인하고 적의에 찬 표정의 볼드윈, 그리고 매 같은 얼굴의 비서 허러웨이 등 10여 명의 지부 지도자들의 모습이 눈에 들어왔다. 방금 입수한 정보에 대해 상의하고자 했던 맥머도는 모두들 모여 있는 모습을 보자 내심 다행이라고 생각했다.

"반갑네. 어서 오게, 형제!" 맥긴티가 큰 소리로 환영했다. "바로 잡을 일이 있어서 솔로몬의 지혜가 필요하던 참이었는데, 마침 잘 되었군."

"랜더와 이건의 일이야." 맥머도가 자리에 앉으려는데 옆의 누군가가 속삭였다. "스타일스타운의 크래브 노인을 사살한 대가로 지부에서 상금을 내렸는데 그걸 가지고 지금 둘이 다투고 있다네. 둘 중 실제로 총을 쏜 사람이 누군지 판가름할 수 없는 상황이거든."

맥머도가 자리에서 일어나더니 손을 들었다. 그를 주목하던 사람들이 그의 표정에 흠칫했고, 부풀어 올랐던 기대감이 얼어붙었다.

"존경하는 보디마스터님!" 맥머도는 엄숙한 목소리로 입을 열었다. "긴급회의를 요청하는 바입니다."

"맥머도 형제가 긴급회의를 요청했다. 지부 규정대로 우선권을 주도록 하겠다. 형제, 말해보시오."

맥머도는 주머니에서 편지 한 장을 꺼냈다.

"존경하는 보디마스터님, 그리고 형제 여러분. 오늘 우리에게 안 좋은 소식이 하나 있습니다. 하지만 사전에 어떤 경고도 없이 모르고 있다가 일격을 당해 전멸하는 것보다는, 차라리 이렇게 사태를 파악하고 의논해 대처할 수 있게 된 것이 다행이라고 생각합니다. 제가 입수한 정보에 의하면 이 지역에서 가장 강력하고 부유한 조직들이 서로 담합해 우리 조직을 파멸시키려고 나섰습니다. 지금 바로 이 순간 핑커턴 탐정 사무소의 버디 에드워즈라는 자가 그 일에 착수했다고 합니다. 여기저기서 우리와 관련된 자료들을 모아 우리 목에 밧줄을 조이고 중범으로 몰아 감옥에 처넣을 준비를 하고 있답니다. 상황이 생각보다 심각하기에 긴급회의를 요청하게 된 것입니다."

방 안은 찬물을 끼얹은 듯 조용했다. 이윽고 맥긴티가 침묵을 깨뜨리고 입을 열었다.

"지금 들려준 내용에 대한 증거가 있나?"

"제가 입수한 이 편지에 쓰여 있습니다." 맥머도는 편지의 내용을 큰 소리로 읽어 내려갔다. "이 편지에 대해서 더 이상은 자세한 내용을 언급할 수도 없고, 보디마스터님께 편지를 건네드릴 수도 없습니다. 제 명예가 달린 문제거든요. 아무튼 편지 내용 중에 믿어서 해가 될 만한 내용은 단연코 아무것도 없습니다. 저는 그저 전달받은 정보를 있는 그대로 여러분께 알려드리는 것뿐입니다."

"의원님, 드릴 말씀이 있습니다." 나이가 지긋해 보이는 단원 한 명이 끼어들었다. "저 버디 에드워즈라는 사람에 대해서 들은 적이 있는데, 핑커턴 탐정 사무소에서 가장 유능한 자라고 하더군요."

"누구 그자를 알아볼 수 있는 사람 있나?" 맥긴티가 물었다.

"네, 제가 알 수 있습니다." 맥머도가 답했다. "제가 압니다."

놀라 웅성대는 소리가 회의실 안 여기저기서 들렸다.

"놈은 우리 손에 들어온 거나 다름없습니다." 맥머도는 얼굴에 승리의 미소를 지으며 말을 이었다. "빠르고 현명하게 대처한다면 금세 문제를 해결할 수 있을 겁니다. 여러분이 저를 믿고 도와주시면 두려워할 일이 전혀 없습니다."

"그런데 우리가 뭘 두려워한다는 거지? 놈이 우리 일에 대해서 뭘 안다고?"

"의원님처럼 모두들 조직에 충실하다면야 문제가 없지요. 하지만 그자는 자본가들의 막대한 재정 지원을 받고 있습니다. 우리 지부 안에 돈으로 매수당할 수 있는 약한 자가 한 명도 없다고 확신하실 수 있습니까? 그런 자는 곧 우리 비밀을 파헤치려 할 거예요. 아니, 어쩌면 벌써 모든 것을 알고 있을지도 모르지요. 확실한 대책은 한 가지밖에 없습니다."

"살아서는 한 발자국도 이 계곡을 떠날 수 없게 만드는 것이지."

볼드윈이 말했다.

맥머도가 고개를 끄덕였다. "맞소, 볼드윈 형제. 지금까지 우리는 늘 의견이 달랐는데, 오늘 밤만은 맞는 말을 하는군."

"그렇다면 놈은 어디 있지? 어디 가야 찾을 수 있는 거야?"

"존경하는 보디마스터님." 맥머도는 진지하게 말을 꺼냈다. "너무 중대한 문제라 이것을 공개적으로 다루면 안 된다는 점을 확실히 하고 싶습니다. 여기 계신 형제들을 의심해서가 아닙니다. 하지만 내부적으로 돌아가는 하찮은 이야기라도 놈의 귀에 들어가는 날에는 놈을 없앨 계획이 수포로 돌아가게 될지도 모릅니다. 그러니 믿을 수 있는 긴급위원회를 구성해줄 것을 요청하는 바입니다. 의원님을 비롯하여 여기 계신 볼드윈 형제, 그리고 다섯 명 정도 더 선정하는 것이 좋겠습니다. 그 후에 제가 알고 있는 사실과 앞으로의 대책에 대해서 좀 더 자유롭게 논의하도록 하죠."

맥긴티는 맥머도의 제안을 즉시 받아들여 긴급위원회를 구성했다. 맥긴티와 볼드윈 외에도 매를 닮은 얼굴의 비서 허러웨이, 젊고 잔인한 암살자 타이거 코맥, 회계원 카터, 그리고 윌러비 형제가 뽑혔는데, 무슨 일이든 서슴지 않고 해치울 수 있는 무모하고 겁 없는 사람들이었다.

지부의 연회는 평소와 달리 짧고 우울하게 끝났다. 단원들은 오랫동안 살아왔던 계곡의 하늘에 정의로운 법이라는 이름을 내걸고 자기들에게 복수하려는 먹구름이 드리워진 것을 비로소 알게 되었다. 지금까지 자기들은 사람들에게 공포의 대상이었고, 일상이 늘 그러했기에 감히 누군가가 자기들에게 복수할 것이라고는 꿈에도 생각해본 적이 없었다. 그런데 예상치도 못했던 일이 눈앞에 닥쳐왔다고 생각하니 더욱더 당황하고 놀라지 않을 수 없었다. 단원들은 일찌감치 흩어지고 맥긴티는 위원회를 이끌었다.

"자, 맥머도! 회의를 시작하게." 긴급위원회에 임명된 단원들만 자리에 남자 맥긴티가 말했다. 나머지 일곱 사람은 얼어붙은 듯 꼼짝 않고 앉아 있었다.

"좀 전에 말씀드렸듯이 버디 에드워즈라는 자를 알고 있습니다. 이곳에서는 다른 이름으로 행세하고 다닌다는 걸 말씀드리지 않아도 이미 예상하셨을 겁니다. 무척 대담한 사람이지요. 그렇다고 무모하리만치 미치광이는 아닙니다. 지금은 스티브 윌슨이란 이름으로 홉슨 패치에 묵고 있습니다."

"그런데 자네가 그 사실을 어떻게 알았지?"

"우연히 그자와 얘기를 나눈 적이 있습니다. 그때는 아무것도 눈치채지 못했지요. 이 편지가 아니었더라면 아마 여전히 아무것도 몰랐을 겁니다. 이제야 든 생각이지만 그자가 버디 에드워즈임에 틀림없습니다. 그때가 수요일이었습니다. 기차 안에서 그자를 만났습니다. 정말 큰일 날 뻔했지요. 그때 자기를 기자라고 소개하더군요. 처음엔 그 말을 믿었습니다. 뉴욕의 한 신문사에서 일한다면서 스코러즈와 스코러즈의 '무법 행위'에 대해 전부 알고 싶다고 하더라고요. 저에게 뭔가를 캐내려고 이것저것 집요하게 물어보았습니다. 물론 저는 아무것도 모르는 척했지요. '우리 편집장이 마음에 들어 할 만한 얘깃거리를 주면 많은 돈을 주겠소' 라고 말하기에 놈이 좋아할 만한 얘기를 들려주었더니 그 대가로 20달러를 주더군요. 그러면서 자기가 원하는 정보를 모두 줄 수 있다면 그 돈의 열 배를 사례하겠다고 했습니다."

"그래서 뭐라고 말했나?"

"아무 얘기나 막 지어냈지요, 뭐."

"신문기자가 아니란 걸 어떻게 알 수 있었지?"

"말씀드릴게요. 그자가 홉슨 패치에서 내렸을 때 저도 그 역에서 내렸거든요. 전신국에 볼일이 있어서 들렀더니 그자가 막 그곳을 나오고 있었습니다. 그런데 그자가 전신국을 떠난 후에 그곳 직원이 '이런 전문은 값을 두 배로 받아야 할 것 같아요' 라고 말하더군요. 그래서 '그러게 말이에요' 라고 맞장구치면서 전보용지를 슬쩍 넘겨보았습니다. 아무리 봐도 중국 말로밖에 안 보이는 이상한 글씨가 잔뜩 쓰여 있었습니다. 그런데 더 이상한 건 전신국 직원 말이 그 사람이 그런 전보를 매일 보낸다는 것이었습니다. 특종 기사인데 내용이 사전에 유출될까 봐 그 방법을 쓴다고 하더군요. 그때는 전신국 직원이나 나나 그럴 수도 있겠구나 생각했지요. 그런데 지금 와서 생각해보니 그게 아닙니다."

"그래, 자네 말이 옳아." 맥긴티가 말했다. "그런데 이 상황에서 우리가 어떻게 하는 것이 좋겠나?"

"왜 지금 당장이라도 가서 놈을 끝장내지 않는 거죠?" 누군가가 제안했다.

"그러게요. 빨리 처리할수록 좋잖아요."

"놈이 어디 있는지 알기만 하면 당장이라도 달려가겠습니다." 맥
머도가 말했다. "그자가 홉슨 패치에 있는 건 확실한데 정확히 어디
에 머물고 있는지는 모르겠습니다. 그렇지만 제게 다 계획이 있으니
믿고 들어주시기 바랍니다."

"어떤 계획인가?"

"내일 아침 제가 홉슨 패치로 가겠습니다. 전신국 직원을 잘 구슬
리면 놈의 위치를 찾을 수 있을 겁니다. 분명히 그자의 주소를 가지
고 있을 테니까요. 놈을 찾으면 사실 제가 프리맨 단원이고, 돈을 주
면 원하는 정보를 주겠다면서 놈에게 접근할 겁니다. 놈은 제가 던진
미끼를 덥석 물 게 틀림없어요. 그러고 나서 건네줄 서류가 모두 집
에 있고 사람들이 왔다 갔다 하는 시간에 오면 제 목숨도 위태로우
니, 밤 10시쯤 집으로 와서 서류를 확인하라고 유인할 생각입니다.
분명히 제 말에 따를 거라 믿습니다."

"그런 다음에는 어떻게 할 거지?"

"그다음 계획은 알아서 하십시오. 맥너매라 부인의 집은 외딴곳
에 있습니다. 무척 신뢰할 만한 사람이지만 귀가 꽉 멀었지요. 그 집
에 묵는 사람은 저와 스캔런이 전부입니다. 놈과의 약속이 성공리에
이루어지면 즉시 알려드리겠습니다. 그러면 지금 이 자리에 계신 일
곱 명 모두 9시까지 우리 하숙집으로 와주십시오. 집 안에서 놈을 잡
는 겁니다. 만약 놈이 살아서 그 집을 나갈 수만 있다면, 죽을 때까지
자기의 행운을 떠들고 다녀도 좋을 겁니다."

"핑커턴 탐정 사무소에 곧 빈자리 하나가 생기겠군. 그럼, 그렇게 처리하도록 하게, 맥머도. 내일 밤 9시에 자네 집에서 보자고. 자네는 놈을 집 안으로 끌어들이게. 나머지는 우리가 처리하지."

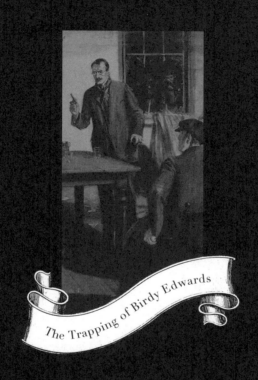

The Trapping of Birdy Edwards

제7장 버디 에드워즈의 함정

맥머도가 말한 대로 그의 하숙집은 인적이 드문 곳에 외따로 떨어져 있어서 계획대로 범행을 저지르기에 안성맞춤이었다. 읍내 중심에서 벗어난 변두리에 위치한 데다가 도로에서도 훨씬 뒤쪽에 자리 잡고 있었다. 이번에도 여느 때처럼 상대방을 불러내 온몸에 총구멍을 내어 끝장을 내버리면 그만이겠지만 그럴 수가 없었다. 놈을 죽이기 전에 어떤 정보를 얼마나 알고 있는지, 또 그를 고용한 자들에게 어떤 정보를 건네주었는지 반드시 알아내야 했기 때문이다.

어쩌면 놈을 죽이는 일이 이미 부질없는 짓이 될 정도로 한발 늦었는지도 모를 일이었다. 설사 그렇다 하더라도 해를 입히려는 자에게 복수할 수 있다는 것만으로도 충분했다. 아직까지 놈이 중요한 기밀 사항은 모르고 있는 게 분명했다. 그게 아니라면 맥머도가 꾸며내 알려줬다는 그 별 볼일 없는 정보를 일일이 받아 적었을 리가 없기 때문이다. 어쨌든 놈부터 잡고 나서 직접 본인의 입을 통해 사실 여부를 확인해봐야 했다. 일단 잡기만 하면 놈이 입을 열게 할 방법은 얼마든지 있었다. 자백을 거부하는 놈들을 한두 번 다뤄본 게 아니니 말이다.

　맥머도는 계획대로 홉슨 패치로 먼저 떠났다. 그날 아침 경찰은 맥머도의 행방에 여느 때보다 훨씬 더 촉각을 곤두세우고 있는 듯했다. 시카고에서부터 오랜 인연이 있었던 마빈 경위는 역에서 기차를 기다리고 있는 맥머도에게 말을 걸어 왔다. 하지만 맥머도는 일부러 고개를 돌리며 아무 대꾸도 하지 않았다. 그는 오후에 할 일을 마치고 조합으로 돌아와 맥긴티를 만났다.

　"놈이 오기로 했습니다."

　"잘됐군." 맥긴티가 말했다. 이 거인은 셔츠 차림에 헐렁한 조끼를 걸치고 있었다. 조끼 앞쪽으로는 도장 몇 개가 달린 금사슬이 드리워져 번들거렸고, 뻣뻣한 턱수염 바로 아래에는 다이아몬드 하나가 번쩍번쩍 빛나고 있었다. 술장사와 정치 활동을 통해 맥긴티는 상당한 부를 거머쥐었을 뿐만 아니라 막강한 권력의 맛도 보았다. 그 때문인지 전날 밤 감옥과 교수대를 떠올리던 그는 오금이 저려오는 것을 느꼈다.

　"뭐 좀 알고 있는 눈치던가?" 맥긴티는 마음을 졸이며 물었다.

　맥머도는 침울한 표정으로 고개를 저었다.

　"이곳에 온 지 제법 된 것 같습니다. 적어도 6주는 족히 된 것 같아요. 제 생각에 돈을 벌기 위해 이 탄광촌으로 온 것 같지는 않습니다. 그 긴 시간 동안 철도 회사의 뒷돈을 가지고 이곳에 들어와 일했다면 이미 상당한 정보를 얻어내서 철도 회사에 전달했을 게 분명합니다."

"우리 지부에 약해빠진 놈은 한 명도 없어!" 맥긴티가 외쳤다.
"모두 강철처럼 충실하다고. 한결같이 말이야. 참, 모리스 놈이 있
다는 걸 잊었군. 그놈은 어떨 것 같은가? 우리를 배신하는 놈이 하
나라도 있다면 그건 분명히 그놈일 거야. 아무래도 날이 저물기 전
에 몇 사람을 보내서 놈을 흠씬 두들겨 패줘야겠어. 그러면 뭔가 실
토하겠지."

"음, 그래서 손해 볼 건 없겠죠." 맥머도가 찬성하듯 대답했다.
"개인적으로 모리스를 좋아하기 때문에 그가 곤란해지는 모습을 보
고 싶지 않은 게 사실이긴 합니다. 한두 차례 저에게 말을 걸어 와
지부 문제에 관해 얘기한 적이 있지요. 저나 의원님과는 생각이 다
르긴 하지만 경찰에 찌를 사람으로 보이지는 않습니다. 물론 모리
스에 대한 의원님의 처분을 반대하는 것은 절대 아니니 오해 없으
시길 바랍니다."

"그 늙은이는 매운맛을 좀 봐야 해." 맥긴티는 목소리에 더욱 힘
을 주며 말했다. "이미 1년 전부터 놈을 주시하고 있었어."

"그렇다면 그를 잘 알고 계시겠네요." 맥머도가 대답했다. "하지
만 그런 일은 모두 내일로 미루셔야 합니다. 핑커턴 문제가 해결될
때까지 눈에 띄는 일은 삼가는 것이 좋습니다. 오늘은 경찰을 자극해
서는 안 되니까요."

"자네 말이 맞는군." 맥긴티가 고개를 끄덕였다. "버디 에드워즈
의 심장을 도려내서라도 놈이 정보를 어디서 얻어냈는지 반드시 알

아내고 말 거야. 그렇게만 된다면 모든 게 밝혀질 테니까 말이야. 놈이 눈치를 채진 않았겠지?"

맥머도가 크게 웃음을 터트렸다. "아무래도 제가 놈의 약점을 잘 파고든 것 같습니다. 놈은 스코러즈의 흔적을 볼 수만 있다면 지옥에라도 쫓아갈 겁니다. 참, 놈이 제게 돈을 주더군요."

맥머도는 돈다발을 꺼내 흔들어 보이며 씩 웃었다. "제 서류를 다 보고 난 다음에 이만큼 더 준다고 했습니다."

"무슨 서류?"

"물론 서류 같은 것은 없습니다. 놈에게 조직도와 조직 명단, 규정집 같은 것을 주겠다면서 기대를 한껏 부풀려놓았거든요. 놈은 이 곳을 떠나기 전에 이 모든 것을 다 알아낼 작정이지요."

"자네에게 완전히 넘어갔군그래." 맥긴티는 잔인하게 미소 지었다. "왜 자기에게 서류를 직접 가져오지 않았느냐고 묻지 않던가?"

"지금 제가 경찰의 의심을 받고 있는 판에 그런 것을 직접 지니고 다닐 거라고 생각할 리가 없지요. 게다가 오늘 아침 기차역에서 마빈 경위와 마주치기까지 했는데요!"

"흠, 들어서 알고 있네. 자네에게 일이 심각하게 돌아가고 있는 것 같군. 핑커턴 탐정 놈을 처리하고 나면 마빈 경위를 폐광 속에 꼭꼭 처박아 넣어야겠어. 어쨌든 홉슨 패치에 있는 놈을 살려둬서는 절대 안 돼!"

맥머도는 어깨를 으쓱해 보였다. "일만 잘 처리된다면 우리가 탐정을 죽였다는 증거는 절대로 찾지 못할 겁니다. 놈은 해가 지고 나서야 하숙집으로 들어올 테니 아무도 그를 보지 못할 거예요. 그리고 놈이 살아서 그 집을 나가는 것을 아무도 볼 수 없을 거라고 장담합니다. 자, 잘 들으세요, 의원님. 제가 계획을 설명해드릴 테니 나머지 사람들을 해당 위치에 배치해주십시오. 모두 시간에 늦지 않게 도착해야 합니다. 잘 들으세요, 놈은 10시에 도착하기로 되어 있습니다. 도착하면 현관문을 세 번 두드릴 겁니다. 그러면 제가 문을 열어 놈을 집 안으로 들인 다음, 뒤에서 문을 잠가버릴 겁니다. 그러고 나면 놈은 독 안에 든 쥐나 다름없는 셈이죠."

"아주 쉽고 간단하군."

"네. 그런데 그다음은 생각을 좀 해봐야 할 것 같습니다. 그렇게 만만한 놈이 아닙니다. 틀림없이 단단히 중무장하고 있을 게 뻔합니다. 제가 지금까지는 잘 속여왔지만 그렇다고 경계를 늦추지는 않을 테니까요. 들어보십시오, 저 혼자만 있을 거라고 생각하고 방으로 들어갔는데 일곱 명의 남자들을 보게 되면 먼저 총부터 쏘고 볼 게 뻔합니다. 그럼 보나 마나 누군가 다치거나 죽는 사태가 벌어질 겁니다."

"그렇겠군."

"그뿐만 아니라 총소리 때문에 지역 경찰들이 떼로 몰려들겠지요."

"자네 말이 맞아."

"이 문제를 어떻게 풀어야 할 것인가가 관건입니다. 그래서 말인데요, 의원님을 비롯하여 모두들 큰 방에서 기다리고 있는 게 어떨까

합니다. 언젠가 저와 얘기를 나눴던 그 방에서 기다리는 거죠. 제가 문을 열어주고 놈을 문 옆에 있는 손님방으로 안내할 겁니다. 서류를 가지고 오겠다며 놈을 혼자 두고 방에서 나오는 거죠. 그때 의원님께 상황이 어떻다는 것을 알려드릴 수 있을 겁니다. 그러고 나서 가짜 서류를 들고 다시 놈에게 돌아갈 겁니다. 놈이 서류를 읽느라 정신이 팔려 있을 때 놈에게 달려들어 권총을 들고 있는 팔을 제압하도록 하겠습니다. 그때까지 귀를 기울여 상황을 잘 파악하고 있다가 제가 부르면 즉각 달려오십시오. 한순간도 지체하면 안 됩니다. 놈이 저 못지않게 힘이 세다면 제가 힘에 부칠지도 모르니까요. 하지만 모두가 올 때까지 놈을 잡고 있을 수는 있을 거예요."

"마음에 들어." 맥긴티가 말했다. "이 일로 우리 지부가 자네에게 큰 빚을 지게 되는군. 내가 보디마스터의 자리를 떠날 때 내 후계자로 자네 이름을 떳떳이 올릴 수 있겠어."

"천만의 말씀입니다, 의원님. 저는 이제 신참내기인걸요." 맥머도의 대답은 겸손했지만 그의 얼굴에는 이런 찬사를 어떻게 받아들이는지 역력하게 드러났다.

모든 계획을 마치고 하숙집으로 돌아온 맥머도는 그날 밤 벌어질 일을 위해 묵묵히 준비를 했다. 우선 스미스 앤드 웨슨 권총을 청소하고 기름칠한 다음 실탄을 장전했다. 그러고 나서 버디 에드워즈 탐정을 함정에 빠뜨릴 방을 꼼꼼히 조사했다. 제법 넓은 방 한가운데에 기다란 소나무 테이블이 있고 방 한구석에 커다란 난로가 놓여 있었다. 또 방 양쪽 벽면에 창이 나 있는데 덧문은 달려 있지 않고 창문 위에 엷은 커튼만 드리워져 있었다. 맥머도는 이 모든 것들을 하나도 빼놓지 않고 주의 깊게 살펴보았다. 오늘 밤 비밀스러운 일을 벌이기에는 이 방이 외부에 너무 많이 노출되어 있는 듯했지만 다행히 큰길에서 한참 떨어져 있어 크게 문제가 될 것 같지는 않았다. 맥머도는 마지막으로 지부 동료인 스캔런에게 그날 밤 일어날 일에 대해 입을 열었다. 스캔런은 스코러즈의 행동 대원이기는 해도 남에게 싫은 소리 한번 제대로 못하는, 체구가 작은 사람이었다. 동료들의 의견에 반대할 일에도 쉽게 나서지 못할 정도로 겁이 많은 데다, 이따금씩 가담해야 하는 피비린내 나는 일에는 속으로 진저리를 치고 있었다. 맥머도는 스캔런에게 그날 밤 벌어질 일에 대해서 간략하게 설명해주었다.

"마이크 스캔런, 내가 당신이라면 오늘 밤 여기를 떠나 어디든 다른 곳으로 피해 있겠어요. 내일 동이 트기 전에 이 집에서 피비린내가 진동할 일이 벌어질 겁니다."

"알겠소, 맥. 그렇다면 피해 있도록 하지요." 스캔런이 대답했다. "생각 같아서는 나도 함께해야겠지만 마음이 전혀 동하지가 않으니 말이오. 지난번 탄광에서 던이 당하는 모습을 보았을 때도 견디기 힘들 정도로 끔찍했소. 나는 당신이나 맥긴티와 달라서 그런 일에는 맞지 않는 것 같군. 자네와 나머지 사람들이 알아서 잘 처리할 테니 지부에서 문제 삼지 않는다면 당신이 시키는 대로 하겠소."

약속한 시간이 되었다. 모두들 시간에 맞춰 도착했다. 말쑥하게 잘 차려입은 모양새가 겉으로 보기에는 다들 모범 시민 같았다. 하지만 입에서 새어 나오는 거친 말투며 살기 어린 눈빛을 보면 오늘 밤 버디 에드워즈의 운명이 어떤 결말을 맞게 될 것인지 쉽게 짐작이 가고도 남았다. 지금까지 열 번 이상 손에 피를 묻혀보지 않은 이는 하나도 없었다. 그들은 모두 사람 죽이는 일을 도살장에서 돼지 잡는 것처럼 생각하는 피도 눈물도 없는 인간들이었다.

　그중에서 외모로 보나 저지른 죄로 보나 가장 무시무시한 사람은 두말할 것도 없이 맥긴티였다. 비쩍 마른 비서 허러웨이는 마음이 강한 증오심으로 꽉 찬 사람이었다. 목이 유난히 가느다랗고 앙상하며 가끔씩 손발에 신경질적인 경련을 일으켰다. 그는 지부의 재정에 관한 한 정직하고 충실했지만 아무도 그가 정의롭거나 정직하다고 생각지 않았다. 회계원 카터는 누런 양피지 같은 피부에 중년쯤 되어 보이는 남자로 굉장히 무뚝뚝하고 뿌루퉁한 얼굴을 하고 다녔다. 계획을 세우는 데 탁월한 재능을 가지고 있어 그동안 조직에서 벌인 음모 대부분은 그의 머리에서 나온 것이었다. 얼굴에 결연한 의지가 역력한 윌러비 쌍둥이 형제는 그야말로 유능한 행동 대원으로서 키가 크고 성격이 유들유들했다. 이들과 사뭇 다른 분위기를 풍기는 타이거 코맥은 뚱뚱한 체구에 피부가 거무죽죽한 젊은이로서 동료들조차도 그의 난폭한 성향 때문에 그에게 함부로 대하지 못할 정도였다. 그날 밤 핑커턴 탐정을 없애기 위해 맥머도의 하숙집에 모인 사람들은 대충 이와 같았다.

　맥머도는 테이블 위에 위스키를 올려놓았다. 모두들 중대한 일에 착수하기 전 서둘러 술을 마셔댔다. 볼드윈과 코맥은 벌써 반쯤 홍건히 취한 상태가 되었고, 술기운 때문인지 그들의 폭력적인 면모가 겉으로 드러나기 시작했다. 밤이 되자 날씨가 추워졌다. 코맥은 불을 지펴놓은 난로에 손을 쬐고 있었다.

"이 정도면 충분하겠지." 코맥이 큰 소리로 말했다.

"그럼." 볼드윈이 코맥이 말한 의미를 알아챈 듯 대꾸했다. "놈을 거기다 묶어놓으면 모든 것을 사실대로 불지 않고는 못 배길걸."

"놈에게 자백을 받아내고 말 테니 걱정들 마시오." 맥머도가 말했다. 그는 강철 같은 냉정함을 잃지 않았다. 막중한 임무가 양어깨에 달려 있었지만 그의 태도는 여느 때와 마찬가지로 침착하고 차분했다. 모두들 맥머도의 그런 모습에 찬사를 아끼지 않았다.

"놈을 상대할 사람은 역시 자네밖에 없어." 맥긴티는 만족스러운 듯이 말했다. "놈은 자네가 자기 목에 손을 대는 순간까지 아무것도 눈치채지 못할 거야. 그런데 창문에 덧문이 없는 게 좀 찜찜하군."

맥머도는 그 말을 듣자 방 안을 돌아다니며 더욱더 꼼꼼히 커튼을 쳤다. "자, 이러면 아무도 방 안을 들여다보지 못할 겁니다. 이런, 도착할 시간이 다 되었네요."

"어쩌면 나타나지 않을지도 모르지. 벌써 낌새를 챘을 수도 있잖아." 비서가 말했다.

"놈은 올 겁니다, 걱정 마세요." 맥머도가 말했다. "우리가 기다리는 만큼 놈도 오고 싶은 마음이 간절할 겁니다. 조용, 들어봐요!"

순간 모두들 밀랍인형처럼 꼼짝도 하지 않았다. 술잔을 입에 가져가려다 놀라 그대로 멈춰버린 사람도 있었다. 곧이어 문을 두드리는 소리가 연달아 세 번 들렸다.

"쉿!" 맥머도는 손을 들어 주의를 주었다. 모두들 흥분과 긴장으로 어쩔 줄 몰라 하는 눈길을 주고받으며 각자의 무기를 집어 들었다.

"제발이지 아무 소리도 내지 말아요!" 맥머도는 속삭이듯 다시 한 번 주의를 주고 조용히 문을 닫으며 방을 나섰다.

살인자들은 때가 오기를 기다리며 귀를 기울였다. 복도를 따라 걸어가는 맥머도의 발소리를 속으로 세고 있는데 이윽고 맥머도가 현관문을 여는 소리가 들렸다. 몇 마디 인사말이 오가더니 집 안에서 아까와는 다른 발소리에 낯선 목소리가 들려왔다. 잠시 후 쾅 하는 소리와 함께 문이 닫히고 자물쇠를 잠그는 소리가 들렸다. 드디어 그들의 먹잇감이 덫에 걸려든 것이다. 타이거 코맥이 소름 끼치는 소리로 웃어대자 맥긴티가 그 거대한 손으로 황급히 그의 입을 막았다.

"입 다물지 못해! 이 멍청한 놈 같으니라고." 맥긴티가 낮은 소리로 질책했다. "네놈 때문에 다 망쳐버리겠어!"

옆방에서 이야기하는 소리가 어렴풋이 들려왔다. 이야기는 끝도 없이 계속될 것 같았지만, 마침내 방문이 열렸다. 맥머도가 집게손가락을 입에 갖다 대며 방 안으로 들어왔다.

맥머도는 테이블 끝으로 가더니 모두를 찬찬히 둘러보았다. 웬일인지 그의 분위기가 사뭇 달라진 것처럼 느껴졌다. 그의 태도는 뭔가 큰일을 앞두고 있는 사람 같았다. 얼굴은 바윗돌처럼 차갑게 굳어 있었고, 안경 너머의 두 눈은 흥분으로 이글이글 타오르고 있었다. 맥

머도는 그 자리에 모인 사람들을 압도하는 우두머리처럼 보였다. 그를 기다리던 단원들은 자기들의 덫에 걸린 먹잇감이 궁금하다는 듯한 표정으로 맥머도를 바라보았다. 하지만 맥머도는 아무 말도 하지 않았다. 그렇게 한 사람, 한 사람을 응시하고 서 있을 뿐이었다.

"자, 어떻게 됐나?" 맥긴티가 마침내 입을 열었다. "놈이 왔나? 버디 에드워즈가 온 거야?"

"네." 맥머도는 천천히 말문을 열었다. "여기 있지요, 버디 에드워즈가. 내가 바로 그 버디 에드워즈올시다!"

맥머도의 충격적인 폭로에 방 안은 순간 텅 빈 것처럼 깊은 적막이 흘렀다. 난로 위에 놓인 주전자에서 들리는 물 끓는 소리만 귀를 찢을 듯이 울려댔다. 얼굴이 백지장처럼 하얗게 질린 일곱 명의 남자는 자기들을 제압하듯 내려다보는 이의 얼굴을 올려다볼 뿐이었다. 그들은 두려움과 갑작스러운 충격으로 온몸이 얼음처럼 얼어붙고 말았다. 이내 유리창 깨지는 소리가 들리더니 걸려 있던 커튼이 바닥에 떨어지며 깨진 창구멍마다 번쩍거리는 총신이 방 안을 향했다.

그 모습을 지켜보던 맥긴티는 상처 입은 곰처럼 울부짖으며 반쯤 열린 문을 향해 돌진했다. 하지만 이미 그곳에는 문 뒤에서 상황을 지켜보고 있던 광산 경찰대 마빈 경위가 푸른 눈을 매섭게 번뜩이며 미리 장전된 권총으로 그를 겨누고 있었다. 맥긴티는 허둥지둥 뒷걸음치며 자기 자리에 주저앉고 말았다.

"의원님, 그냥 그 자리에 앉아 있는 게 안전할 겁니다." 지금까지 맥머도로 알고 있던 남자가 말했다. "이봐, 볼드윈! 총에서 손을 떼는 게 좋을 거야. 그래야 교수형이라도 면할 수 있지 않겠나? 총 이리 내! 허튼수작 부리면! 그렇지, 자, 천천히, 좋았어. 이 집은 무장 경관 40명에게 완전 포위되었다. 말하지 않아도 잘 알 거다. 허튼수작 부려봐야 소용없어. 마빈 경위, 놈들의 총을 모두 빼앗아요!"

라이플 총구에 위협을 느낀 일곱 명은 저항할 도리가 없었다. 모두들 속수무책으로 무기를 빼앗기고 말았다.

하나같이 기가 막히고 화가 치밀어 올라 미칠 것 같았지만 한편으로는 두려운 마음에 테이블 주위에 얌전히 앉아 있었다.

"헤어지기 전에 한마디만 하고 싶다."

그들을 함정에 빠뜨린 잭 맥머도 아니, 버디 에드워즈가 입을 열었다.

The Valley of Fear

"내가 증언을 위해 법정에 설 때까지 한동안 너희들을 볼 기회가 없을 것이다. 지금부터 내가 들려주는 얘기를 잘 듣고 우리가 다시 만날 때까지 생각해보기 바란다. 이제 너희들 모두 내 정체를 알았을 것이다. 드디어 내 진짜 명함을 보여줄 수 있게 되었군. 나는 핑커턴 탐정 사무소의 버디 에드워즈다. 나는 너희 조직을 와해시키기 위해 고용되었다. 사실 나 혼자 감당하기엔 처음부터 위험하고 어려운 게임이었지. 내가 이 일을 맡은 사실을 아는 이는 단 한 명도 없었다. 나와 가장 가깝고 친한 사람들조차 전혀 알지 못했다. 물론 여기 있는 마빈 경위와 내 고용주들은 제외하고 말이다. 어쨌든 오늘 밤 모든 것이 끝났다. 고맙게도 이 게임의 승자는 바로 나다!"

그를 바라보는 일곱 명의 얼굴은 창백하게 굳어 있었다. 그들의 눈빛은 억누를 수 없는 증오심으로 불타올랐다. 맥머도는 그 눈빛에서 자기를 끝까지 위협하고자 하는 그들의 마음을 읽을 수 있었다.

"너희들은 아직 이 게임이 끝나지 않았다고 생각할지도 모르겠다. 좋아, 나도 그럴 가능성은 염두에 두고 있다. 어쨌든 너희 조직은 더 이상 어떤 짓도 할 수 없게 되었다. 오늘 밤 너희들 말고도 60명 이상이 감옥신세를 지게 될 테니까. 이것만은 말해두고 싶군. 내가 처음 이 일을 맡기 전에는 네놈들 같은 조직이 정말로 이 세상에 존재할 거라고는 믿지 않았다. 그저 신문에서 떠들어대는 헛소문쯤으로 생각하고, 내가 그것을 증명해 보이겠다고 마음먹었지. 내가 입수한 정보에 따라 너희 조직이 프리맨과 관련이 있기에 나는 먼저 시카고로 가서 프리맨에 가입했다. 그런데 프리맨에 입단하고 나서 내 생각이 옳았다는 것을 더욱 확신하게 되었지. 시카고의 프리맨 지부는 너희들처럼 추악한 짓을 하기는커녕 오히려 좋은 활동을 많이 하고 있었으니까.

어쨌든 나는 임무를 수행하기 위해 이 계곡까지 오게 되었다. 이곳에 오고 나서야 내 생각이 틀렸다는 것을 알게 됐다. 10센트짜리 소설 속 이야기가 절대로 아니더군. 그래서 이곳에 남아 좀 더 알아보기로 했다. 내가 시카고에서 사람을 죽였다는 이야기도, 금화를 주조했다는 이야기도 모두 꾸며낸 이야기였다. 너희들에게 뿌렸던 돈은 사실 모두 진짜 돈이었다. 내 생애에 그렇게 가치 있게 돈을 쓸 수 있는 기회가 또 올지 모르겠군. 나는 너희 같은 놈들의 환심을 사려면 어떻게 해야 하는지 잘 알고 있었지. 그래서 사람을 죽이고 쫓기는 도망자 행세를 한 거다. 결국 모든 게 내 생각대로 됐던 셈이지.

그렇게 해서 나는 악의 구렁텅이 같은 너희 지부에 들어갔고, 거기서 한자리 차지하게 되었다. 이렇게 너희를 속였으니 나도 너희들만큼이나 나쁜 인간이라고 생각할지도 모르겠군. 하지만 난 너희들만 잡으면 돼. 남들이 나에 대해 뭐라고 지껄이든 나에게는 중요치 않다. 진실은 언제나 살아 있다는 것을 알고 있나? 내가 지부에 가입하던 날 밤, 너희들은 떼로 몰려가 스탱어 노인을 구타했지. 그날 시간이 너무나 촉박했기 때문에 나는 스탱어 노인에게 미리 정보를 주지 못했다. 그런데 기억하나, 볼드윈? 그날 자네가 스탱어 노인을 죽이려던 걸 내가 막았던 것을. 나는 의심받지 않고 너희와 한통속이라는 것을 보여주며 조직에 발붙이기 위해 이러저러한 제안을 하기도 했다. 물론 나중에 내가 막아낼 수 있는 것들에 한해서였지. 그런데 던과 멘지스 일은 사전 정보가 충분치 않아서 안타깝게도 막아낼 방도가 없더군. 하지만 그들을 죽인 범인들이 교수대에 매달리는 꼴을 반드시 보고 말 거다. 체스터 윌콕스는 내가 미리 경고해준 덕분에 집을 폭파시켰을 때 이미 안전한 곳으로 피신해서 목숨을 구할 수 있었지. 내가 막지 못한 일도 많기는 했지만 가만히 되짚어 생각해보면 모두 알 수 있을 거야. 너희들이 죽이려 들었던 자들이 예상했던 길과 다른 길로 돌아가거나 집에 있을 시간에 없다거나, 집 밖으로 나올 시간에 기다려도 나오지 않고 집 안에 머물러 있다든가 하던 때가 한두 번이 아니었을걸. 모두 내가 한 일이야."

"이런 빌어먹을 배신자!" 맥긴티가 이를 악물고 씩씩대며 분노했다.

"존 맥긴티, 그렇게 해서 분이 풀린다면 나를 어떻게 불러도 좋아. 나와 너희 일당은 하느님의 죄인이며 이 지역 사람들의 적이다. 너희들 손아귀에서 시달리는 불쌍한 사람들을 구해내는 데 누군가가 나서야 했고, 그 일을 할 수 있는 방법은 오직 한 가지밖에 없었다. 그래서 내가 그 일을 해냈던 것이다. 너희들은 나를 배신자라고 부르겠지만, 악으로부터 사람들을 구하기 위해 지옥까지 뛰어든 나를 구세주라고 부르는 사람은 수천 명도 넘을 거다. 지난 3개월 동안 나는 지옥에서 살았다. 워싱턴 재무부의 돈을 마음대로 쓸 수 있게 해준다 해도 다시는 그 일을 맡지 않을 것이다. 나는 너희들의 비밀을 밝혀내서 모두 잡아들일 때까지 이곳을 떠날 수가 없었다. 내 비밀이 새어

나가지만 않았어도 이 상태로 좀 더 오래 기다려야 했겠지. 그런데 내 정체를 드러낼 만한 편지 한 통이 이곳으로 날아들어서 더 이상 지체할 수 없게 되었던 거였다. 곧바로 행동에 들어가야 했어. 그것도 아주 신속하게 말이야.

이제 네놈들에게 해줄 말이 더 이상 없다. 다만 내가 죽을 때가 오면 이 계곡에서 있었던 일을 생각하며 좀 더 편안하게 눈을 감을 수 있을 것 같다. 자, 마빈 경위. 더 이상 시간을 빼앗지 않겠습니다. 어서 이자들을 데리고 가십시오."

이렇게 사건은 종결되었다. 그리고 얼마의 시간이 흐른 어느 날 스캔런은 맥머도로부터 에티 섀프터에게 편지 한 통을 전해달라는 부탁을 받았다. 스캔런은 다 알고 있다는 듯이 눈을 찡긋하더니 미소를 지어 보이고는 편지를 받아 들고 그녀를 찾아갔다. 이튿날 이른 아침, 아리따운 아가씨와 얼굴을 감싼 남자 한 명이 철도 회사에서 특별히 마련해준 기차에 올라탔다. 그들은 누구의 방해도 받지 않고 공포의 땅을 빠르게 벗어나고 있었다. 이제 에티와 그녀의 연인은 두 번 다시 공포의 계곡에 발을 들이지 않게 되었다. 열흘 뒤 두 사람은 시카고에서 결혼식을 올렸고, 제이컵 섀프터는 두 사람의 결혼식에서 증인을 서주었다.

스코러즈에 대한 재판은 나머지 일당들의 손길이 미치지 못하는 먼 곳에서 이루어졌다. 혹시라도 법을 집행하는 사람들을 위협하는 일이 생기는 것을 사전에 방지하기 위해서였다. 스코러즈는 끝까지 발악했지만 소용없는 일이었다. 지방에서 협박과 갈취로 뜯어낸 지부의 자금을 물 쓰듯 쏟아부으며 빠져나오려 했지만 모두 허사였다. 법정에서는 그들이 저지른 범죄와 조직 활동에 대해 낱낱이 알고 있는 사람들이 증인으로 나섰다. 어떤 위협에도 굴하지 않고 냉정하고 정확하게 진술하는 증인들 앞에서는 스코러즈의 능수능란한 변호인도 속수무책이었다. 몇 년이 흐르고 나서 마침내 스코러즈 조직은 와해되었다. 그토록 오랫동안 버미사 계곡을 뒤덮었던 검은 구름이 말끔하게 걷힌 것이다.

맥긴티는 교수대에서 최후를 맞이했다. 운명의 시간이 다가오자 그는 비굴할 정도로 매달리며 살려달라고 애원했다. 지부의 핵심 단원으로 활동했던 여덟 명의 부하들도 그와 같은 운명을 맞이했다. 나머지 50명이 넘는 단원들은 각자의 죗값에 따른 형량을 선고받았다. 이렇게 해서 버디 에드워즈의 임무는 깨끗이 마무리되었다.

그러나 그가 예상했던 대로 게임은 그렇게 쉽게 끝나지 않았다. 그에게 복수의 칼을 들이대는 놈들이 끊임없이 그를 추격해왔다. 그중 하나가 테드 볼드윈이었다. 그는 교수형을 면했다. 윌러비 형제나 그 밖의 흉악한 일당들도 징역형을 선고받아 무려 10년 동안 세상에 나오지 못하고 감옥에 갇혀 지내야 했지만 목숨은 구할 수 있었다.

어느덧 시간이 흘러 마침내 그들이 자유의 몸이 되었을 때, 누구보다도 그들을 잘 알고 있던 버디 에드워즈는 평화의 시간이 이제 끝났음을 직감했다. 그들은 감옥을 나오자마자 버디 에드워즈를 죽여 형제들의 복수를 하겠다고 맹세했다. 그리고 당연히 이 맹세를 지키기 위해 혈안이 되었다.

놈들의 추격은 시카고에서부터 시작되었다. 에드워즈는 두 번이나 놈들의 기습 공격을 받았지만 가까스로 피할 수 있었다. 그대로 있다가는 더 이상 무사하지 못할 것 같다는 생각에 시카고를 떠나기로 결심했다. 먼저 이름을 바꾸고 캘리포니아로 향했다. 그런데 그곳에서 에티가 세상을 떠나는 바람에 그는 한동안 삶의 빛을 잃고 살아야 했다. 그러고 나서 또다시 놈들의 습격을 받아 죽을 고비를 넘긴 에드워즈는 이번에는 더글러스라는 이름으로 바꾸고 외딴 협곡으로 들어갔다. 그는 그곳에서 바커라는 영국인 동업자를 만나 함께 큰돈을 벌었다. 하지만 그의 뒤를 쫓는 사냥개들이 또다시 그가 있는 곳의 냄새를 맡고 추격해와 자신의 흔적을 없애고 영국으로 도망쳤다. 그리고 훌륭한 아내를 만나 재혼하고 서식스의 저택으로 이사했다. 그는 서식스의 신사로 평화로운 5년을 보냈지만 결국 우리가 앞에서 본 해괴한 사건의 주인공이 되고 만 것이다.

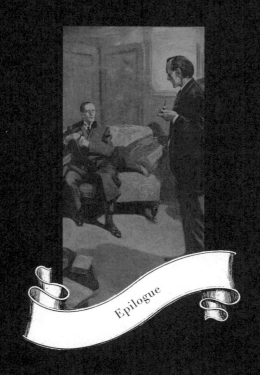

Epilogue

에필로그

존 더글러스 사건은 경찰의 심리를 마치자마자 재판에 회부되었다. 그는 순회재판소에서 정당방위를 인정받아 곧바로 석방되었다.

"무슨 일이 있더라도 남편이 더 이상 영국에 머무르지 않도록 하십시오." 홈즈는 더글러스 부인에게 보내는 편지에 이렇게 썼다. "부인의 남편은 지금까지 피해왔던 그 어떤 상황보다 훨씬 심각한 위험에 처해 있습니다. 계속해서 영국에 머무르고 있는 한 어디서도 안전하지 못할 겁니다."

그로부터 2개월이 지났다. 사건에 관한 기억이 머릿속에서 차츰 잊혀가고 있던 어느 날 아침, 우편함에 수수께끼 같은 편지 한 통이 꽂혀 있었다.

"어쩌나, 홈즈 씨, 이를 어쩌나!"

편지에는 달랑 이 한 줄만 적혀 있었다. 받는 사람의 이름도 보낸 사람의 이름도 없었다. 나는 그 어이없는 내용에 실소를 터트릴 수밖에 없었다. 하지만 홈즈의 표정은 의외로 심각했다.

"왓슨, 이건 악마의 짓이 분명해." 홈즈는 인상을 찌푸린 채 한참 동안 그대로 앉아 있었다.

어젯밤 늦은 시각에 하숙집 주인 허드슨 부인이 찾아왔다. 그녀는 어떤 신사가 와서 아주 중요한 일로 홈즈를 만나고 싶어 한다고 했다. 자세히 보니 부인 바로 뒤에 낯익은 얼굴이 서 있었다. 다름 아닌 해자로 둘러싸인 벌스턴 저택에서 만난 세실 바커였다. 그런데 무슨 일인지 그의 얼굴이 상당히 어둡고 초췌해 보였다.

"안 좋은 소식이 있습니다. 정말이지 끔찍한 일이 벌어졌습니다, 홈즈 씨." 바커가 말했다.

"나도 걱정하고 있던 차였습니다." 홈즈가 대꾸했다.

"혹시 전보를 받으신 것은 아니겠지요?"

"전보를 받은 누군가가 내게 편지를 보내왔습니다."

"불쌍한 더글러스. 남들에게는 에드워즈일지 모르겠지만 내게는 베니토캐니언의 존 더글러스로 영원히 남아 있을 겁니다. 이미 말씀 드렸듯이, 더글러스 부부는 3주 전에 팔미라호를 타고 함께 남아프리카로 떠났습니다."

"그랬지요."

"어젯밤에야 그 배가 케이프타운에 도착했어요. 그런데 오늘 아침 더글러스 부인에게서 이 전보를 받았습니다."

세인트헬레나에서 폭풍을 만나 잭이 배에서 떨어져 실종되었습니다. 사건 경위를 아는 사람은 아무도 없습니다.

The Valley of Fear

— 아이비 더글러스

"저런! 그런 전보가 왔다는 말입니까?" 홈즈는 뭔가 골똘히 생각하면서 말했다. "흠, 연출을 제법 잘했군!"

"그렇다면 애초에 사고로 죽은 게 아니란 말인가요?"

"절대로 사고가 아닙니다."

"그렇다면 누군가 일부러 죽였다는 건가요?"

"그렇지요!"

"나도 그렇게 생각합니다. 이 지독하고 지긋지긋한 스코러즈 놈들, 그들은 저주받을 범죄 소굴……."

"아닙니다, 그게 아니에요. 이 일에는 분명히 전문가가 개입되어 있는 것 같습니다. 단순히 총신을 자른 산탄총이나 어쭙잖은 6연발총 따위를 상대하는 것이 아닙니다. 붓의 터치를 보면 대가의 작품임을 알 수 있듯이 이번 일은 모리아티 교수의 짓이 분명합니다. 이번 사건은 미국에 있는 사람의 짓이 아닙니다. 런던에 있는 자의 소행이 분명해요."

"하지만 무슨 근거로 그렇게 단정 지어 이야기하시는 겁니까?"

"왜냐하면 그 일은 무슨 일이 있어도 실패하면 안 되는 사람이 저지른 것이 분명하기 때문이지요. 자기가 하는 일의 성패에 따라 자신의 미묘한 위치가 달라지거든요. 한 사람의 뛰어난 두뇌와 그 뒤에 있는 거대한 조직이 힘을 합쳐 한 남자의 존재를 없애려고 한 것입니다. 해머로 호두를 깨는 격이지요. 터무니없을 정도로 에너지를 소모

에필로그

335

했지만 어쨌든 호두는 확실하게 깨진 셈입니다."

"그런데 그자가 이 문제와 무슨 관련이 있다는 겁니까?"

"실은 그자의 수하가 내게 편지를 보내왔습니다. 그래서 이 일에 대해서 알게 되었지요. 이 스코러즈 놈들은 이미 많은 것을 알고 있었어요. 영국인을 상대해야 할 일이 생기자 영국인 파트너를 찾아 나선 거지요. 국외에서 일을 처리할 때는 보통 그런 식입니다. 그때 바로 더글러스의 운명은 끝이 났다고 봐야죠.

모리아티 교수는 용병들을 이용해서 더글러스의 행방을 찾아냈습니다. 그런 다음 어떻게 문제를 풀어갈지 직접 계획하고 지시를 내렸지요. 하지만 자신의 요원이 더글러스 살해에 실패했다는 기사를 읽고는 암살의 대가답게 자신이 직접 움직인 겁니다. 나는 이미 벌스턴 저택에서 더글러스에게 더 큰 위험이 닥쳐올 테니 조심하라고 주의를 주었습니다. 내 말대로 되지 않았습니까?"

바커는 어처구니없이 당했다는 생각에 분을 참지 못하고 부르쥔 두 주먹으로 자신의 머리를 내리쳤다.

"이제 어떻게 해야 합니까? 이렇게 당하고도 그냥 가만히 있을 수밖에 없는 겁니까? 이 악마에게 복수할 수 있는 사람이 아무도 없다는 말입니까?"

"아니요, 그렇지 않아요."

홈즈의 눈은 먼 미래를 내다보는 듯했다.

"그자를 어쩔 수 없이 내버려둬야 한다는 것이 아닙니다. 하지만 내게는 시간이 필요합니다. 시간이 더 필요해요!"

우리 모두가 오래도록 말없이 앉아 있는 동안, 홈즈의 두 눈은 숙명처럼 여전히 베일을 꿰뚫어 보려고 했다.

공포의 계곡

지은이 l 아서 코난 도일
옮긴이 l 인트랜스 번역원
펴낸이 l 양숙진

초판 1쇄 펴낸날 l 2013년 5월 3일

펴낸곳 l ㈜현대문학
등록번호 l 제1-452호
주소 l 137-905 서울시 서초구 잠원동 41-10
전화 l 02-2017-0280
팩스 l 02-516-5433
홈페이지 www.hdmh.co.kr

ISBN 978-89-7275-637-8 04840
ISBN 978-89-7275-563-0 (세트)

* 책값은 뒤표지에 있습니다.